양치는언덕

미우라 아야꼬 지음 — 김소영 옮김

양치는 언덕

설우사

사랑은 오래 참고

사랑은 온유하며

...

모든 것을 참으며

모든 것을 믿으며

모든 것을 바라며

모든 것을 견디느니라.

고린도전서 13장

1

 헤엄이라도 쳐보고 싶은 파아란 하늘이었다. 조용히 지켜보고 있노라면 하늘 깊숙한 곳에서부터 밀려오듯 가는 명주실 같은 구름이 피어 오르고 있었다.
 점심을 끝낸 스기하라 교코(杉原京子)는 교실 2층 창가에 기대어 아까부터 하늘을 바라보고 있었다. 흰 명주실처럼 보였던 구름은 어느새 엷은 베일이 되었고, 그것은 또 어느 틈에 하늘에 둥실 뜬 소담한 구름이 되었다.
 이윽고 구름이 그 모양을 드러내자 교코는 비로소 웃음을 짓고 시선을 아래 운동장으로 옮겼다. 사람 그림자 하나 보이지 않는 넓은 운동장에 배구 공 하나가 굴러가고 있었다.
 교정 주위에는 6월의 햇볕을 함빡 받은 라일락이 피어 있었다.
 삿포로(札幌) 사람들은 교코네 학교를 기다즈미(北水) 여자 고등학교라는 정식 이름으로 부르지 않고, 오래 전부터 라일락 여고라고 부르고 있었다. 라일락 나무가 많았기 때문이다. 보라에다 흰 그림 물감을 듬뿍 섞어 놓은 것 같은 라일락 빛깔과 그 향기를 교코는 몹시 좋아했다.
 맑은 살결에 어딘지 모르게 그늘진 교코의 옆 얼굴은 세일러복보다는 오히려 기모노를 정식으로 차려 입는 편이 썩 어울릴 것 같은 운치가 있어, 쇼와(昭和) 24년(1949)의 여고생이라고는 생각되지 않았다.

점심을 끝낸 몇몇 학생들이 책상 위에 걸터앉아 유행가를 부르기 시작했다.

"…… 누구를 기다리나 긴자(銀座)의 모퉁이……."

한창 유행하는 '캉캉 아가씨'다.

그러자 다른 한 패가 이에 대항이라도 하듯 "……푸른 산맥 성앨 초……." 하고 부르기 시작했다.

'캉캉 아가씨'와 '푸른 산맥'이 교실 가득히 울려퍼지고 있었다.

그때, 이 3학년 A반 교실문이 요란하게 열렸다. 갑자기 노랫소리가 낮아졌다.

"빅 뉴스! 빅 뉴스!"

밝고 낭랑한 목소리의 주인공은 옆 교실 B반의 야마자키 다미코(山崎ダミ子)다. 땅딸막하고 살갗은 검으나, 가슴의 호크가 금시라도 터질 듯한 풍만한 가슴을 하고 있었다. A반 학생들은 다미코를 보자 모두 히죽히죽 웃었다.

다미코는 뉴스 보도 부장을 자처하고 있었다. 날마다 갖가지 뉴스를 같은 학년 네 반으로 돌아다니며 떠들썩하게 전했다. 하지만 그 뉴스란 고작 교장이 복도에서 휴지를 주웠다든지, 어떤 선생이 새 구두를 신고 왔다든지 하는 따위의 아주 어처구니없는 것뿐이어서 귀를 기울일 만한 것이 못 되었다.

그러나 얘기하는 몸짓과 손짓에 애교가 있어, 교장이 휴지 하나 주웠다는 정도의 얘기로도 충분히 듣는 이를 즐겁게 해주었고 웃음을 자아냈다. 그래서 지금도 A반 학생들은 웃을 준비를 하고 야마자키 다미코를 본 것이다.

"어차피 야마자키의 빅 뉴스란 수위실의 나비가 새끼 고양이를 세 마리 낳았다는 정도겠지 뭐."

누군가가 이죽거렸다.

"굉장하다! 아…… 멋져!"

누가 뭐라 하든 다미코는 아랑곳없다는 듯, 허풍스레 자기 가슴을 안고는 한숨을 쉬었다.

"멋쟁이라고? 누구 말야?"

이 반의 일등 미인으로 자타가 공인하고 있는 가와이 데루코(川井輝子)가 아름다운 눈썹을 오만하게 치켜 올렸다. 모양은 예쁘지만 가는 눈매가 차가웠다. 데루코는 요즘 유행하는 롱 스커트를 흉내내어, 학교 교칙이 허용하는 한 길게 내린 스커트와, 등길이를 그 이상은 더 어떻게 해 볼 수 없을 정도로 짧게 한 세일러복을 멋지게 차려 입고 있었다.

"누군가 하면 말야, 이제 곧 여기 나타날 사람이야. 아마 전학해 왔을 거야. 다케야마(竹山) 선생하고 교장실에서 나오는 걸 내가 봤단 말야."

명랑한 다미코는 가와이 데루코가 불쾌한 표정을 하건 말건 알 바가 아니었다.

"그렇게 예쁜 애야?"

누군가가 말했다.

"물론이야, 미스 삿포로든 미스 홋카이도(北海道)든 문제가 없다고. 이 목을 걸어도 좋아. 아무튼 그런 분위기를 가진 사람을 난 여지껏 본 적이 없거든! 어휴 바빠! 다른 반에도 어서 알려 줘야지."

야마자키 다미코는 뛰어라도 가듯이 두 주먹을 허리에 대고 교실을 튀어 나갔다가 곧 되돌아오더니, "왔다, 왔어!" 하고 소리치면서 윙크를 하고 다시 달려나갔다.

교코는 자기도 모르게 웃음지었다. 기뻤던 것이다. 가와이 데루코는 왜 그런지 요즈음 교코에게 쌀쌀했다. 특히 남선생들이 교코를 유심히 보기 때문인지 모른다.

무엇보다도 견딜 수 없는 것은 요릿집 딸인 교코를 사장 딸인 데루코가 '빵빵'이니 '암빵'이니 하면서 들으란 듯이 험담을 하는 일이었다.

'우린 빵빵집 같은 건 아니다.'

여자 혼자서 오빠 료이치(良一)와 자기를 기른 어머니의 고생을 교코는 잘 알고 있었다. 빵빵집이라는 소리를 들을 때마다 데루코를 찔러 죽이고 싶을 만큼 미워지는 것이었다. 그러나 실상 교코는 이 오만한 데루코와 말다툼조차 할 수가 없었다.

지금 야마자키 다미코가 말한 것 같은 그렇게 아름다운 사람이 들어온다면, 데루코는 교코를 못살게 굴었던 심술궂은 라이벌 의식을 그 사람에게로 돌릴지도 모른다. 그렇게 생각하고 교코는 기뻐했던 것이다.

야마자키 다미코가 뛰어가자 곧 담임 교사 다케야마 데쓰야(竹山哲哉)가 교실 입구에 모습을 나타냈다.

다케야마 데쓰야는 영어 교사다. 이마에 흘러내린 사락사락한 머리카락을 걷어 올리는 그의 동작이 학생들에게는 더없는 매력으로 느껴졌다. 다케야마의 꾸밈이 없는, 그러나 열의 있는 영어 수업은 인기가 있었다. 만일 다케야마가 열성 있는 교사가 아니었다 해도 인기는 있었을 것이다. 스물여섯의 독신 남성이라는 것만으로도 여고생들에게는 충분히 매력적인 존재다. 게다가 다케야마는 아무데서나 눈에 띌 만큼 청결한 느낌을 주는 청년이었다.

다케야마의 뒤를 따라 전학 온 학생이 들어왔다. 알맞은 키에 균형 잡힌 몸매였다. 그 늘씬한 모습을 보자 떠들썩하던 학생들은 감전이라도 된 듯이 숨을 죽였다.

"소개합니다. 하코다데(函館) T여고에서 전학해 온 히로노 나오미 양입니다."

그리고 나서 다케야마는 또렷또렷한 글씨로 '히로노 나오미 양'(廣野奈緒實)이라고 칠판에 썼다.

끝없이 깊고 잔잔한 나오미의 검은 눈동자로 학생들의 시선은 순식간에 빨려 들어갔다.

시선이 자기에게 집중된 것을 알면서도 히로노 나오미는 부끄러워하지도 않았다.

나무로 조각한 듯이 선명한 쌍꺼풀을 깜빡거리지도 않고, 천천히 학생들을 둘러본 다음 고개를 숙여 인사했다.

그것이 몹시 어른스러워 보였다.

A반 학생들은 새로 부임해 온 교사를 맞이하는 것 같은 착각을 하고 있었다. 그것은 유쾌한 압박감이었다.

"히로노 나오미 양의 아버지는……." 하고 다케야마가 말하려고 할 때였다. 나오미는 느슨하게 웨이브진 단발머리를 강하게 흔들어 다케야마의 말을 막았다. 다케야마는 좀 놀란 듯이 나오미를 바라보았다. 그리고 곧 머리를 두서너 번 끄덕이고 씁쓸히 웃었다.

"그럼 모두 사이좋게 지내도록……."

다케야마는 이렇게 말하고

"스기하라 양." 하고 교코를 불렀다.

"예."

갑자기 지명을 받은 교코는 얼굴을 붉히며 일어섰다. 교코는 나오미를 보자 첫눈에 이상한 정감에 사로잡혀 황홀하게 그 얼굴을 바라보고 있었던 것이다.

"저 학생이 스기하라 교코 양이에요. 스기하라 양 옆의 자리가 비어 있으니까 그곳에 앉도록 해요."

다케야마는 그렇게 말하고 바쁜 듯이 교실을 나갔다.

나오미는 천천히 교코 곁으로 다가갔다. 교코는 마치 자기 자신이 전입생인 것처럼 두근거리는 가슴으로 "저어…… 스기하라 교코예요. 잘 부탁해요." 하고 공손히 인사를 했다. 나오미도 교코도 서로가 자기의 일생에 중대한 관련을 갖는 존재가 되리라고는 꿈에도 생각지 못했다.

나오미의 눈에 정다운 미소가 떠올랐다. 교코는 그것을 보는 것만으로도 가슴이 두근거렸다. 나오미는 아무 말 없이 인사를 하고는 자리에 앉았다.

나오미의 자리는 창가에 있었다. 교코는 말을 건네려고 몇 번인가 나오미 쪽을 보았다. 그러나 나오미는 무심히 맑은 하늘을 바라보고 있었다.

나오미에게는 말을 붙일 수 없게 하는 무엇인가가 있었다. 새침해 있는 것과는 다르다. 냉랭한 것도 아니다. 자기 방에 틀어박혀 있는 것처럼 나오미는 혼자가 되어 있었다.

턱을 고이고 하늘을 바라보고 있는 나오미에게는 3학년 A반의 어느 누구에게서도 찾아볼 수 없는 이상한 분위기가 있었다. 그것은 고독이라고 불러야 할 것인지도 몰랐다.

'가와이 같은 앤 발치에도 못 가!'

교코는 살짝 데루코 쪽을 돌아보았다.

오후 수업을 알리는 종이 울렸다.

그날 수업이 끝난 다음, A반 학생들은 왜 그런지 흥분하고 있었다. 북국(北國)의 6월 햇살은 금빛 모래처럼 피부를 간질였다. 그녀들은 운동장의 라일락 나무 아래 앉아 있었다. 손질이 잘 되어 있는 잔디 위에 너도나도 제멋대로 다리를 뻗고 있었다.

"그 히로노라는 아이, 참 이상해. 끝내 아무하고도 얘기 한마디 없이 싹 가 버렸잖아. 말한다고 해서 뭐 천벌을 받는 것도 아닐 텐데 말야."

가와이 데루코의 톡 쏘는 듯한 말투였다.

"하지만 난 그게 더 매력이 있던데. 그 아이가 조잘조잘 지껄이는 것보다는 그렇게 가만히 하늘이나 바라보고 있는 게 좋아."

"그래, 그러는 편이 어딘지 모르게 신비롭고 멋있지!"

"그리고 그 아이 아주 어른 같지? 머리도 무척 좋지 않을까?"

"그래도 너무 무뚝뚝해."

"어머, 무뚝뚝하다니 너무하다. 말을 잘해도 인상이 나쁜 사람은 나쁜 거야."

"그럼! 히로노는 왠지 모르게 숙연한 느낌을 주는 호수 같은 아이야."

그녀들은 제각기 나오미의 인상에 대해 이야기를 나누고 있었다.

"교코, 너 멍한 표정이던데 열나는 거 아니니?"

"어머! 교코는 다케야마 선생님뿐이다. 너야말로 나오미, 나오미 하고 노트에다 낙서하던데."

"응 그래, 나도 지지 말고 히로노가 열나게 해야지……."

"틀렸어 넌."

거의 다 나오미에게 호감을 가지고 있었다.

교코는 지금 누군가가 "교코는 다케야마 선생님뿐이다."라고 한 말이 마음에 걸렸다. 다케야마 데쓰야와 교코의 오빠 료이치는 대학 시절부터 친구였다. 가끔 세 사람이 거리를 거닐 때도 있어서 그것을 본 학생들이 다케야마와 교코에 대해서 장난기 있는 소문을 낸 적이 있었다.

'난 히로노와 친구가 되고 싶다.'

다케야마에게는 관심이 없다고 교코는 자기 자신에게 말하고 싶었다.

잔디에 라일락꽃 그림자가 길어졌고, 모두들 집으로 돌아가려고 할 때였다. B반 야마자키 다미코가 실내화를 신은 채 잔디 위로 달려 왔다.

"다미코, 이번엔 호외(號外)니?"

누군가가 던진 이 말에 모두 떠나갈 듯이 웃었다.

"맞았어, 호외야, 호외. 너희들 그 멋진 아이 정체가 뭔지 알아?"

다미코는 남의 웃음 같은 건 안중에 없었다.

"정체라니 무슨 소리야?"

"즉 말하자면 어디에 소속된 어떤 사람인지 아느냐 말야."

A반 학생들은 서로 마주보았다. 다케야마 선생이 "히로노 양의 아버지는……." 하고 말하려 했을 때 머리를 강하게 도리질하던 나오미의 인상이 아직도 또렷했다.

'어떤 집안의 아이일까?'

'어쩌면 우리 집하고 같을지도 몰라.'

교코는 나오미가 자기와 같은 환경이었으면 하고 은근히 바랐다.

"넌 아니, 야마자키?"

한 사람이 물었다.

"물론이지. 너는 내가 남의 비밀을 염탐하는 데 재빠른 귀를 가지고 있는 줄도 모르니? 다케야마 선생님이 아버지를 소개하려 하니까 그 예쁜이가 안 된다고 그랬지? 그것도 다 알고 있다구, 난."
"예쁜이, 예쁜이가 뭐니? 히로노 나오미란 이름이 엄연히 있잖아!"
가와이 데루코가 차디차게 말했다.
"안다, 알아. 히로노 나오미란 이름쯤 안다구."
다미코는 사내 같은 말투로 말했다.
"대체 어떤 집 딸이야?"
가와이 데루코는 초조했다.
"침착들 하시라구, 너처럼 부잣집 사장 따님은 아니니까. 어때, 안심이지? 아까 교무실에 갔더니 시바다(柴田) 선생님이 '오늘 들어온 아이는 미인이군요. 어떤 집 딸입니까?' 하는 거야. 그러니까 다케야마 선생님이 '목사님 딸인데요. 그렇게 소개하려고 했더니 싫다는 거예요. 왜 그랬을까요?' 그랬다구."
'목사님?'
교코는 갑자기 쓸쓸해졌다. 나오미는 자기와 같은 처지는 아니었던 것이다.
"그래? 목사님이야? 그런데 왜 남들이 아는 걸 싫어하지?"
기다미즈 여고는 미션 스쿨이다. 목사라면 존경받는 존재였다.
"어쩜, 목사님 따님이라니 멋지다, 얘. 그런데 부끄러울 게 뭐가 있지?"
이야기 꽃을 피우고 있는 동급생들을 등지고 교코는 조용히 일어섰다.
다케야마 데쓰야는 내일의 수업 준비를 하고 있었다. 방과 후의 교무실에는 두서너 명의 교사들이 남아 있을 뿐이었다. 운동장 쪽에서 가끔 함성이 들려왔다. 교사 팀과 3학년 팀의 배구 시합이 시작되고 있었던 것이다.

"다케야마 선생님!" 하고 부르는 소리에 다케야마가 고개를 드니 맞은편 자리의 마쿠다(幕田)가 긴 얼굴을 쑤욱 내밀면서 "선생님 반의 히로노 나오미, 학습 태도가 좋지 않던데요." 하고 말했다. 마쿠다는 50이 가까운 국어 교사다. 머리가 하얗게 세어 나이보다 훨씬 늙어 보였다.

"마쿠다 선생님 시간에도 그렇습니까?"

다케야마가 엉겁결에 말했다. 마쿠다는 미션 스쿨의 교사로서는 파격적인 사나이다. '벼락'이라는 별명이 어울릴 정도로 가끔 아이들에게 고함을 친다.

"나쁘다 할 정도가 아니에요. 나를 보고 얘기 듣는 일이 한 번도 없어. 필기도 하지 않고."

마쿠다는 어처구니없다는 듯이 말했다.

"주의시키셨습니까?"

"아니, 글쎄 그게 말일세, 왜 그런지 그 애는 주의시키기가 어려운 아이야. 오늘은 꼭 주의시켜야지 하면서도 그만 기회를 놓치고 만단 말야."

마쿠다는 목소리를 낮추며 씁쓸하게 웃었다.

"아, 그래요. 죄송합니다. 제가 주의 주도록 하겠습니다."

벼락이란 별명을 가진 마쿠다조차 주의시킬 기회를 놓친다고 한다면 다른 교사들도 마찬가지일 거라고 다케야마는 생각했다. 다케야마는 지금도 수업 준비를 하면서 자기가 어느 틈에 히로노 나오미를 의식하고 있음을 알았다. 나오미는 전학한 지 열흘이 넘었는데도 수업시간에 손을 든 일이 없었다. 노트도 하지 않았다.

처음에는 전학 온 지 얼마 되지 않았으니까 이 학교 분위기에 익숙하지 못해서 그렇거니 하고 동정했다. 어떻든 간에 내일은 꼭 한 번쯤 손을 들어 대답해 주었으면 하고 바랐다. 반의 누구나가 다 대답할 수 있을 만한 질문도 해 보았다. 그러나 나오미는 여전히 창 밖을 내다보고 있을 뿐이었다. 다른 학생들이 소리내어 웃을 때도 나오미는 전혀 웃지 않았다.

다케야마는 날이 갈수록 차츰 초조해졌다. 요즈음에 와서는 나오미를 생각만 해도 가르친다는 일에 자신을 잃어가는 것 같았다.

다음날 다케야마는 나오미의 태도를 결코 용서하지 않겠다고 생각하며 교실로 들어갔다. 교재는 다케야마가 등사한 맨스필드의 「원유회」(園遊會)였다. 나오미는 여전히 시선을 밖으로 돌리고 있었다.

다케야마는 울컥울컥 치미는 울화를 참아 내며 책을 읽어 나갔다. 그는 수업을 중단하고 싶지는 않았다. 학생 하나 때문에 다른 학생들의 시간을 빼앗는 일은 피하고 싶었다. 방과 후에 나오미를 불러서 주의를 주는 편이 낫다고 생각했다.

수업 시간도 거의 끝나가고 있었다.

"그럼 지금 얘기한 것은 중요한 것이니깐 노트해 두도록……."

다케야마는 그렇게 말하고 학생들을 둘러보았다. 학생들은 일제히 앞으로 몸을 굽혀 노트하기 시작했다. 다케야마는 나오미를 보았다. 나오미의 책상 위에는 노트도 필통도 놓여 있지 않았다.

다케야마는 참을 수가 없었다.

"히로노!"

학생들이 깜짝 놀라 고개를 들 만큼 격한 어조였다. 나오미는 천천히 시선을 다케야마에게로 돌렸다. 신기한 것이나 보는 것처럼 나오미는 다케야마의 엄한 시선을 받았다.

"왜 노트를 안 하는 거야?"

나오미는 얼굴을 들고 빤히 다케야마를 바라볼 뿐 대답을 하지 않았다.

"너는 오늘만이 아니야. 언제나 수업 시간 내내 바깥만 내다보고 있어. 대체 뭘 생각하는 거니?"

나오미는 대답하지 않았다.

"뭘 생각하느냐고 묻고 있지 않아!"

다케야마는 날카롭게 다그쳐 물었다. 나오미는 조용히 일어섰다. 학생들은 필기하는 것도 잊고 나오미를 지켜보았다.

"I have been thinking about your wife. What a wonderful woman she will be! How happy she is to be married to a man like you!"

(선생님 부인은 얼마나 멋진 여성일까 하고 생각했습니다. 선생님 같은 분과 결혼한 여성은 얼마나 행복한 분일까 하고 생각하고 있던 참입니다.)

매우 능숙한 영어였으며 아름다운 발음이었다. 좀 빠르게 얘기했기 때문에 학생들은 그 의미를 잘 파악할 수가 없었다. 아무리 영어 시간이라고 하지만 선생의 꾸중에 대해 즉각 영어로 대답한 나오미에게 학생들은 감탄하지 않을 수 없었다.

다케야마의 얼굴이 달아올랐다. 분노 같았지만 분노는 아니었다. 나오미의 말을 액면 그대로 받아들인 것은 아니었다. 그러나 스물여섯의 독신 다케야마에게는 강렬한 말이었다. 한편으로는 무시당한 것 같은 느낌이 들지 않는 것도 아니었다. 그러나 다케야마의 분노에 가볍게 응수한 나오미를 꾸짖을 마음은 없었다. 꾸짖지 못하는 자신이 안타까웠다.

벨이 울렸다. 교실을 나올 때 다케야마는 나오미를 돌아보고 싶었다. 그러나 그냥 복도로 나오고 말았다. 그 날부터 나오미는 3학년 A반의 우상(偶像)이 되었다.

아침부터 후텁지근했다. 한 학기가 끝나는 날이다. 드디어 내일부터는 긴 여름 방학에 들어간다. 교코는 어떻게 해서든지 한 번 나오미와 함께 돌아가고 싶었다.

나오미는 다케야마에게 주의를 받은 후부터 수업 시간에 밖을 내다보는 일이 없었다. 그러나 여전히 자발적으로 손을 드는 일은 없었다. 변함없이 말이 없고 거의 아이들과 말을 주고받는 일도 없었다. 하루의 수업이 끝나면 서슴지 않고 혼자 가 버리는 것이었다.

"잘 가."

오늘도 나오미는 교코에게 그렇게 말하고 재빨리 교실을 나가 버렸다. 긴 방학을 앞두고 헤어지는 것을 섭섭해하는 기색은 조금도 없었다. 교코는 급히 뒤를 쫓았다. 현관을 나간 나오미에게 "히로노 양." 하고 교코는 용단을 내서 불렀다. 나오미가 돌아보았다.

"저……."

"왜?"

"같이 가지 않을래?"

나오미는 좀 곤혹스러운 듯 찌푸린 하늘을 잠깐 쳐다보았다.

"미안하지만 오늘은 들를 데가 있어."

나오미는 가볍게 머리를 숙이고 가려고 했다. 그 때였다.

"목사님 따님은 빵빵집 딸 같은 건 상대하지 않는대."

들으란 듯한 말소리였다. 나오미는 멈칫하였다. 어느 틈에 가와이 데루코가 적의에 찬 눈으로 현관 앞에 서 있었다. 나오미는 천천히 되돌아섰다.

"지금 뭐라고 했지?"

"목사님 따님이 빵빵집 딸 같은 걸 상대할 까닭이 있겠느냐고 했어."

"빵빵집이라니 누구 얘기지?"

"뻔하지 뭐니, 쟤 아냐?"

데루코는 턱으로 교코를 가리켰다.

"교코네는 빵빵집이 아니야."

"네가 그걸 어떻게 아니?"

데루코는 날카롭게 쏘아붙였다.

학생들이 너덧 명 몰려왔다. 교코는 파랗게 질려 입술을 깨물었다.

"교코, 집에 가자."

나오미는 교코의 등에 손을 얹었다. 교코의 눈에서는 눈물이 떨어졌다.

교코의 눈물을 보자 나오미는 데루코 쪽으로 몸을 돌렸다.

"가와이, 실례했어."

"뭐가 실례니? 빵빵집이니까 빵빵집이라고 그런 거지."

"너무했어, 그렇게 심한 말을 하는 게 아니야. 왜 그렇게 교코를 업신여기지?"

"내겐 그럴 권리가 있어."

데루코는 태연스럽게 말했다. 나오미는 너무 어이가 없어 데루코의 얼굴을 노려봤다.

"가와이, 남을 멸시할 권리 같은 건 아무에게도 없어. 아무도 무시해선 안 되는 거야."

나오미의 말에 데루코가 아니꼽다는 듯이 웃었다.

"그래? 그럼 히로노 넌 전학 온 지 한 달이 넘었는데 네 태도는 그게 뭐야. 남을 무시하는 거 아냐? 반 아이들하고 말도 잘 하지 않고 선생님들 얘기를 듣는 건지 먹는 건지 손 한 번 들은 적이 없어. 남을 무시하는 건 바로 너야."

개선 장군처럼 데루코는 도도했다. 순간 나오미는 놀란 것처럼 데루코를 쳐다보았다. 어느새 그들 주위를 아이들이 둘러싸고 있었다.

"히로노, 너는 선생이나 친구들을 무시하고 있는 거야. 학교 전체를 무시하고 있다구. 그러면서도 '남을 무시하지 말라' 설교할 수 있니? 아무리 목사 딸이라지만."

데루코는 다그쳤다. 나오미는 데루코의 말을 묵묵히 듣다가 곧 깨달은 듯 말했다.

"정말 그랬구나. 가와이 넌 좋은 충고를 해 줬어. 고맙다."

뜻밖의 솔직한 나오미의 말에 데루코는 당황한 표정을 지었다.

"난 절대로 너희들을 무시하려고 했던 건 아니야. 그런데 듣고 보니 가와이 네 말대로 정말 내가 나빴어. 사실 난 생각할 게 너무나 많아서 그랬어."

"생각할 게 많다고? 선생님 얘기도 들리지 않을 정도로 생각을 해? 친구들하고 얘기도 못할 정도로? 엉터리 같은 소리 하지 말아."

"농담이 아니야. 하지만 내가 아무하고도 얘기하기 싫었던 건 사실이야. 지금 그게 정말 실례였다는 일을 깨달았어. 잘못했다. 미안해."

나오미는 계속해서 말했다.

"하지만 가와이, 네가 교코에게 한 일도 잘못이라고 생각해."

"난 조금도 잘못했다고 생각하지 않아."

데루코는 뻔뻔스럽게 말했다.

"어머!"

참다 못해 교코가 말했다.

"가와이, 우리 집은 요릿집을 하고 있지만 빵빵집은 아니란 말야."

교코의 목소리가 떨렸다.

"아냐, 빵빵집이야."

데루코는 조금도 지지 않았다.

"그만 둬, 가와이!"

나오미가 나섰다.

"히로노, 넌 아무것도 모르면서 왜 나서니? 비켜!"

"가와이, 정말 이러기야!"

"아까 말했잖아. 난 애를 무시할 권리가 있다구……."

갑자기 데루코 눈에 눈물이 핑 돌았다. 나오미는 데루코가 왜 눈물을 보였는지 알 수가 없었다.

데루코가 획 돌아서 교실 안으로 뛰어갔다. 둘러쌌던 아이들이 하나, 둘 흩어졌다.

"왜…… 왜 그런……."

왜 그처럼 지독한 말을 하느냐고 교코는 말하고 싶었다.

"가와이, 너무해."

나오미는 이렇게 말했으나, 단순하게 데루코가 교코를 괴롭혔다고는 생각할 수 없었다. 단순한 심술치고는 너무 지나치다고 생각했다.

두 사람은 아무 말 없이 아카시아 가로수 밑을 걸어갔다. 미군 병사가 거리에 쏟아져 나왔다. 미군들 주위만이 명랑하고 활기에 차 있는 것처럼 보였다.

두 사람은 찻집 '엘름' 앞을 지나게 되었다.

"목이 말라. 들어가지 않을래?"

나오미는 앞장서서 '엘름'에 들어갔다. 정오가 가까운 찻집은 조금 붐볐다. 둘은 입구 쪽 자리에 앉았다.

"문 옆이라 어수선하지만······."

나오미는 침울한 교코의 얼굴을 들여다보며 말했다.

"난 화가 나면 몹시 배가 고파. 카레라이스 3인분쯤 거뜬히 해치울 수 있어."

나오미의 말에 교코는 겨우 미소를 지었다. 그때 안쪽 자리에서 남자들이 서너 명 입구 쪽에 있는 카운터로 다가왔다. 그 중 한 사람이 고개를 숙인 교코를 얼핏 보았다. 은밀하게 웃는 그 눈이 나오미에게 옮겨졌다. 남자의 시선이 못 박혀 버렸다.

나오미는 아무 생각 없이 두어 걸음 저쪽에 서 있는 그 남자를 보았다. 어린아이와 같은 예쁜 눈이 놀란 듯이 나오미를 주시하고 있었다. 그는 나오미와 눈이 마주치자 테이블로 다가왔다.

나오미는 자기도 모르게 몸이 굳어졌다.

"어머!"

고개 숙이고 있던 교코가 소리를 질렀다. 사나이는 바지 주머니에서 1백 엔짜리 지폐를 너덧 장 꺼내 테이블에 놓았다. 그러고는 이내 밖으로 나갔다. 나오미는 어이가 없었다.

"오빠야."

교코가 얼굴이 빨개지면서 1백 엔짜리 지폐를 조그맣게 접었다.

2

목사관(牧師館)의 콘크리트 벽을 함빡 뒤덮고 있는 물들인 듯 짙은 녹색 담쟁이가 나오미의 방 창문을 반은 뒤덮고 있었다. 바람이 스치면 담쟁이 잎이 흔들렸다. 찌는 듯이 더운 8월, 여름 방학의 어느 날 오후였다. 나오미는 능숙한 솜씨로 흰 블라우스에다 프랑스 자수를 놓고 있었다. 내일은 이 블라우스를 입고 오다루(小樽)의 오다모이로 혼자 놀러 갈 참이었다. 나오미는 오다모이를 잘 모른다. 아름다운 곳이라는 얘기만 들었을 뿐이다.

"나오미, 편지 왔다."

아버지 히로노 고스케(廣野耕介)가 파자마를 입은 채 방에 들어왔다. 사람을 빨아들일 것 같은 나오미의 검은 눈은 아버지를 닮은 것 같았다. 고스케의 떡 벌어진 넓은 어깨며 꽉 짜인 체격은 어딘지 일본 사람 같지가 않았다. 나오미는 말없이 편지를 받아 들었다. 1년 전쯤부터 나오미는 학교에서나 집에서나 말이 없어졌다.

"어머?"

발신인을 보고 나오미는 깜짝 놀랐다.

"왜 그러니?"

나오미는 대답하지 않았다. 그녀는 '다케야마 데쓰야' 라고 잘 쓰여진 이름을 바라보았다. 대답을 하지 않는 딸의 얼굴을 고스케는 웃으면서 바라보았다. 고스케의 성난 얼굴을 나오미는 모른다. 그는 언제나 유연하다. 2, 3년 전엔 이런 일이 있었다.

나오미가 현관 옆방에서 공부를 하고 있었는데 '드르륵' 하고 거칠게 문을 여는 소리가 나서 나가 보니 검은 안경을 쓴 남자가 버티고 서 있었다.

"아버진 없어?"

커다랗고 음산하며 불쾌한 목소리라고 생각했다. 그때 고스케가 얼굴을 내밀었다.

"이거 봐, 이거 어떡할 셈이야?"

사나이는 고스케의 얼굴을 보자 더러운 손을 쑥 내밀었다. 교회 앞을 지나가다 커다란 돌에 걸려 넘어졌으니 어쩔 셈이냐는 것이었다. 고스케하고는 아무런 관련도 없는 이야기인데 공연히 생트집을 부리러 온 것이었다. 고스케는 잠자코 그 사나이의 손을 보고 있었다.

"어떡할 셈이냔 말이야?"

사나이는 더 큰소리를 질렀다. 고스케는 여전히 잠자코 있었다.

"이 자식이 사람을 어떻게 보고 이래!"

사나이는 별안간 주머니에서 칼을 꺼내 마루 끝에 꽂았다.

"몇 살인가?"

고스케는 온화하게 입을 열었다.

"뭐라구?"

사나이는 성을 버럭 내며 칼에다 손을 댔다.

"어머니 존함은 어떻게 되지?"

고스케는 미소를 짓고 있었다. 사나이는 언짢은 눈초리로 고스케를 바라보았다. 조금도 무서워하는 기색이 없는 고스케의 모습은, 몸이 크기 때문에 더 강하게 보였는지도 모른다.

"돈이 필요해서 그렇지? 그러나 돈이나 물건은 곧 없어지는 거야."

그 남자는 어느새 딱딱하게 굳은 채 고개를 숙이고 있었다. 나오미는 아버지가 침착한 것이 걱정이었다. 만일 그 단도로 찌르면 어떡하나 안절부절못했다.

"그런데 우리 집에는 절대로 없어지지 않는 보물이 있어. 자, 들어오게."

사내는 마침내 엉거주춤하며 "죄송합니다" 하고는 달아나 버렸다.

고스케는 성경을 줄 생각이었나 보다.

"아버진 무섭지 않으세요?"

나오미가 겁에 질린 목소리로 물었더니 "사랑은 두려워하지 않는다고 성경에 쓰여 있단다." 하고 고스케는 태연하게 말했다. 어머니 아이코(愛子)가 돌아왔어도 고스케는 그 얘기를 하지 않았다. 나오미는 아버지의 담력에 놀랐다.

아이코도 남편 고스케와 좀 닮은 데가 있었다. 그녀는 여자 고등 사범 학교를 나와 결혼 전에 수학 교사를 했었다. 히스테리한 면이 전혀 없는 지극히 낙천적인 성격이어서 스웨터를 뒤집어 입고 시장에 가는 것쯤은 다반사였다. 물건을 사고 거스름돈 받는 것을 잊어버리기도 하고, 돈만 주고 물건은 그대로 놓고 오기도 했다. 그런 반면,

사람의 이름이나 얼굴은 잘 기억하여 1백명이 넘는 교인의 생일이나 가족 관계를 모조리 알고 있었다. 거지가 오면 절대로 그냥 돈을 주는 일이 없고 꼭 잡초를 뜯게 한다든가 장작을 패도록 했다.

"당신 거리를 돌아다닐 체력은 있지 않아요? 그러니 잡초 좀 뽑아 줘요. 남한테 돈을 거저 받으면 거지가 된대요." 하고 거지를 웃기는 얘기를 한다. 그리고 자기도 같이 잡초를 뜯으며 거지의 사정 얘기를 들어주기도 한다. 거지가 장님이든 절름발이든 일을 하게 했다. 거리를 다닐 수 있으니 일을 못할 까닭이 없다는 것이다.

이런 고스케와 아이코의 외딸로 자란 나오미가 왜 그런지 1년 전부터 말이 없어졌다. 그러나 고스케나 아이코는 그런 나오미를 야단치거나 나무라지도 않았다.

고스케가 방에서 나가자 나오미는 다케야마에게서 온 편지 봉투를 가위로 잘랐다. 굵은 만년필로 쓰여진 커다란 글씨가 시원시원해 보였다.

삿포로에서 처음 지내는 여름은 어떻습니까? 바다가 있는 하코다데가 그립겠지요. 실은 방학 동안에 한 번 찾아가려고 생각했으나 교사로서 그리 근면치 못한 탓으로 여름 방학만큼은 푹 쉬고 싶어 방문을 그만두기로 했습니다.

그러나 점점 여름 방학도 다 되어가니 다소 우울합니다. 역시 히로노 나오미라는 존재가 나를 우울하게 만들고 있는 것입니다.

솔직하게 묻겠습니다. 나오미는 왜 학습 태도가 나쁩니까?

시험 성적은 어느 과목이나 다 놀라울 정도로 좋습니다. 그러나 성적 그 자체보다 학습 태도 쪽이 더 중요하다고 나는 생각합니다.

나오미는 예쁜 모양을 한 매끄러운 입술을 실쭉했다.

하코다테 T여고 재학 중의 성적을 미루어 보아도 나오미 양이 좀 더 적극적으로 해준다면 반 전체에도 좋은 영향을 끼치리라 생각합니다. 만사에 소극적인 현재의 나오미 양은 나오미 양의 본래의 모습은 아니겠죠? 오히려 난폭할 정도로 야성적인 정열을 감추고 있는 사람이 아닌가 하고 지난 날 영어 시간의 인상을 미루어 추측해 봅니다. 내 추측이 맞는다면 여기서 싱긋 웃어 주십시오.

나오미는 자신도 모르게 미소를 지었다.

어쨌든 고칠 수 있다면 불쾌하기 그지없는 그 수업 태도를 속히 고쳐주었으면 합니다. 혹 깊은 고민이나 사정이 있다면 들려주십시오. 별 지장이 없다면 담임으로서 알아두고 싶습니다.

8월 13일

다케야마 데쓰야

나오미는 편지를 다 읽고 책상 위에 놓았다. 비누 내음이 풍길 것 같은 다케야마의 깔끔한 얼굴을 떠올려 보았다.

나오미는 여태까지 이렇게 솔직한 충고를 어느 교사에게서도 들은 적이 없었다. 특히 하코다데 T여고에서는 아버지 고스케가 일주일에 한 번씩 있는 예배 시간에 설교를 했던 일도 있어서 나오미는 특별 취급을 받은 것 같았다.

나오미는 다시 다케야마의 편지를 꺼내 읽었다. 그리고 나서 곧 펜을 들었다.

"주신 편지 잘 받았습니다. 하코다데의 여름보다 삿포로의 여름이 더 멋집니다. 그것은 선생님의 편지를 받았기 때문인지도 모릅니다."

거기까지 쓰고 나오미는 편지지를 구겨 버렸다. 자기가 무엇을 쓰려는 건지 종잡을 수 없는 불안정한 감정 때문이었다. 나오미는 블라우스를 집어들었다. 조금만 더 수를 놓으면 보랏빛 포도송이를 완성할 수 있었다.

다케야마의 편지가 온 다음날도 아침부터 더웠다. 지금 히로노네 집에서는 아침 식사가 시작될 참이었다. 고스케가 낮은 목소리로 식사기도를 올리고 있었다. 넓은 교회 뒤편에 있는 목사관은 조용했다. 마당의 엘름나무에서는 매미가 한 마리 울고 있었다.

고스케와 아이코가 머리를 숙이고 경건하게 기도하는 모습을 나오미는 내려다보는 듯한 자세로 바라보고 있었다. 식탁 위에는 소금에 찐 감자와 치즈 그리고 찬 우유가 놓여 있었다.

"……오늘도 이 식사를 함으로 하나님을 섬길 수 있는 힘을 주옵소서……."

긴 기도가 끝났다. 고스케와 아이코가 "아멘." 하고 한 목소리로 말했다. 그러나 나오미는 말없이 우유를 한 모금 마셨다. 꾸중이라도 하면 '오다루 행 기차를 놓치겠단 말예요. 무슨 기도가 그렇게 길어요.' 라고 말할 생각이었다. 그러나 고스케도 아이코도 우유를 마시고 있는 나오미를 보고는 빙긋 웃었을 뿐이다. 나오미는 말할 수 없이 쓸쓸했다.

두 시간 후에 나오미는 오다모이 곶에 혼자 와 있었다. 그 곳은 사방이 대형 유리로 둘러싸인 커다란 식당이었다. 안에는 사람이 손꼽을 정도도 안 되었다. 바닷가의 조그만 언덕 벼랑 위쪽에 세워져 있는 이 유리로 둘러싸인 식당 안에 있으니, 나오미는 흡사 바다 위에 뜬 섬에 있는 것 같은 착각을 일으켰다. 나오미는 조금 이른 점심을 마치고 일어섰다. 그리고 창가로 가서 유리창 너머로 먼 수평선을 바라보았다. 바다로 나가는 배 한 척 보이지 않았다. 눈부시게 빛나는 한여름의 바다는 의외로 쓸쓸했다.

"멋있는 빛깔인데."

조금 떨어진 곳에서 중얼거리는 소리에 나오미는 무심코 그 쪽을 바라보았다. 눈을 가느스름하게 뜨고 지그시 수평선을 바라보고 있는 남자의 얼굴은 어디서 본 듯했다. 그가 흘낏 나오미를 보았다.

"아!"

나오미는 들릴락말락한 소리를 질렀다. 그는 어린아이처럼 맑은 눈을 크게 뜨면서 반가운 듯이 미소를 지었다. 교코의 오빠 스기하라 료이치였다.

"겨우 찾았군요."

숨바꼭질할 때와 같은 억양으로 료이치가 가까이 다가왔다. 하얀 와이셔츠에 회색 바지가 썩 잘 어울렸다.

"교코하고 나란히 앉았다면서요? 히로노 나오미라는 이름도 똑똑히 기억하고 있습니다. 용하지요? 칭찬해 주세요."

나오미는 뭐라고 대답해야 좋을지 몰랐다. 료이치와 다케야마 데쓰야가 대학 동기생이라는 말은 들었다. 그러니까 나오미보다 일곱 살 위일 것이다. 그런데 료이치는 초등학교 아이보다 더 앳되고 남을 잘 따랐다.

"요전에 처음 만났을 때 난 정말 놀랐어요. 뭐라고 할까, 아름답다는 말 같은 거로는 표현이 안 되죠. 그때 당신을 본 감동을 표현할 수 있는 말이 이 세상엔 없을 것 같아요. 정말 놀랐어요!"

다른 남자가 말했다면 불쾌하고 징그러웠을지도 모른다. 그러나 료이치의 맑은 눈에는 아무런 악의도 없었고 자연스럽게 들렸다.

'처음 만난 사람에게 이렇게 자기 마음을 털어놓고 얘기할 수 있다니 아마 이 사람은 언제나 참말밖에 못하는 사람인가 봐.'

나오미는 자기가 연상(年上)이나 되는 것 같은 착각을 하며 료이치를 향해 부드럽게 미소지었다. 혈색이 파리한 료이치는 어딘지 병이 있는 것 같은 느낌을 주었다.

"교코는요?"

"아! 같이 왔어요. 저 아래서 수영을 하고 있을 거예요. 수영하셔야죠?"

두 사람은 어느새 테이블 앞에 마주앉아 있었다.

"아아뇨. 오다모이가 좋다는 말은 들었지만 수영할 수 있는 곳인 줄은 몰랐거든요."

"그럼 수영 안 하겠군요. 이거 실망했는데. 나오미 씨 수영복 차림을 보고 싶었는데……."

나오미는 놀라면서 료이치를 보았다. 료이치는 경치 얘기라도 하고 있는 것처럼 담담한 표정으로 이렇게 말했다.

"나 한 번 당신을 그리고 싶어요. 당신 얼굴도 좋지만 당신이 가지고 있는 분위기랄까, 뭐랄까. 하여튼 좋은 그림이 될 거예요."

그러면서 그는 나오미를 보았다.

"그림을 그리세요?"

"나는 화가가 되고 싶다는 걸 대학을 나올 때쯤 해서 알았어요. 참 바보였죠. 지금은 신문사에 있지만 그림 그릴 시간이 전혀 없어서 영 틀렸어요."

료이치는 가볍게 입을 삐죽거렸다. 방금 얘기를 시작했는데도 나오미는 료이치가 말하는 한마디 한마디에 이상하리만치 솔직하게 응할 수 있었다.

"좀 걷지 않겠습니까? 동굴에 들어가 보셨어요?"

"아직 안 가 봤어요. 먼저 배가 고픈 것을 해결하려고 여기부터 들어온 거예요."

쾌활하게 나오미가 일어섰다.

사람이 겨우 오갈 수 있을 정도로 좁은 길이었다. 한 발짝만 잘못

디뎠다간 아래는 수십 미터의 절벽이다. 군데군데 철책(鐵柵)이 둘려 있었다. 그 아래 극히 좁은 평지에 해수욕하는 사람이 무리지어 있었다. 바위를 뚫어서 낸 길로 들어서니 물이 바위에서 스며 나왔다. 그 곳을 빠져 나가니 또 절벽 위였다.

"지금 내가 나오미 양을 떼밀었다고 해도 남들은 실수해서 떨어진 줄 알겠지요?"

료이치는 일부러 낮은 목소리로 말했다.

"어머! 싫어요."

료이치는 웃으며 나오미의 손을 잡았다. 자연스러운 행동이어서 거절하는 쪽이 더 부자연스럽게 생각되었다. 나오미는 손이 잡힌 채 료이치의 뒤를 따랐다.

"나오미 씨는 집안일을 돕지 않는군요."

"왜요?"

"손이 이렇게 매끈한 걸 보니 책만 읽고 이론만 꼬치꼬치 캐는 아가씨 같은데요."

"어머! 이래봬도 뭐든지 잘 해요. 청소도 빨래도."

"허! 용하시군. 그럼 내 신부로 삼을까요?"

뒤를 돌아보며 료이치가 웃었다. 나오미는 손을 뿌리치고 료이치 곁을 살짝 빠져 나가 앞장서서 걸었다.

"아니, 그만두겠어요. 암만 해도 어쩐지 자기 주장만 하는 기질이 다분할 것 같은데요."

료이치가 큰소리로 말하자, 나오미는 그 자리에 서서 몸을 틀고 웃었다.

곶의 가장자리에 이르자, 그 위 좁다란 곳에 올라가 료이치가 노래를 부르기 시작했다.

얼마나 푸른 하늘인가
얼마나 푸른 바다인가
얼마나 푸른 당신인가
얼마나 푸른 당신인가

산타루치아 곡조에 멋대로 가사를 붙여 부르더니 료이치는 나오미에게 이렇게 말했다.

"나 노래 잘하죠? 칭찬 좀 해주세요."

나오미는 소리내어 웃었다. 오늘은 오래간만에 소리를 내서 웃을 수 있었다. 사실 료이치는 듣기 좋은 바리톤으로 곧잘 노래를 불렀다. 그러나 나오미는 이렇게 말했다.

"별로 잘하는 것 같지 않은데요."

"정말요? 내가 잘 못 불러요?"

료이치는 정말로 기가 죽었다.

"아니, 잘 하세요. 하지만 제 다음쯤 될 것 같은데요."

"그래요? 잘 부르면 한 번 들려주시죠."

나오미는 순순히 아까 료이치가 즉흥적으로 불렀던 가사대로 불렀다. 노래가 끝나자 료이치는 진지한 얼굴로 "나오미 양은 음악가가 되면 좋겠어요. 난 눈물이 나올 것 같았어요."라고 말하며 그녀를 바라보았다. 나오미는 료이치가 거의 울 것처럼 눈물이 글썽거리는 것을 보고 감동했다. 료이치라고 하는 인간의 불가사의한 아름다움에 감동한 것이다.

몇몇 사람이 곶 가장자리까지 왔으나 두 사람은 계속해서 합창을 했다. 둘은 오랫동안 사귀어 오던 친구처럼 마음이 맞았다.

료이치와 나오미는 다시 위험한 벼랑길을 걸어 천천히 돌아왔다. 겨우 평탄한 광장으로 돌아왔을 때 나오미가 우뚝 섰다. 식당 옆에 있는 벤치에 크림빛 블라우스를 입은 교코와 다케야마 데쓰야가 바다로 등을 돌린 채 앉아 있었다.

교코의 말에 고개를 끄덕이는 다케야마를 나오미는 보았다. 다케야마가 와 있다는 얘기를 료이치는 하지 않았다.

"다케야마 선생님도 와 계셨네요."

"다케야마? 아아…… 저 녀석은 당신네들 선생이지요."

나오미는 어제 받은 편지를 생각했다. 다케야마가 료이치와 나오미를 보고 일어섰다. 나오미는 왜 그런지 도망치고 싶었다.

"나오미!"

교코가 달려왔다. 나오미는 하는 수 없이 다가갔다.

"누구하고 왔니?"

"나하고야, 내가 전화로 불렀지."

료이치는 진정이란 듯이 말했다.

"허, 히로노 양하고 스기하라는 아는 사이였었다……?"

다케야마가 혼잣말로 중얼거렸다.

"아는 사이 정도가 아니야, 아주 친한 사이지."

료이치가 즐거운 듯이 말했다. 다케야마는 나오미를 지그시 바라보았다. 나오미는 왜 그런지 무거운 마음으로 다케야마에게 목례를 했다. 어제 받은 편지에 대해서는 다케야마도 전혀 내색하지 않았다.

교코가 다케야마 곁에 바싹 다가서서 료이치와 무언가 얘기하는 것을 나오미는 조금 떨어져서 바라보고 있었다. 다케야마의 시선이 나오미에게 쏠려 있었다. 그 때마다 나오미는 무심한 척 바다를 바라보았다.

료이치를 만나 밝아졌던 나오미의 마음은 다케야마를 만나 다시금 어두워졌다. 어둡다기보다는 무거웠다.

"왜 그래? 나오미 양."

료이치가 나오미 곁에 와 어깨에 손을 얹었다.

"아무것도 아녜요."

나오미는 되도록 밝게 대답했다.

식당에서 잠깐 쉬고, 나서 네 사람은 산을 넘기로 했다.

학교에서는 그렇게 나오미와 이야기하고 싶어 하던 교코가 오늘은 다케야마 곁을 떠나지 않았다. 자연히 나오미와 료이치가 나란히 걸었다.

오후부터 해가 기울었다고는 하지만 산길은 뜨거웠다. 메마른 길은 재처럼 풀썩거렸다. 나오미와 료이치는 고갱과 루오의 이야기를 하면서 걸음이 느린 교코네보다 앞서 걸었다. 료이치는 문득 걸음을 멈추고 "난 말이죠. 가끔 그림 그리는 게 무서워져요. 왠지 알겠어요?" 하고는 진지한 표정을 했다. 나오미가 모른다고 고개를 흔들자 그는 이렇게 말했다.

"난 내가 천재가 아닌가 하고 생각할 때가 있죠. 그런데 다 그리고 나서는 절망하는 거예요. 이해하시겠어요?"

료이치가 말하는 루오나 마티스도 재미있었으나 왜 그런지 나오미의 마음은 그다지 설레지가 않았다.

기차 안에서 료이치는 역시 피곤한 탓인지 꾸벅꾸벅 졸았다. 상냥한 얼굴이었다. 다케야마와 교코는 시고츠 호(支笏湖) 얘기를 하고 있었다.

나오미가 모르는 호수다.

"시고츠 호에서 캠프했으면 좋겠어요. 그렇지? 나오미 양."

교코가 어리광스럽게 얘기를 건네왔지만 나오미는 자는 척하고 창가에 머리를 기대고 있었다.

삿포로에 도착하니 벌써 어두워져 있었다.

"히로노는 내가 바래다 주지."

역에서 나와 다케야마가 이렇게 말했을 때, 교코의 얼굴이 갑자기 어두워지는 것을 나오미는 보았다.

"그러시는 게 좋겠어요."

교코가 그렇게 말했으나, 나오미는 "저 혼자 갈 수 있어요. 안녕히 들 가세요." 하고는 재빨리 걸었다.

"안녕!"

료이치와 교코의 인사말을 등뒤로 들으면서 나오미는 말할 수 없이 쓸쓸해졌다. 전차도 타지 않고 나오미는 총총걸음으로 빠르게 걸었다.

"히로노!"

다케야마의 목소리가 들렸다. 나오미는 뒤를 돌아보았다.

"굉장히 빠른데."

다케야마가 나오미의 곁에 섰다.

"바래다 주지."

"예, 하지만……."

"편지 갔던가?"

"예, 보았어요."

"2학기부터는 학습 태도를 고치겠지?"

나오미는 아무 말도 하지 않았다. 두 사람은 육교 위에 서 있었다. 육교 밑으로 기차가 지나갔다. 두 사람은 다시 걸었다. 다케야마도 말이 없었다. 교코를 대하는 것 같은 부드러움이 없었다. 나오미가 잠자코 있으면 다케야마도 아무 말이 없었다. 둘은 어느새 거리를 벗어나 홋카이도 대학 캠퍼스로 들어서고 있었다. 여름 방학중인 대학 구내는 조용했다. 자전거를 타고 구내를 가로질러 가는 사람이 몇 명 있을 뿐이었다.

"히로노, 왜 언제나 그렇게 시무룩하지?"

다케야마가 걸음을 멈췄다. 커다란 포플러 숲이었다. 불그스레한 구름이 스러져 황혼이 깃드는 하늘에 포플러나무 그림자가 검게 우뚝 서 있었다.

어두컴컴해진 잔디 위에 둘은 마주 서 있었다.

"2학기부터 기분 좋게 공부해 주겠지?"

나오미는 아무 말도 하지 않았다.

"히로노, 내가 걱정하는 걸 그렇게 모르겠나?"

나오미는 가와이 데루코의 말을 떠올리고 있었다.

"히로노, 넌 선생님들이나 반 아이들을 무시하고 있는 거야. 학교 전체를 무시하고 있단 말이야."

데루코는 나오미의 태도를 이렇게 격렬하게 비난했던 것이다.

"왜 말을 안 하지? 네가 사내였다면 한 대 갈겨 줄 텐데……."

다케야마는 그렇게 말하면서 서너 걸음 걸었다. 나오미는 다케야마의 이 말에 마음이 흔들렸다. 자기도 모르게 다케야마의 뒷모습을 보았으나, 휙 돌아서 재빨리 그 자리를 뜨려고 했다. 하지만 몇 걸음도 가기 전에 다케야마가 따라왔다.

"히로노!"

나오미는 '앗' 하고 뺨을 만졌다. 다케야마의 손이 뺨을 때린 것이다.

"왜 그러는 거야. 그 따위 응석받이 근성은 통하지 않아!"

또 한 번 뺨이 화끈했다.

나오미는 말없이 다케야마를 쳐다보았다. 다케야마는 그녀의 눈이 젖어 있는 것을 보았다.

"미안해, 때려서……."

나오미는 조용히 고개를 옆으로 흔들었다.

"난 여태 사람을 때려 본 일이 없었어. ……그런데 여자인 널 때리다니 잘못했어."

"아아뇨, 맞는 게 당연하죠."
둘은 커다란 나무 밑에 앉았다.
"선생님, 죄송해요, 너무 걱정을 끼쳐서."
나오미가 고개를 떨구었다.
"왜 수업 시간에 손도 들지 않고 친구들하고는 이야기를 하지 않는 거니?"
"모르겠어요."
"몰라?"
"예, 그냥 갑자기 세상이 시시하고, 가끔 아버지나 어머니가 정말 친부모일까 하는 생각이 들기도 하고……."
"왜 그런 생각을 하지?"
"아마 아버지나 어머니한테 꾸중 듣는 일이 다른 친구들보다 적으니까 우리 엄마, 아빠가 진짜 부모일까 하고 생각했는지도 몰라요. 다른 친구들은 툭 하면 아버지한테 야단맞는다든가, 엄마한테 혼난다고 말하거든요. 언제부턴가 갑자기 왜 나는 꾸중을 듣지 않을까 하고 생각하게 된 거예요."
"그럼 부모님 얼굴을 닮지 않았나?"
"그런데 얼굴은 아버지, 목소리는 어머니하고 똑같거든요."
"그럼 진짜 딸 아냐?"
"예, 하지만 부모가 좋은데도 싫어진다든가, 존경하고 있는 줄 알았는데 경멸해 본다든가, 아무튼 이 세상이란 살 가치가 있는 곳인가 하는 생각이 들면 모든 게 다 시시해져요."

"음, 그렇긴 해. 하지만 그런 일은 나오미 양만한 나이가 되면 흔히 있는 일이야. 그리고 삶에 대한 문제라면 아버님께 여쭤 보면 좋잖아. 목사님이니까 말야."

"그 목사가 싫은 거예요. 목사 딸이라는 게 싫단 말예요."

"왜? 그건 모르겠는데."

"전 아주 제멋대로거든요. 목사 딸답게 살아간다는 게 너무 어려워요."

"음, 그렇겠지. 그랬군."

다케야마는 나오미가 전학 온 날의 일을 상기했다. 그 날 나오미는 아버지의 직업을 소개하려 할 때 강력히 거부한 것이다.

"전 어렸을 때부터 교회의 여러분들로부터 애지중지 사랑을 받았었고, 또 부모님으로부터는 걱정 듣는 일도 별로 없으니 왜 그런지 시시해져서……."

"그럼 나한테 맞고 무척 놀랐겠는데……."

"아뇨, 기뻤어요."

"기뻤어?"

다케야마는 나오미의 고독한 감정에 맞닿은 것 같았다.

"선생님, 저 가와이 양한테도 충고를 들었어요. 저의 태도가 남을 무시하고 있다고 말예요."

"응, 얘긴 들었어. 스기하라 교코한테서."

"이젠 고치겠어요. 죄송했어요."

"그럼 안심이군. 하지만 나오미란 사람 여간 아닌데. 그렇게 바깥만 내다보고 노트도 안 하고 남과 얘기도 안 하면서 태연할 수 있었으니 말야. 성격이 보통 강한 게 아냐."

그러나 이 강한 성격의 나오미도 결국은 인격과 인격의 격렬한 부딪침을 원하고 있던 것이라고 다케야마는 생각했다. 결국은 진정으로 사랑해 주는 사람을 찾고 있었던 것이 아닌가 하고 다케야마는 그날의 영어 시간을 생각했다.

다케야마가 영어 시간에 나오미의 학습 태도를 힐책했을 때, 나오미는 "선생님 부인이 될 사람은 행복하다."고 영어로 말했다. 즉흥적으로 지껄인 말처럼 생각됐으나 나오미는 정면으로 꾸중을 들은 일을 기뻐한 것이 아닌가 하고 다케야마는 지금 와서야 깨달았다.

"선생님, 저 오늘은 즐거운 일뿐이에요. 교코네 오빠하고도 처음 이야기해 봤고……. 그렇게 어린애같이 순수한 감정을 가진 사람, 저는 처음 봤어요. 그분한테는 위선이라든가 악의 같은 게 없어요. 그분처럼 어린애들이 쓰는 말로 천진스럽게 얘기할 수 있는 사람은 없을 거예요."

"……"

"그분이라면 전 믿을 수 있을 것 같아요."

다케야마는 잠시 아무 말도 하지 않고 생각에 잠긴 듯하더니 "스기하라는 좋은 사나이지. 하지만……." 하고 말하다 말고 다케야마는 입을 다물었다. 지금 나오미는 대화할 수 있는 상대인 료이치를 발견하고 딴 사람처럼 쾌활해지려고 한다. 그것이 좋은 게 아니냐고 다케야마는 생각했다.

"아주 깜깜해졌군."

다케야마가 일어섰다.

3

졸업식이 다가오니 눈은 많이 쌓였지만 햇볕은 따스했다. 나오미는 료이치를 만나고 다케야마에게 맞은 후 딴 사람처럼 명랑해졌다. 부모를 닮아 포용력도 있어 친구도 많이 생겼다.

그러나 가와이 데루코만은 여전히 교코와 나오미를 적대시하고 있었다. 복도에서 만나도 얼굴을 딴 데로 돌리곤 했다.

"일찍 왔구나, 가와이."

나오미는 변함없이 매일 아침 쾌활하게 말을 건넸지만 데루코의 표정은 굳어 있을 뿐이었다.

그 반 학생들의 대부분이 대학에 진학하지 않았다. 고등학교가 된 지 얼마 안 되어서 예전의 여학교보다 1년이나 2년을 더 많이 학교에 다닌 것처럼 생각했을지도 모른다. 데루코는 도쿄에 있는 대학에 가게 되었다. 나오미는 삿포로의 초급 대학에 들어가 유치원 보모 자격증을 딸 작정이었다. 아이들을 좋아하는 것이 이 길을 택한 이유였다. 그러나 나오미의 진정한 바람은 이 좋아하는 아이들을 위해 재미있는 동화를 한 작품이라도 쓰고 싶다는 것이었다.

나오미는 여성이야말로 진정한 동화를 쓰지 않으면 안 된다고 생각하고 있었다. 그러기 위해서는 수많은 아이들과 접촉하여 아이들의 세계를 알아야 한다고 생각했던 것이다. 그러나 나오미는 이 진정한 바람을 교코에게도 이야기하지는 않았다.

교코는 홋카이도 도청(道廳)에 근무하게 되었다.

졸업식 전 날, 나오미는 용단을 내려 데루코네 집을 찾아갔다. 서로 잘 얘기하면 데루코의 오해도 풀리고, 교코도 자기도 데루코도 기분 좋게 졸업할 수 있을 것이라고 나오미는 생각했다.

데루코네 집은 모이와(藻岩) 산 가까운 주택지에 있었다. 높은 돌담벽에 둘러싸인 넓은 들에는 나무가 많았다. 오후의 햇살을 받은 지붕의 눈이 녹아 끊임없이 낙숫물이 떨어지고 있었다.

초인종을 누르니 몸집이 시원찮은 가정부가 조심조심 얼굴을 내밀었다. 가정부가 안으로 들어가자 적의 만만한 데루코가 털실로 뜬 푸른색 기모노에 주홍빛 띠를 매고 나왔다.

"무슨 일이야?"

말 붙여 볼 여지가 없는 태도다. 물론 들어오라는 말도 없었다.

"내일이면 이별 아니니? 그래서 너랑 조용히 얘기하고 싶어서."

"얘기? 난 할 얘기가 없는데."

"하지만 난 이대로 헤어지고 싶진 않아. 앞으로 또 무슨 인연이 있어 만나게 될지 모르잖아. 기분 좋게 헤어지고 싶어."

나오미의 말에 데루코가 피식 웃었다.

"놀랐다."

데루코는 문턱에 선 채 나오미를 내려다보며 코웃음을 쳤다.

"뭐가 놀랍다는 거니?"

나오미는 데루코가 무엇을 말하려고 하는지 알 수 없었다.

"그렇지 않니? 나하고 너희들하곤 다만 반이 같았기 때문에 안 것뿐이야. 졸업하고 나선 너희들하곤 세계가 달라."

"그래? 목사 딸은 가난하고, 교코네는 물 장수니까 이젠 만날 일이 없다는 거지?"

"그래, 이대로 헤어져도 어차피 만날 일은 없으니까. 더군다나 난 이대로 헤어지는 편이 아주 기분 좋거든."

데루코는 가는 눈으로 뚫어져라 하고 나오미를 바라보았다.

"정말이니? 데루코."

"응, 정말이야."

"다시 만날 수 없는 이별이라면 더구나 아름답게 헤어지고 싶구나. 그럼 교코에게도 할 말이 없니?"

"그 따위 애한테!"

데루코는 내뱉듯이 말했다.

"그 따위라니. 교코처럼 착한 사람을 왜 싫어하는지 모르겠구나!"

"제일 싫어! 그런 불결한 인종."

"어디가 너보다 불결하니? 정말 알 수 없구나."

나오미도 버틸 수가 없었다. 하지만 기분 좋게 헤어지기 위해서 일부러 온 것이었다. 나오미는 입술을 깨물었다.

"몰라도 좋아. 난 바쁘다구."

가라는 것보다 더 했다.

"나 한 가지만 물어보고 싶어. 왜 나를 싫어하지?"

"그냥 싫은 거야. 이유 같은 건 없어."

그때 오른편 마루를 따라 코트를 입은 쉰쯤 되어 보이는 남자와 데루코를 닮은 중년 부인이 현관으로 나왔다.

"데루코, 친군가?"

풍채가 좋은 그 남자는 번들번들하고 붉은 얼굴을 하고 있었다.

"히로노라고 합니다."

나오미는 머리를 숙였다.

"아주 좋은 몸매인데……."

데루코의 아버지는 코트를 안고 서 있는 나오미를 머리에서부터 발끝까지 찬찬히 훑어보았다.

"들어와요" 하고 데루코 어머니가 말했다.

"괜찮아요. 얘는 곧 갈 거예요."

데루코는 그렇게 말하고 안으로 들어가 버렸다.

"아니 데루코, 이런 실례가……."

당황한 듯한 데루코의 어머니를 나오미는 보았다.

"실례합니다."

나오미는 화가 나면서도 한편으로는 데루코라는 인간이 불쌍해졌다.

"집이 어디지? 태워다 줄까? 마침 나가려던 참이니까……."

나오미는 기다리고 있던 자동차에 올라타서 순순히 데루코 아버지 곁에 앉았다. 데루코는 무례하지만, 데루코 아버지는 모르는 일이라고 나오미는 생각했다.

"집이 어디냐?"

"죄송합니다. 미쓰코시(三越) 앞까지 부탁드립니다."

날이 흐려지더니 또 눈이 내릴 것 같은 하늘빛이었다.

"데루코하고 싸움이라도 했나?"

"아아뇨."

"싸우지도 않았는데 데루코는 늘 말투가 그런가?"

나오미는 대답하기가 곤란했다. 그렇다고 자세히 얘기한다는 것은 고자질을 하는 것 같아서 싫었다.

"저를 싫어해요."

"허허, 아주 좋은 아가씨 같은데, 거 우리 앤 제멋대로거든. 세 형제 중에 막내라서 응석받이니 잘 봐 줘."

이야기를 해 보니, 데루코의 아버지는 보기보다 인품이 나쁜 것 같지는 않았다. 말할 때 어디엔가 쓸쓸한 그늘이 있었다.

"내일 졸업식에는 친해 보려고 했는데……."

"그래야지. 그런데 데루코는 아가씨의 어디가 마음에 안 들까?"

"제가 좋아하는 친구를 싫어해요. 그래서……."

데루코가 교코의 집을 빵빵집이라고 저주했다는 말은 하지 않았다.

"그래서 아가씨까지 싫어하는 거야? 참 여자 아이들이란 묘하군 그래."

데루코 아버지는 웃었다.

"그 애는 착한 아이거든요. 다만 요릿집 딸이기 때문에……."

"음, 이름이 뭔데, 그 친구는?"

"스기하라 교코라고 해요."

"스기하라?"

데루코의 아버지는 나오미의 얼굴을 쳐다보았다. 그리고 잠시 생각에 잠긴 것 같았다.

"스기하라를 아시나요?"

"아니, 별로……. 여하튼 데루코는 큰일이야. 그걸 생각하고 있었지."

커다란 눈송이가 떨어졌다. 무서운 봄 눈이었다. 차는 미쓰코시 앞에 도착했다.

"그럼 여기서 내리겠어요."

학생들이 붐비는 거리에 나오미는 내려섰다. 함박눈이 나오미의 속눈썹에 살포시 내려앉았다.

3월 1일에 졸업식이 끝나자 4월까지 지루한 날들이 계속되었다. 나오미는 사흘 걸려서 전몰(戰歿) 학생의 수기(手記) 「들으라, 바다의 신(神)의 소리를」과 하라다미키(原民喜)의 「여름꽃」을 읽었다. 거기에는 생생한 전쟁 내음이 있었다. 전쟁에 짓눌린 비참한 생명의 신음이 있었다.

그 감동을 나오미는 누구한테 얘기하지 않고는 견딜 수가 없었다. 누구에게라도 좋다. 길고 긴 편지가 쓰고 싶었다. 문득 교코의 오빠 료이치의 맑은 눈동자가 생각났다. 그러나 료이치에게 이 책의 감동을 써 보낸다는 것은 너무 자극이 심할 것 같았다. 료이치에게는 아름다운 동화를 한 편 써 보내는 것이 어울릴 것 같았다.

나오미는 3월 오후의 햇빛을 등에 받으면서 료이치를 생각하고 마음이 한결 포근해 옴을 느꼈다. 그때 누가 찾는 소리가 났다. 뜻밖에 다케야마 데쓰야가 현관에 서 있었다.

"어머, 선생님!"

나오미는 기쁨을 감출 수가 없었다.

"어때, 건강하지?"

다케야마의 새하얀 이가 청결하게 보였다.

"예, 아주 튼튼해요. 선생님, 어서 올라오세요."

"아버님 계신가? 말씀 좀 듣고 싶어서 왔는데."

"아버지는 지금 앓고 있는 교우 댁 심방 가셨어요. 그런데 곧 오실 거예요."

나오미는 부엌에 있는 어머니를 불렀다. 아이코는 졸업식 때 한 번 다케야마를 만난 적이 있었다.

"아이고, 어서 오세요. 선생님 덕택에 나오미는 이전처럼 명랑해졌어요. 오늘은 그 대신 맛있는 걸 대접하겠어요."

아이코의 여유 있는 성품은 누구에게나 호감을 주었다. 아이코를 만나면 처음 만나는 사람도 금세 마음이 평온해졌다. 다케야마도 사양하지 않고 저녁을 먹고 갈 생각이 들었다.

아이코가 바로 부엌으로 들어가자 나오미는 다케야마를 자기 방으로 안내했다. 다다미 넉 장 반짜리 조그만 방에는 책상과 의자, 책꽂이 그리고 구석에 작은 난로가 하나 있을 뿐이다.

"책만 있군, 여자 방에 인형 하나도 없이."

다케야마는 방을 둘러보았다.

"인형 같은 거 싫어요. 언제나 같은 표정을 하고 있지 않아요? 이쪽이 슬퍼도 기뻐서 웃고 있는 건 싫어요."

"그러니까 위로가 되는 거지."

다케야마는 그렇게 말하면서 만족한 듯한 표정으로 책꽂이 앞에 털썩 앉았다.

"허허, 목사님 댁에도 이렇게 문학 전집이 많은 줄은 몰랐는데. 이제 가끔 책 좀 빌리러 와야겠어."

"정말이세요? 좋아요. 졸업하면 선생님하고는 아주 인연이 끊어지는 줄 알았어요."

"이제부터는 선생과 학생이 아니라 친구처럼 대해 주었으면 하는데."

다케야마는 농담처럼 말했다.

"하지만 선생님은 어디까지나 선생님이죠. 친구라고 할 수는 없어요. 언제 뺨을 찰싹 때릴지 모르는 선생님이 좋아요."

"이제 때린 얘기는 시효가 지난 걸로 해두지."

다케야마는 조금 얼굴을 붉혔다.

"선생님, 전 말예요. 오늘 누구하고든 몹시 얘기가 하고 싶었어요."

료이치를 생각했다고는 말하지 않았다.

"그럼 계속 정신 상태는 양호하단 말이군."

"아주 건강하죠. 글쎄…… 이제부턴 선생님한테 무슨 얘기든지 다 할까 봐요."

나오미는 다케야마라면 독서의 감상을 들어줄 수 있을 것 같은 생각이 들었다.

"나라도 좋으면 얼마든지 말 벗이 돼 주지. 아니, 되고 싶어."

"정말요? 아이, 좋아라! 저 외동딸이잖아요. 하나님이 만일 오빠나 언니나 남동생이나 여동생 중에서 하나만 주신다고 한다면, 전 오빠를 달라고 할 거예요. 오빠가 있었으면!……"

다케야마의 눈이 약간 어두워졌다.

"선생님, 누이동생 있으세요?"

"막내야. 형님하고 누님이 둘씩, 모두 오 형제지."

"어머! 막내세요? 선생님은 꼭 장남 같아요. 교코 오빠는 막내 같지만."

"……"

"정말 료이치 씨는 어딘지 앳되고 어린애 같아요."

다케야마는 말없이 책을 뒤적거리다 얼굴을 들고 "스기하라 나오미가 생각하는 만큼 어린애가 아니야."라고 말했다.

"그럴까요? 그래도 선생님 편이 훨씬 어른 같아 보이는데요."

"글쎄, 어떨까. 그는 여러 가지 면에서 나보다 어른이지. 그가 나를 볼 땐 나 같은 건 아주 애송이지."

다케야마의 표정이 어두워진 것을 나오미는 미처 알아차리지 못했다. 아버지 고스케가 돌아와 저녁을 같이 들면서도 다케야마는 가끔 무언가 생각하는 듯한 눈빛이었다.

나오미는 초급 대학에 다니게 되면서부터 다케야마는 물론 교코하고도 만날 기회가 별로 없었다. 일요일 오전에는 교회 예배에 참석하고 오후에는 집안 일 때문에 분주했다. 도청에 근무하는 교코는 교코대로 한 주(週)에 세 번 타이피스트를 배운다고 했다. 날마다 학교에서 마주보던 친구도 일단 학창(學窓)을 떠나 나름대로의 길을 가게 되면 이렇게도 서로 만날 기회가 없는가 하고 나오미는 곰곰이 생각하곤 했다. 정말 가와이 데루코가 말한 것처럼 데루코 같은 애하고는 평생 만나지 못할지도 모른다는 생각도 들었다.

  6월 14일은 삿포로 신사(神社)의 저녁 축제가 있는 날이었다. 저녁을 먹고 거리에 나온 나오미는 오래간만에 교코에게 전화를 걸었다.

  "야아, 나오미 양, 안녕하셨습니까?"

  몹시 반가운 듯한 료이치의 음성이었다.

  "안녕하세요? 교코 양 집에 있어요?"

  "나한테 전화한 게 아녜요? 이거 실망인데. 교코는 퇴근 길에 영화구경이라도 하는 모양인데요."

  "어머 그래요? 오늘은 교코가 타이프 배우는 날이 아니죠? 모처럼 교코하고 커피라도 마시려고 했는데."

  "커피 마시는 일이라면 나라도 괜찮지 않을까?"

  "예, 하지만……."

  "정말 만나고 싶은데 지금 어디 있죠? 나오미 양 집인가요?"

  "아뇨, 마루젠(丸善)이에요."

  "마루젠? 음, 그럼 곧 갈게 기다려요."

  료이치는 나오미의 승낙 여부도 듣지 않고 전화를 끊었다. 그러나 나오미는 불쾌하지 않았다. 나오미는 사람들의 물결을 바라보고 있었다.

6월은 해가 길어서 7시인데도 아직 환했다.

커다란 미국 군인에게 일본 여인이 매달리듯 하며 지나갔다. 그것은 싸움에 진 나라의 슬픈 풍경이었지만, 어떻든 전쟁이 없는 것은 기쁜 일이라고 나오미는 생각했다.

"나오미 양."

어디선가 료이치의 큰 목소리가 들렸다. 사람들이 돌아다보았을 때 료이치는 인파(人波)를 헤치면서 싱글벙글 웃으며 나오미에게 다가왔다. 흰 유카다(일본의 전통의상)가 잘 어울렸다. 나오미는 웃지 않을 수가 없었다. 나오미를 발견하자마자 많은 사람 앞인데도 멀리서 큰 소리로 부르는 료이치가 개구쟁이처럼 귀엽게 생각되었다. 언젠가 다케야마가 료이치를 "여러 가지 면에서 나보다 어른이에요."라고 말한 일이 있었다. 그러나 아무리 보아도 료이치는 다케야마보다 어른스러운 데는 없다고 나오미는 생각했다. 두 사람은 역 앞의 거리로 나왔다.

"어머! 아카시아꽃이 피었네."

"글쎄, 벌써 피었군요. 올해는 좀 이른 게 아닌가?"

둘은 인파에 밀리면서 흰 아카시아 꽃을 올려다보고 있었다. 둘은 마주보고 웃었다.

"커피는 어디가 좋을까? 시엔소오가 어때요?"

"흠, 뭐 커피가 마시고 싶은 건 아녜요. 교코를 만나고 싶어서 그런 거죠."

"난 만나고 싶지 않고?"

피곤할 때, 간혹 료이치의 갓난아기 같은 눈이 생각난 일이 있었다. 그러나 나오미는 "별로 없어요." 하고 대답했다.

"너무한데요. 난 거리를 걸을 때도 혹시 나오미 양을 만나지 않을까 하고 두리번두리번하는데 말이죠. 요전엔 뒷모습이 나오미 양하고 똑같은 사람이 있길래 쫓아갔더니 아니잖아요. 정말 맥빠지더군요."

"그럼 저희 집으로 오시지 그랬어요."

"나오미 양네 집으로? 난 싫어요. '교회는 너 같은 놈이 올 데가 아니야!' 하고 하나님한테 혼날까 봐 말이죠."

"우리 집은 교회 뒤예요."

"그래도 아버님이 목사님이시잖아요. 단번에 내 마음을 꿰뚫어 보시고 '이놈, 우리 딸 유혹하러 왔지?' 하면 들통이 나라구요?"

나오미는 웃었다.

"정말이에요. 난 교회가 무서워요."

"그럼 목사 딸도 무섭겠네요."

"아뇨, 나오미 양은 무섭지 않죠."

둘은 다누끼 골목을 사람의 물결에 밀리면서 걸었다.

"난 커피보다 맥주가 마시고 싶은데요. 맥주는 삿포로 축제 때부터 맛이 난단 말이야."

"그럼 마시세요."

"나 술꾼이란 소리 교코한테 들었겠죠?"

"아아노."

둘은 다누끼 골목의 북새통에서 벗어나 시엔소오로 들어갔다. 차분하고 자그마한 집이었다. 젊은 남녀가 몇 쌍 조용히 앉아 있었다.

"여기 처음이에요."

"이 집 커피가 아주 좋죠."

마주앉자 료이치는 나오미의 눈을 지그시 들여다보며 눈을 뗄 줄을 몰랐다. 나오미는 놀랐다. 거기에는 예전의 어린아이와 같은 눈이 없었다. 열기를 띤 눈이었다. 료이치는 계속해서 시선을 떼지 않았다. 자기도 모르게 끌려들던 나오미도 너무나 오랜 료이치의 응시에 시선을 돌렸다. 료이치는 삼킬 듯이 나오미를 똑바로 쳐다보았다.

"싫어요. 그렇게 보지 마세요."

나오미는 낮은 소리로 말했다. 료이치는 안 들린다는 듯이 묵묵히 나오미를 응시하고 있다.

"싫다니까요."

다시 한 번 말하자 료이치는 "좋아해."라고 불쑥 한마디 하더니 수줍은 듯이 웃었다.

'좋아한다고?'

나오미는 얼굴이 달아오르는 것을 느꼈다. 망요오(萬葉) 시대처럼 소박한 사랑의 고백이라고 나오미는 생각했다. 고개를 드니 료이치가 반 울상이 된 얼굴로 나오미를 응시하고 있었다.

"화 났어요? 하지만 난 진심이에요. 이런 말 하는 건 생전 처음입니다."

나오미는 료이치의 말을 의심할 수가 없었다.
"난 말이죠, 나오미 양. 학생 시절엔 공산당원이었죠. 전시(戰時) 중이었어요. 선배가 투옥되자 난 갑자기 무서워진 거예요. 고문당하는 게 무서워서 도망한 비겁자예요. 요전에 도쿠다 큐이치(德田球一) 일당이 공직(公職)에서 추방됐죠? 고만한 일만 생겨도 전시 때 일이 생각나서 벌벌 떠는 겁쟁이에요."
무엇 때문에 료이치가 그런 얘기를 꺼내는 건지 나오미로선 알 수 없었다.
"그 후로부터 난 마시지 않고는 견딜 수가 없었죠. 언제나 '나는 배신자, 나는 배신자.'라고 생각하게 됐어요. 이런 나지만, 나오미 양이 날 좋아해 준다면 나는 새 사람이 될지도 모른다는 그런 생각을 하면서 염치불구하고 나오미 양을 보았던 거죠."
거기에는 천진스런 눈동자는 없었다. 다만 매달리는 듯한 어둡고 쓸쓸한 눈망울만이 있을 뿐이었다.
그 곳에서 나오자 둘은 어느새 어두운 길을 골라서 걷고 있었다. 집집마다 달아놓은 제등의 불빛마저 외롭게 보이는 길이었다.
"교코도 사랑하고 있죠."
불쑥 료이치가 말했다.
"교코가요?"
"오늘도 다케야마하고 영화 구경이나 가지 않았는지 몰라……."
오다모이에서 다케야마와 교코가 나란히 벤치에 앉아 있던 모습을 나오미는 생각했다. 갑자기 나오미는 안절부절못했다.

"좋아하고 있어."

갑자기 료이치가 우뚝 서서 나오미를 보았다. 료이치의 손이 나오미의 어깨에 놓였다. 료이치의 얼굴이 나오미의 눈앞에 다가왔다.

"싫어요!"

나오미는 분명히 말하면서 몸을 뺐다.

"싫어? 내가 싫어?"

료이치가 다가서는 것을 나오미는 민첩하게 피해 밝은 쪽으로 걷기 시작했다.

"료이치 씨가 싫은 건 아니에요. 좋긴 하지만 아직 몰라요."

"모르다니 뭘?"

"난 이제 고등학교를 갓 졸업했을 뿐이에요. 어린애 같은 기분으로 그냥 좋다고 생각하는 거예요. 어른들 같은 감정으로 좋아질 때까지 누구든지 가만 내버려뒀음 좋겠어요."

"그래, 알겠어요. 하지만 날 경멸하지는 않겠죠?"

의외로 산뜻하게 료이치는 말했다.

"그렇지는 않아요."

"그럼 안녕."

나오미는 아연했다. 료이치는 뒤돌아보지도 않고 성큼성큼 걸어갔다. 료이치와 헤어져 집으로 돌아오다가 교회 문 앞에서 나오미는 다케야마와 딱 마주쳤다. 가로등 아래 다케야마의 얼굴은 사나이답게 준엄했다.

"어머! 선생님은 교코하고 영화 구경 가셨던 게 아니에요?"

나오미는 다정하게 말했다.

"교코하고?"

다케야마가 의아한 얼굴을 했다.

"료이치 씨가 교코는 오늘 밤 선생님하고 영화 구경 가지 않았을까 하시던데요."

"오늘 밤? ……스기하라하고 같이 있었나?"

다케야마는 전주에 달린 가로등 아래 비친 나오미의 생기 있는 얼굴을 바라보았다.

"예, 즐거웠어요."

"그래, 다행이군."

다케야마는 한쪽 손을 흔들어 보인 다음 유연한 걸음걸이로 사라져 갔다.

"너 오다가 다케야마 선생님 만나지 않았니? 선생님은 이번 주부터 교회에 나오겠다고 하시더라. 아주 진지한 분이더구나."

집에 돌아오자 어머니 아이코가 말했다.

"교코 오빠하고 커피 마시고 왔어요. 그 사람은 교회가 무섭다던데요."

나오미는 "좋아하고 있어."라고 말한 료이치를 지금 곧 만나고 싶은 느낌이었다. 왜 그런지 다케야마가 교회에 나올 거라고 한 사실이 그다지 기쁘지 않았다.

그 후 료이치에게서는 전화 한 통 없었다. 나오미도 학교 생활로 바빴다. 다케야마하고는 일요일마다 교회에서 얼굴을 대하게 되었다. 그러나 천천히 얘기할 틈은 없었다. 나오미는 1백 명 가까운 회원들과 거의 모두 인사를 나눠야 했다. 도서(圖書) 대출계를 맡고 있었기 때문에 다케야마가 와 있는 줄 알면서도 멀리서 목례만 나누는 날도 있었다.

어느 일요일, 나오미가 도서 정리를 끝내고 도서실을 나왔다. 예배당에서 성가대가 연습하는 찬송이 들릴 뿐 안에는 아무도 없었다.

나오미는 문단속이 잘 되었는지 확인하기 위해 무심코 기도실 문을 열었다. 그런데 깜짝 놀라 문을 닫아 버렸다. 기도실에서 머리를 숙이고 기도하고 있는 다케야마의 뒷모습이 보였던 것이다. 문을 열었어도 다케야마는 미동도 하지 않았다. 모두 돌아간 지 20분은 지났을 것이다. 그동안 다케야마는 아마 그런 자세로 계속 기도를 하고 있었던 게 틀림없다. 그 때의 다케야마의 모습을 나오미는 아주 먼 훗날까지도 잊을 수가 없었다.

4

교코로부터 전화가 와서 나오미가 찻집 니시무라에 간 것은 8월 말의 어느 날 제법 싸늘한 저녁 무렵이었다. 니시무라는 전쟁 전부터 생과자로 유명한 집이며 차와 음식을 같이 경영하고 있었다. 나오미의 아버지는 이 집 주인 니시무라 규조(西村久藏)와 친분이 있었다.

니시무라 규조는 가가와 도요히코(賀川豊彦)와 함께 귀국자(歸國者)를 위해 에베쓰(江別)에다 신앙촌을 개척하기도 하고, 신자와 목사를 위해 그 생애를 바쳐 온 거목(巨木)과 같은 크리스천이었다. 그래서 나오미도 가끔 이 집에 들렀었다.

오랜만에 만나는 교코는 회색 원피스를 입어서 몰라보게 어른스러웠다. 머리를 시원하게 올린 흰 목이 눈부실 만큼 아름다웠다.

"헤어 스타일이 멋있구나. 아주 멋져!"

나오미의 찬사에 교코는 부끄러운 듯이 머리를 만지며

"여름에 더웠잖니. 그래서 용감하게 올렸는데 이젠 서늘해졌는데도 올리게 돼." 하고는 웃었다.

나오미는 여고 시절과 똑같은 단발에 화장기 없는 얼굴 그대로였다. 다만 세일러복에서 흰 블라우스에 감색 스커트로 바뀐 것뿐이었다.

"꼭 어른 같아, 정말 예쁘다."

"고맙다. 하지만 겉만 어른이지 속은 아직 멀었다. 여름 방학엔 뭘 했어?"

"여름 방학이라고 실컷 쉴 수도 없어. 교회 여름 성경학교 도와야지, 하기 보육원(保育院) 응원 등으로 막 불려 다녔지. 그래도 아이들을 상대하는 건 참 즐거운 일이야."

교코는 잠시 눈을 내리깔고 뭔가 생각하는 듯하더니 이내 이렇게 물었다.

"저어…… 다케야마 선생님 교회에 계속 다니시니?"

"음, 열심이셔! 거의 매주 빠지지 않고 나오셔."

나오미의 말에 교코는 말없이 홍차를 스푼으로 젓고 있다가 "좋겠다, 넌……." 하고 쓸쓸히 말했다.

"어머, 뭐가?"

"뭐긴, 선생님하고 언제든지 만날 수 있으니까 말이야."

서늘한데도 교코의 반듯한 코에는 땀이 배어 있었다.

"그런 걸 가지고? 하지만 교회란 굉장히 바쁘다구. 난 도서실 일을 해야지, 선생님은 청년회에 가입하셨지……. 천천히 얘기할 시간 같은 건 없단다. 내가 아직 선생님이 어떤 동기로 교회에 나오시게 됐는지 여쭤 보지도 못했을 정도니까."

이렇게 말하면서 나오미는 다케야마의 경건하게 기도드리던 모습을 생각하고 있었다. 나오미는 정말 다케야마가 무엇을 기도하고 있었을지 궁금했다.

"그래?"

교코는 말없이 홍차를 바라보고 있었다.

"선생님은 오빠한테 놀러 가시지?"

"음, 가끔."

교코는 내키지 않는 듯 대답했다.

"교코!"

"왜?"

"화내면 안 돼. 너…… 혹시 선생님이 좋은 거 아니니?"

나오미의 말에 교코는 순식간에 목덜미까지 빨개졌다.

"싫다, 얘!"

"그러니까 화내면 안 된다고 했잖아."

교코의 얼굴이 빨개지는 것을 보고 나오미는 아름답다고 생각했다. 교코라면 다케야마와 잘 어울리는 커플이 될 거라는 생각도 했다.

"나오미."

"왜?"

"너도 선생님이 좋지?"

"내가? 왜?"

"……저어 ……그럼 내가 선생님을 좋아해도 괜찮니?"

"괜찮지."

"그래? 정말이지?"

"정말이야."

나오미의 말에 교코는 생긋 웃었다.

"그럼 우리 오빠를 넌 어떻게 생각해?"

나오미는 문득 축제일 밤 있었던 일을 생각했다.

"좋아하는지도 몰라. 좋은 분이라고 생각해."

"얼만큼?"

"별로 깊은 의미는 없어. 다케야마 선생님하고 똑같이 좋아. 잘 모르겠어, 아직."

"하지만 우리 오빤 널 정말 좋아해."

대답하지 않고 나오미는 시계를 보았다.

"영화 보러 가지 않을래? '다시 만날 때까지'를 보고 싶어."

"어머!"

교코는 조그맣게 외마디 소리를 내더니 속삭였다.

"카운터 쪽 좀 봐."

나오미가 돌아보니까 새하얀 슈트를 입고 흰 모자를 쓴 가와이 데루코가 차디찬 옆 모습을 보인 채 나가고 있었다.

"방학이라 도쿄에서 왔구나. 어쩜 같은 찻집에서도 몰랐네."

"보기 싫어. 난 쟤 이름만 생각해도 두드러기가 날 정도야."

교코는 겁먹은 얼굴을 했다.

"하지만 우리가 뭐 나쁜 짓을 하고 있는 건 아니잖아, 어떠니?"

"난 미움 받는 게 괴로워. 빵빵집이라는 소리, 정말 질색이야."

"언젠가는 사랑하지 않으면 안 될 만큼 미워하라는 말이 있지만, 데루코는 그런 기미가 전혀 안 보여. 교코 혹시 너 걔한테 미움 받을 만한 일이라도 했니?"

나오미는 데루코의 집요한 증오에 의문을 갖지 않을 수가 없었다. 데루코와 교코 사이에 무언가가 있을 것 같은 생각이 들었다.

"그럴 만한 일은 전혀 없어. 다른 아이들은 다케야마 선생님하고 내가 친하니까 데루코가 시기하고 있다고 했지만……."

"어머나, 데루코도 다케야마 선생님을 좋아하는 거 아니야?"

"잘은 몰라. 다케야마 선생님 인기 있었잖니. 아마 누구든 조금씩은 열을 올렸을 거야."

"하지만 그만한 것 가지고 너한테 빵빵집이란 지독한 말을 하겠니?"

"글쎄……."

둘은 마주보았다.

나오미는 가와이 데루코를 찾아갔을 때 일을 생각했다. 그때 데루코는 교코를 가리켜 "그런 불결한 인종!"이라고 내뱉듯 말했었다.

"이젠 뭐 다 지난 일 아니니. 걔를 만날 일도 없고 만나 봤자 데루코도 침을 뱉지는 않을 테니까."

"……하지만 너무했어."

"잊어버리는 거야. 그런데 데루코 아주 세련되고 예뻐졌다."

나오미의 말에 교코는 얼굴을 찡그렸다.

"오빤 한심해."

"료이치 씨가 왜?"

"글쎄 졸업 앨범을 보여 줬더니 데루코를 보고 '미인인데, 요염한 데가 있어. 언제 한 번 소개해 줘라.' 하잖아. 내가 당하고 있다는 걸 전혀 모르니까."

교코는 이미 밖으로 나가 버린 데루코가 아까 지나갔던 카운터 쪽을 보면서 말했다.

9월 중순의 어느 토요일 오후였다. 교회 뜰에는 코스모스가 바람에 흔들리고 있었다. 그 옆에 교회 청년 남녀가 스무 명쯤 옥수수 껍질을 벗기고 있다.

쭉 벗기면 빼곡히 박힌 뽀얗고 깨끗한 알맹이가 가을 하늘에 빛났다. 다케야마도 나오미도 청년들 가운데 있었다. 나오미의 민첩하게 움직이는 흰 팔에 이따금 다케야마의 시선이 닿았다.

"내 진정 사모하는 친구가 되시는……."

누군가가 찬송가를 부르기 시작했다. 그때 교회 문에 우뚝 선 키 큰 사나이가 있었다.

'어, 스기하라 아냐?'

다케야마가 알아보고 일어서려고 했을 때 나오미가 뛰어갔다.

'그렇지, 스기하라가 여기 온 것은 나를 찾으러 온 게 아니군.'

다케야마는 씁쓸히 웃었다. 다 깐 옥수수 껍질을 모으면서 다케야마의 시선은 10미터쯤 앞의 흰 울타리 밖에 선 료이치와 나오미 위에 머물렀다.

나오미가 고개를 크게 끄덕이고 있는 것이 보였다. 갑자기 료이치가 뜰 안을 들여다보더니 다케야마가 있는 쪽을 보았다.

"다케야마 선생님!"

커다란 소리로 나오미가 불렀다. 다케야마도 있다고 료이치에게 말했나 보다. 다케야마는 옥수수 술이 붙은 손을 털며 천천히 일어섰다.

"어! 자네도 와 있었나?"

료이치는 다케야마를 보고 항상 그렇듯 다정한 미소를 보였다.

"음."

다케야마는 자기 마음이 침울해진 것을 느끼면서 무뚝뚝하게 료이치를 보았다.

"다케야마, 교회라는 데가 재미있나?"

"재미있는 곳이 아니야, 놀이터가 아니니까."

"흠, 재미도 없는 곳에 뭐하러 오나?"

료이치는 미소를 띠며 신기한 듯 청년들이 일하고 있는 모습을 바라보았다.

"좋은 곳이니까 오는 거 아니겠어?"

다케야마는 료이치가 무슨 용건으로 나오미를 찾아왔는지 알고 싶었다.

"그래? 좋은 곳이야."

료이치는 싱긋 웃더니 이렇게 말했다.

"그런데 야단이야."

"무슨 일인데?"

"선생님, 료이치 씨 하코다데로 영전되셨대요."

나오미가 료이치를 쳐다보았다.

"하코다데라니 먼 데로 가게 됐잖아."

"그래도 하코다데는 참 좋은 곳이에요. 하코다데 산에서 굽어보는 밤 경치가 아름다워서 홍콩 같다고 하잖아요."

"암만 좋은 곳이라고 해도 난 싫어. 난 살림엔 재주가 없으니까. 혼자서는 차도 못 끓이니 야단났어."

료이치는 어리광부리듯 나오미에게 말했다.

"어머, 차도 못 끓이세요?"

"왜 그 가스에 불 붙이는 게 아주 질색이죠. 탁 틀면 팍 하고 파란 불이 붙죠? 그게 이상하게 기분이 나쁘거든."

"어머 재미있어. 그런데 뭐가 기분이 나빠요. 아무튼 혼자서는 못 사시겠네요. 그렇죠, 선생님?"

"뭐 오히려 잘됐지. 스기하라한텐 좋은 훈련일 걸."

다케야마는 대수롭지 않게 말했다. 나오미는 다케야마의 말에 양 미간을 찌푸리면서 이렇게 말했다.

"선생님은 냉정하세요. 선생님도 어머니 곁을 떠나서 다른 곳으로 전근이 되신다고 생각해 보세요. 아마 외로우실 거예요."

료이치와 다케야마는 마주보고 웃었다.

"뭐야, 아직 몰랐어? 나오미 양은 다케야마와 썩 친한 사이는 아닌 모양이죠? 다케야마의 고향은 아사히가와(旭川)인 걸."

"어머!"

나오미는 놀라면서 다케야마를 보았다.

정말 나오미는 다케야마에 대해서 거의 아무것도 모르고 있었다.

"스기하라, 여하간 오늘 밤에라도 천천히 놀러 오게. 지금 옥수수를 마저 벗겨 버려야 되니까."

다케야마는 그렇게 말하고 제자리로 갔다.

"나오미 양도 바쁘세요?"

료이치가 용건이 있는 것처럼 말했다.

"예, 미안하지만, 이제 저 옥수수를 쪄서 양로원에 보내야 하거든요."

"나오미 양 한 사람쯤 빠지면 안 돼?"

"빠질 수가 없어요. 하지만 5시쯤엔 돌아와요. 그때 우리 집에 오시면 어떻겠어요?"

"싫은데요. 목사님네 집엔."

"또 그런 말씀, 귀신은 없어요."

료이치는 잠시 하늘을 쳐다보고 생각했다. 조개 구름이 머리 위에 떠 있었다.

"음, 그럼 내일 오후 1시에 식물원까지 와 줄 수 있겠어요?"

나오미가 끄덕이자 료이치는 안심한 듯 싱긋 웃고 돌아갔다.

다케야마가 저녁을 먹고 나서 잠시 후 료이치가 찾아왔다. 다케야마의 하숙은 삿포로에서도 손꼽히는 자전거포의 별채였는데 피아노를 치던 맏딸을 위해서 지은 집이었다. 그 맏딸이 시집간 뒤에 다케야마가 들어온 것이다.

"여전히 잘 정돈되어 있군."

료이치는 방을 둘러보았다. 커다란 책꽂이 둘에 책이 꽉 찼고 꽂다 남은 책이 그 앞에 차곡차곡 쌓여 있었다. 창문 쪽으로는 양말이 두 켤레 널려 있었다.

"저것도 자네가 빠나?"

"양말쯤은 내가 빨지."

다케야마는 준비해 두었던 위스키를 료이치 앞에 놓았다. 료이치가 좋아하며 잔을 들었다.

"어떻든 축하한다."

"고마우이. 한데 하코다데에 가면 나도 역시 양말을 빨지 않으면 안 되겠지?"

"그럼. 그리고 자기 이부자리 정도는 자기가 개야지. 그렇잖음 하숙에서 쫓겨난다구."

"겁 주지 말게. 정말 야단났어."

료이치는 자신이 이불을 개어 본 일이 없었다. 사실 아버지 없는 집의 아들로서 료이치는 지나친 응석받이로 버릇없이 자랐다.

"그런데 다케야마, 자네는 이런 생활에 곧잘 견디는군. 불편하지 않나?"

"불편하지 않다고 할 순 없지."

"그럼 슬슬 얻는 게 어때……?"

료이치는 자기가 전근된다고 하니까 비로소 다케야마의 생활을 동정하는 것 같았다.

"음, 그렇잖아도 생각하고 있는 중일세. 뭐 지금 곧이라는 건 아니지만 말야."

다케야마는 용단을 내서 이 기회에 료이치에게 자기 마음을 털어놓는 편이 좋겠다고 생각했다. 다케야마는 나오미를 담임했을 적에 그 학습 태도를 꾸짖었던 적이 있었다. 그때 나오미는 영어로 "선생님 같은 분의 부인이 되는 사람은 행복하다."고 말한 일이 있다.

젊은 다케야마에게 그 말은 무척 강렬했다. 더구나 그 허점을 찌른 나오미의 영어는 듣기 좋고 매끄러웠다. 그 후부터 다케야마는 나오미에게 마음이 끌렸다. 료이치도 나오미와 교제하고 있는 모양이니만큼 일찌감치 자기 마음을 말해 두고 싶었다.

"허어, 다케야마. 점찍어 놓은 사람이라도 있나?"

"음, 없는 것도 아냐."

다케야마는 멋쩍은 듯이 눈을 껌벅거렸다.

"그래, 결정된 거야?"

"아니, 나 혼자 생각하고 있을 뿐이야."

"그럼 하루라도 빨리 말하는 게 좋지 않아? 아마 그 사람은 자네가 프로포즈하기를 학수고대하고 있을걸."

료이치의 말에 다케야마는 얼굴을 붉혔다. 벌써 료이치는 자기 마음을 알고 있단 말인가 하고 다케야마는 놀라지 않을 수 없었다.

"사실은 말야, 나도 이제 슬슬 장가를 들 생각이야."

"허어, 스기하라, 정말인가?"

다케야마는 더 놀라 료이치의 얼굴을 쳐다보았다. 왜냐하면 료이치는 좋은 그림을 그리기 전에는 절대로 결혼을 하지 않겠다고 했고, 진정 뭔가를 해낼 사람이라고 생각하는 사람도 있었기 때문이다.

"뭐라 해도 저 녀석은 우리하곤 달라. 그림을 보아도 뭔지 모를 매력이 있거든. 빨강하고 검정을 쓰는 품이 대단한 솜씨야."

그러나 전혀 부정적인 친구도 많았다.

"뭐라고? 그치 그림은 순 엉터리야. 값싼 착상이지. 그것을 무슨 인스피레이션이니 뭐니 하고 천재나 되는 것처럼 떠들고 말야. 단순한 체증에서 오는 그림이야. 그리고 정말 재주가 있는 놈이라면 좀 더 진지하게 그려야 할 게 아닌가?"

다케야마의 시선을 의식하며 료이치는 위스키를 연거푸 석 잔쯤 마셨다.

"그야 그런 말을 하긴 했지. 좋은 그림을 그리기 전에는 결혼하지 않는다고 말야. 그런데 요즘 그 생각이 변했어. 결혼하고서도 좋은 그림을 그릴 수 있는 일 아냐?"

료이치는 이런 번의(飜意)에 대해서 조금도 주저하는 기색이 없다.

"그것도 그렇군. 하여간 스기하라, 자네 마음이 그렇다면 이번에 결혼해야겠군. 미도리(美登里) 양도 꽤 기뻐하겠어."

"미도리? 자네 무슨 소리야. 벌써 헤어진 여자 얘긴 뭣하러 꺼내는 거야."

미도리는 전에 료이치네 요릿집에 있던 온순한 여자였다. 미도리가 료이치의 아이를 유산시킨다는 얘기를 들었을 때 다케야마는 두 사람의 결혼을 진심으로 권했었다.

"요 며칠 전에 자네하고 미도리 양이 튀김 집에서 정답게 나오는 걸 봤어. 그래서 난 다시 친해진 줄 알았는데……."

다케야마는 언짢은 듯 이렇게 말했다.

"그야 거리에서 딱 마주치면 모르는 척할 수도 없지 않아. 식사 정도는 할 때가 있지. 하지만 절교한 건 사실이야."

다케야마는 뭔가 석연치 않은 채 료이치에게서 시선을 돌렸다.

"그래서 자네한테 의논을 하려는 건데 말야. 자넨 나오미의 담임이었잖아? 그래서……."

"뭐야? 나오미라니, 히로노 나오미를 말하는 건가?"

다케야마는 순식간에 표정이 굳어졌다. 여태까지 료이치가 상대하는 여자는 술집 여자들이 많았다. 설마 고등학교를 갓 졸업한 나오미에게 청혼하리라고는 생각하지 못했다. 그러나 왜 그런지 모르지만 불안한 생각이 든 것만은 사실이었다. 지금 자기가 꺼내려던 말을 료이치가 선수를 쳤으니 다케야마는 무엇이라고 말할 수가 없었다.

"그야 물론 히로노 나오미지 누구야. 다케야마, 자네가 좀 어떻게 다리를 놔 주게."

료이치는 조금 취해 있었다. 다케야마는 나오미가 초급 대학을 졸업할 때까지는 자기 마음을 나타내지 않으려고 생각하고 있었다.

"하지만 다케야마, 교코도 마찬가지야, 여고를 갓 나온 건. 자네들도 너무 빠르잖아."

"교코? 내가 언제 교코와 결혼한다고 했나?"

"뭐야, 그럼 자네가 마음에 두고 있다는 사람은 교코가 아닌가? 그럼 누구야?"

다케야마는 말없이 자기 찻잔에 차를 부었다.

"여보게, 교코가 불쌍하잖아. 교코는 자네밖에 생각을 안 했다구. 그 애는 정말 순해. 좋은 아이야. 데려가게. 결혼해 주라구."

료이치는 취해서 떼를 쓰듯이 말했다. 다케야마는 대답하지 않았다.

"다케야마, 자넨 교코가 싫은가?"

"싫고 좋고가 있나. 그저 제자일 뿐이지."

"그럼 자네가 좋다는 여자는 누구야? 난 틀림없이 교코인 줄 알았는데 말야."

료이치는 혼자서 위스키를 마시고 있다. 별로 술을 할 줄 모르는 다케야마는 차만 마시고 있었다.

"다케야마, 왜 이렇게 서먹서먹하게 구는 거야! 설마 히로노 나오미를 좋아하는 건 아니겠지? 그녀만은 설령 다케야마라 해도 난 절대로 줄 수가 없어. 난, 난 말야, 그녀하구 결혼해서 새 사람이 될 거야.

그녀말고 나를 새 사람으로 만들 사람은 이 세상엔 없어."

료이치의 눈은 충혈되어 번쩍번쩍했다. 짐승 같은 눈빛이었다.

"스기하라, 나오미에겐 뭐라고 말했나?"

"좋아한다고 그랬지."

"……그래 나오미도 자네를 좋아하나?"

"응, 내일도 식물원에서 만나기로 약속했어."

료이치는 나오미에게 키스를 거절당했던 축제일 밤의 얘기는 하지 않았다.

"그래? 나오미에겐 이성을 보는 눈은 전혀 없거든. 자네 같은 놈을 어린애처럼 귀엽다고 그러니 말야."

"허, 나오미가 날보고 귀엽다고 했어? 이거 부라본데."

료이치는 혼자서 잔을 비웠다.

"하지만 스기하라, 자넨 여자 문제로 몇 번이나 말썽을 부리지 않았나? 히사에(久枝) 양, 미도리 양 그리고……."

"그만, 다케야마. 자넨 나쁜 놈이야. 난, 난 말야 이제 새로운 출발을 하려는 거야. 자네가 친구거든 친구답게 축복해 주는 게 어때?"

"그럼 자넨 과거의 일을 일체 비밀로 하고 프로포즈하겠다는 건가?"

다케야마는 되도록 침착하게 말했다.

"바보 같은 소릴 다 하는군. 그래, 누가 결혼을 청하면서 과거에 여자가 몇이 있었고, 몇 번 유산을 시켰다고 일일이 보고를 해?"

"그런건가? 그럼 한 가지 묻겠는데, 자넨 그 사람을 행복하게 해 줄 수 있다고 생각하나?"

다케야마의 물음에 료이치는 잠시 말이 없다가 이렇게 말했다.

"그건 모르지, 결혼해 봐야 알지. 그러나 다케야마, 내겐 그 애가 절대로 필요해. 처음 만났을 때, 첫눈에 난 나오미 양에게 마음을 빼앗겼어. 다케야마, 알겠나!"

그렇게 말하면서 료이치는 눈물을 흘렸다. 그 눈물을 보니 다케야마는 갈피를 잡을 수가 없었다. 어디까지 료이치의 말을 믿어야 좋을지, 여자에 관한 문제에는 자신이 없는 다케야마였다. 료이치가 비틀거리며 일어섰다. 위스키 병은 벌써 비어 있었다.

"다케야마, 난 간다. 다케야마, 너도 남자야. 설마 내 과거를 나오미한테 밝히진 않겠지? 만일에 폭로한다면 절대로 용서하지 않을 거야."

위협하듯 료이치는 다케야마를 노려보았다. 료이치는 다시 털썩 주저앉더니 두 손을 짚었다.

"부탁일세. 제발 나오미에겐 아무 말도 말아 주게. 그 사람하고 결혼하게 해 주게. 난 정말 새 사람이 되겠어. 술도 끊고 여자도 끊을 거야. 그리고 좋은 그림을 그릴 테야. 응! 다케야마, 부탁하네."

다케야마는 말없이 달빛어린 뜰로 눈길을 주었다. 료이치하고는 학생 시절부터 사귄 친구다. 지금에 와서 생각하니 무엇으로 맺어진 친구인지 모르겠다. 언제나 료이치가 울며 달려들면 여자 문제 뒤치다꺼리나 해 왔던 것 같다. 하지만 어쩌니 저쩌니 하면서도 료이치란 인간의 엉터리 같은 부분까지도 사랑했던 것 같다. 귀찮게 여기면서도 부탁을 받으면 매정하게 떨쳐 버릴 수가 없었다. 하지만 이번만은 다르다고 다케야마는 생각했다.

'스기하라가 정말 새로 일어설 수 있다면 나오미와의 결혼을 밀어 주는 게 우정이다.'

'그런데 내가 나오미를 단념할 수 있을까? 만일 단념할 수 있다 해도 나오미에게는 스기하라의 모든 것을 알려 줘야 옳지 않을까? 만일 나오미가 불행하게 된다면 어떻게 한단 말인가.'

'그러나 우정을 저버릴 수는 없다. 스기하라의 신뢰를 배신할 수는 없어.'

'그러나 나오미는 내 제자다. 내겐 스승으로서의 책임이 있다.'

나오미가 영어 시간에 "선생님 부인 될 분은 행복하겠어요."라고 한 말을 다케야마는 지금도 생각하고 있었다. 아무튼 스기하라와 나오미의 결혼은 다케야마에게는 절대로 기뻐할 수 있는 일이 아니었다.

'남자의 우정이란 것이 한 여성을 사랑한다는 사실 앞에선 이렇게 약한 것인가?'

료이치는 벌써부터 코를 골며 방석 위에서 자고 있었다. 다케야마는 솜옷을 살짝 덮어 주었다.

다음날 예배가 끝나자 다케야마는 나오미 곁으로 성큼성큼 걸어왔다.

"일이 끝나면 잠깐 할 얘기가 있는데……."

도서실 열쇠를 가지러 가려던 나오미는 손목 시계를 보았다.

"오늘 1시에 약속이 있어요."

"아니, 잠깐. 한 2, 3분이면 끝나니까."

다케야마는 그렇게 말하고 나오미 곁을 떠났다.

일을 끝낸 나오미가 도서실을 나오자, 다케야마가 복도에서 기다리고 있었다.

"죄송합니다. 선생님, 기다리시게 해서."

나오미는 또 시계를 보았다. 12시가 조금 지나 있었다. 둘은 교회당에서 나와 뜰에 섰다.

"무슨 얘기세요?"

나오미는 코스모스를 보고 있는 다케야마에게 말했다. 다케야마의 침울한 태도가 마음에 걸렸다.

"뭐라고 하면 좋을까?"

다케야마는 깊은 한숨을 내쉬며

"실은 스기하라 얘긴데……."

"료이치 씨가 어떻게 되셨나요?"

나오미가 '료이치 씨'라고 부르는 것에 대해 다케야마는 불현듯 질투심을 느꼈다.

"나오미는 스기하라를 어린애 같다고 했지? 하지만 그는 나오미가 생각하는 것 같은 어린애는 절대로 아니라는 것을 다시 한 번 똑똑히 말해 두고 싶어서……."

그렇게 말하면서 다케야마는 지그시 나오미를 보았다. 나오미의 검은 눈에 그늘이 드리웠다. 다케야마는 더 무슨 말을 하려다가 획 돌아서서 재빨리 가버렸다.

나오미는 아연해졌다. 다케야마가 왜 새삼스럽게 그런 얘기를 하는 것인지 알 수 없었다. 알 수 없으면서도 왜 그런지 나오미는 불쾌했다. 그것은 중상이나 욕은 아니지만 적어도 료이치를 경계하라는 뜻이 내포되어 있었다. 료이치의 과거의 모든 것을 아는 다케야마가 우정을 저버리지 않고 나오미에게 충고하는 것이 얼마나 어려운 것인지 밤새 고민한 것을 나오미는 물론 알 리가 없었다.

급히 점심을 먹고 나오미는 어머니 아이코에게 말했다.

"저 식물원에 가도 괜찮아요?"

"음, 괜찮지 뭐."

아이코는 여느때와 같이 태연스럽게 대답했다.

"제가 누구하고 가는지 걱정이 안 되세요?"

"넌 엄마가 걱정할 만한 사람하고 갈 리가 없지 않니. 그렇지?"

아이코는 남편 고스케를 보았다.

"글쎄, 나오미는 성공도 많고 실패도 많은 타입이 아닐까? 엄마가 적당히 의논 상대를 해 주는 게 좋을 거요."

"저 교코 오빠와 식물원에 가는 거예요."

"허어."

"아아, 신문사에 다니면서 그림을 그린다는 오빠 말이니?"

아이코는 기억력이 좋았다.

"맞아요. 이번에 하코다데로 전근을 가게 되셨대요."

"그래? 그럼 가기 전에 한 번 초대하도록 하자."

히로노 집에선 지금까지 가족이 다같이 교제하는 습관이 있어 나오미의 친구 얼굴을 고스케나 아이코가 모르는 일이 거의 없었다.

"그런데 교회는 무섭대요."

"허허 무서워? 재미있는 말인데. 한 번 만나고 싶구나."

"그럼 오늘 만나면 그렇게 전할게요."

나오미는 흰 블라우스에다 하늘색 스웨터를 걸치고 밖으로 나갔다. 나오미는 식물원 입구에서 입장권을 샀다. 한 걸음 안으로 들어가니 도회지 한복판에 있는 것이 거짓말처럼 생각되었다. 넓은 잔디밭과 수백 년의 연륜을 자랑하는 드로나무, 느티나무가 구름 낀 하늘 아래 축축하고 차분하게 녹색을 띠고 있다. 높은 대나무 울타리로 둘려져 있어서 밖은 보이지 않는다. 대낮에도 오히려 컴컴한 나무 숲 저 편에 거리가 있다고는 생각되지 않았다. 보트를 띄울 연못도 없었지만 언제 와도 조용한 식물원이 나오미는 공원보다 훨씬 좋았다.

"많이 기다렸죠?"

뛰어왔는지 료이치는 숨을 헐떡이면서 땀을 씻었다.

"뛰어오셨어요?"

"나오미 양을 기다리게 하면 벌 받을까 봐."

둘은 잔디에 앉았다. 조금 떨어진 곳에 노인이 책상다리를 하고 앉아 있었다.

"흐린 날의 식물원도 좋죠? 온실 쪽에 가 봤어요?"

나오미가 고개를 옆으로 흔들자 료이치는 눈을 가늘게 뜨면서 잠시 녹음을 바라보더니 "나오미 양, 난 하코다테에 정말 가기 싫어, 나오미 양이 없는 곳에서 살다니 울고 싶어." 하고 말했다.

어린애 같은 말투에 나오미는 저도 모르게 피식 웃었다.

"좀 걷지 않겠어?"

료이치가 부드럽게 권했다. 둘은 어깨를 나란히 하고 천천히 걸었다. 가끔 전차 지나는 소리가 들릴 뿐 조용했다. 나뭇가지처럼 여러 갈래로 나뉜 길을 어깨를 마주하고 걷고 있자니 나오미는 점점 숨이 막히는 것 같았다. 좁은 오솔길로 접어드니 길이 젖어 있었다. 어느 틈엔가 둘은 남의 눈에 띄지 않는 어두컴컴한 숲으로 들어와 있었다.

나오미는 축제 날 밤의 일을 상기하고 있었다. 그날 밤 료이치는 "좋아하고 있어." 하며 갑자기 나오미에게 다가왔다. 그때 나오미는 성숙한 감정으로 좋아질 때까지 기다리라고 하며 료이치를 거절했다. 그로부터 석 달이 지난 지금 나오미는 상상하지 못할 만큼 자기가 어른이 되었다는 것을 느꼈다. 축제 날 밤에는 느끼지 못했던 숨막히는 괴로움을 나오미는 지금 느끼고 있었다.

"나오미 양."

심각한 어조로 나오미를 부르고서 료이치는 걸음을 멈췄다. 나오미의 가슴은 두근거렸다. 3개월 전에 료이치에게 포옹당할 뻔한 일이 어느 틈엔가 그녀를 어른으로 만들어버린 건지도 모른다.

"지금도 당신은 내가 싫습니까?"

"싫다고는 한 번도 생각하지 않았어요."

"그럼 좋아한다고 생각해도 좋죠?"

나오미는 대답을 못했다. 언제나 거짓말을 못하는 것 같은, 그리고 잠에서 깬 어린애 같은 눈을 가진 그런 료이치에 대한 감정이 좋아한다는 것과는 별개의 것처럼 생각되었다.

"다케야마가 좋은 거죠?"

료이치가 쓸쓸하게 웃었다.

"아아뇨, 다케야마 선생님은 선생님이에요. 료이치 씨 쪽이 좋아요."

그것은 거짓말은 아니었다. 다케야마에게는 뭔가 믿음직한 것은 있었지만 이성으로서는 생각되지 않았다. 그것은 교코가 다케야마를 사랑한다는 것을 알고 나서부터 한층 더 다케야마에 대해 어떤 거리를 두어 왔기 때문인지도 몰랐다.

"그 말을 들으니까 안심이 됩니다. 나는 엊저녁에 다케야마하고 의논을 했죠. 당신에게 청혼을 하겠다고 그에게 말했어요."

"결혼요? 그건 아직 일러요."

나오미는 고개를 흔들었다. 결혼은 나오미에게 아직도 머나먼 얘기라고 생각하고 있었다.

"빠르지 않아요. 당신은 당신이 생각하고 있는 것보다 훨씬 어른이에요."

료이치는 열심히 말했다. 그러고 보니 여고 시절의 친구가 벌써 몇 사람이나 결혼한 생각이 났다.

"물론 지금 곧 대답해 달라는 건 아닙니다. 생각해 보라는 거죠. 2년이고 3년이고, 아니 일생 동안이라도 난 기다리고 있겠소. 난 당신 이외의 사람하고는 결혼하지 않을 테니까."

구름 사이로 햇빛이 비쳐 왔다. 나오미의 얼굴에 나무 그림자가 어른거리며 흔들렸다. 료이치는 앞에 서서 걸었다. 무엇인가 뿌리치는 듯한 걸음걸이였다. 왠지 모르게 축제 날 밤과 같은 료이치를 나오미는 기대하고 있었다. 넓은 길로 나오자 나오미는 얼마간 허전했다. 그러나 한편으로는 포옹하려 들지 않은 료이치에게 나오미는 어떤 신뢰감 같은 것도 느꼈다.

료이치는 나오미를 돌아보고 나서 크게 심호흡을 하고 미소지었다. 정다운 료이치 특유의 미소였다. 나오미는 문득 다케야마의 말을 생각했다. 다케야마는 료이치를 어린애가 아니라고 말했다. 그것은 어쩌면 료이치라는 인간이 어린애처럼 보이기는 하나, 중심은 든든한 어른이니 만일 결혼을 하자고 하면 안심하고 받아들이라는 것이 아니었나 하고 나오미는 생각했다. 다케야마를 불쾌하게 여겼던 일을 나오미는 부끄럽게 생각했다.

다시 어깨를 나란히 하고 걸으면서 나오미는 료이치를 쳐다보았다. 거기에는 확실히 생각이 깊은 어른의 옆 얼굴이 있었다.

'신문 기잔데 뭐, 어린애처럼 보이기는 해도 엄연히 어른이지 뭐.'

식물원을 나와 료이치는 교회 앞까지 바래다 주었다.

"들렀다 가세요."

"나오미의 마음을 확실히 안 다음에 정식으로 방문하죠."

료이치가 그렇게 말하고 돌아서려 했을 때 교회 뜰로 고스께와 아이코가 모습을 나타냈다. 어디로 외출하려던 참이었다.

"어머! 아버지하고 어머니예요."

나오미가 말하자 료이치는 당황하며 "난 도망가요." 하고 말했다.

"도망하지 않아도 돼요. 제가 소개해 드릴게요."

고스케와 아이코가 생글생글 웃으면서 다가왔다.

"료이치 씨, 아버님과 어머님이에요. 이분이 교코 오빠세요."

나오미가 소개하자 료이치는 머리를 긁적이더니 명함을 내놓았다.

"홋카이도 마이니치(每日)의 스기하랍니다. 잘 부탁드립니다."

"예, 첨 뵙겠습니다. 나오미 애비올시다."

"엄마예요. 교코 양에겐 폐가 많은 것 같아요."

고스케도 아이코도 정중하게 인사를 했다. 아이코가 잠깐 들렀다 가라고 권했으나 료이치는 도망치듯 총총히 가 버렸다.

저녁 식사 때 고스케가 말했다.

"오늘 만난, 뭐라고 했더라, 그 청년 말야."

"여보, 스기하라 료이치라고 해요."

아이코는 남의 이름을 결코 잊는 일이 없었다.

"음, 그 스기하라 말야, 그 사람은 그냥 보통 친구겠지, 나오미?"

"글쎄요. 그냥 보통 친구보다는 친해요."

결혼하자고 했다는 얘기는 아직 하고 싶지 않았다. 나오미 자신의 마음이 결정된 다음에 해도 괜찮을 것같이 생각되었다.

"그래? 친하다?"

고스케는 조용히 나오미의 얼굴을 보았다.

"음, 그렇지. 너무 친하지 않은 편이 좋을 것 같은 청년이라고 생각했다."

고스케는 한 번도 남의 비평 같은 것을 한 적이 없었다. 그래서 더욱 고스케의 말이 나오미의 가슴에 꽂혔다.

"왜요, 아버지? 어린애 같은 사람인데요, 료이치라는 분은."

"그래? 어린애 같은 사람이라……. 하지만 아버지 눈엔 그렇게 보이지 않더군."

시종 눈을 내리뜨고 피부가 젊은 사람답지 않게 거친 것 같다고 고스케는 생각하고 있었다. 어디라고 한마디로 잘라 말할 수는 없으나 료이치 안에 있는 뭔가 어두운 것을 고스케는 느끼고 있었다. 그것은 목사로서 여러 해 동안 많은 사람을 접촉해 온 고스케의 육감 같은 건지도 몰랐다.

"그래요, 어딘지 모르게 의지가 굳지 못한 타입처럼 보였어요."

아이코도 그전엔 하지 않던 비판적인 말을 했다.

"어머, 실례예요. 슬쩍 보기만 하고 그런 말씀을 하시는 건."

"그렇구나. 사람을 좋다 나쁘다 하는 것은 나쁜 일이지. 하지만 아버지의 첫인상은 지금까지 거의 들어맞았거든."

고스케의 말에 나오미는 화가 났다.

'아버지보다 내가 료이치 씨를 더 잘 알고 있어. 나는 그렇게 장님은 아니란 말이야.'

나오미는 갑자기 료이치가 불쌍해서 견딜 수가 없었다. 그렇게 악의가 없는 인간을 아버지도 어머니도 부당하게 평가하고 있다고 생각하니 자기 일처럼 화가 났다.

"오늘 료이치 씨가 결혼하자고 했어요."

나오미는 말하지 않고서는 견딜 수가 없었다.

"결혼?"

고스케와 아이코가 이구동성으로 말했다.

"그건 또 너무 빠르구나."

"빠르지 않아요. 친구들도 몇 명이나 결혼을 했는걸요."

료이치가 결혼 얘기를 했을 때는 나오미는 이르다고 생각했었다.

"하지만 나오미, 좀 더 네게 어울릴 만한 사람이 교회 안에도 있지 않니?"

"교회 밖에 있는 사람도 상관없어요. 그 사람이 신자가 아니라 안 된다고 하시는 거예요?"

'료이치 씨야말로 예수님이 사랑하신 어린애처럼 깨끗한 마음을 가진 사람인데……'

지금까지 자기 생각이 부모에게 거부당한 일이 없는 나오미로서는 몹시 자존심이 상했다.

"아버지는 교회에 다니는 사람은 신뢰하고 교회 밖의 사람은 신뢰하지 못하시는군요. 아버지, 하나님은 선한 사람에게나 악한 사람에게나 똑같이 햇빛을 비춰 주시지 않나요? 설사 료이치 씨가 나쁜 사람이라 하더라도 나쁜 사람일수록 사랑하지 않으면 안 되잖아요, 아버지?"

나오미는 부모가 료이치에게 호감을 갖지 않은 일이 이상하기도 하고 억울하기도 했다.

5

아침부터 내리던 눈은 그치지 않았다.

료이치가 하코다데로 전근한 때는 삿포로 거리에서 옥수수 장수들이 옥수수를 굽고 있을 무렵이었다. 긴 듯하면서도 짧은 3개월이었다. 나오미는 유리창을 통해 눈이 쌓이고 있는 뜰을 바라보면서 료이치를 생각하고 있었다. 료이치는 전송 나온 신문사 동료와 그림 친구들이 민망할 정도로 거들떠보지도 않고 나오미만을 집어 삼킬 듯 바라보고 있었다. 그때의 격렬한 눈빛을 생각하면 나오미는 가슴이 조이는 것 같은 달콤한 감정에 사로잡혔다.

료이치는 가끔 하코다데에서 전보처럼 간단한 편지를 보내 왔다. "지금 밖에는 사나운 바람, 오로지 당신을 만나고 싶을 뿐."이라든가 "쓸쓸하다. 외롭다. 외로워. 새벽 2시."란 짧은 편지를 편지지 가득히 커다란 글씨로 갈겨 써서 보냈다. 그것을 보면 나오미는 어떤 긴 편지보다도 진실이 담겨 있는 것처럼 생각되기만 했다. 그리고 정말이지 료이치는 그림 아니고서는 마음의 표현을 달리 할 수 없을 정도로 글재주 없는 사람처럼 생각되기도 했으나, 료이치 자신이 말하듯 정말 천재인지도 모른다고 생각했다.

어느덧 내리던 눈이 그쳤다. 고요한 토요일 오후다. 료이치에게 편지를 쓰려고 편지지를 폈을 때 나오미의 창을 똑똑 두드리는 소리가 들렸다. 고개를 들고 내다보니 다케야마였다.

"어머!"

나오미는 얼굴이 붉어졌다. 편지에 지금 쓰려고 한 료이치에 대한 생각을 다케야마에게 들킨 것 같은 부끄러움 때문이었다. 급히 현관으로 나가니 아이코도 거실에서 나왔다.

"이거, 미안합니다, 바쁘실 텐데 오시라고 해서."

아마 다케야마는 고스케의 부름을 받고 온 모양이었다. 다케야마가 거실로 들어서자 고스케는 보기 드물게 성급한 태도로 얘기를 꺼냈다.

"단도직입적이지만 다케야마 선생, 스기하라 료이치란 청년이 선생의 친구가 되신다죠?"

"예, 스기하라는 학생 시절부터 친구입니다."

좀 물어볼 일이 있다고 한 고스케의 전화를 받았을 때, 다케야마도 료이치의 일이 아닌가 하고 추측은 하고 있었다. 다케야마는 무심코 나오미의 얼굴을 보았다. 나오미는 남의 일을 듣는 것 같은 표정으로 사과를 깎고 있었다.

"괜찮으시다면 어떤 사람인지 좀 알고 싶은데요."

"어떻다니요……."

다케야마는 순간적으로 뭐라고 말해야 좋을지 몰라 우물쭈물했다.

"실은 잠깐 한 번 만난 일은 있습니다만, 나오미에게 프로포즈한 모양입니다."

고스케의 말을 아이코가 받아서 이렇게 말했다.

"그런데 말이죠, 다케야마 선생님. 이 문제를 나오미하고 몇 번 얘기를 했습니다만 좀처럼 의견이 맞질 않아요. 그저껜가요? 나오미가 '그 사람의 친구를 보면 그 사람의 됨됨이를 안다고 하죠. 아버지가 칭찬하고 계신 다케야마 선생님은 스기하라 씨의 친구예요.' 그러더군요. 그때 비로소 선생님의 친구란 걸 알고 이렇게 오십사고 부탁드린 거예요."

왜 나오미가 여태까지 그 얘기를 부모님께 하지 않았는지 이상했다. 그러나 그것보다도 지금 이렇게 고스케 부부에 의해 직접 의논 상대로 지목된 다케야마의 마음은 착잡했다. 대답을 주저하고 있는 다케야마를 재촉하듯 고스케가 말했다.

"어떻습니까? 선생님은 스기하라 군과 나오미가 결혼하는 게 잘된 일이라고 생각합니까?"

"글쎄요, 물은 건너 봐야 알고 사람은 지내 봐야 한다고 했으니까 예언은 할 수 없죠."

다케야마의 말에 나오미는 미소를 지었다.

"선생님, 말을 슬쩍 피하시는군요. 아버지나 어머닌 료이치라는 사람을 알고 싶다고 하시는데……."

"제 친구니 뭐 그리 대단한 놈이 있을 리가 있겠습니까? 그러나 스기하라의 그림은 꽤 평이 좋은 것 같습니다."

"여자라면 사족을 못 쓰고, 경제 관념은 제로, 게다가 술주정뱅이

입니다. 그러니 애초에 그만두십시오."라고 정직하게 말할 수 있다면 얼마나 시원할까. 설혹 스기하라를 배반하는 일이 되더라도 더 좋은 일인지 모른다.

"그뿐인가요?"

아이코가 말했다.

"그리고……."

다케야마는 깊이 생각하는 듯한 얼굴을 했다. 다케야마는 료이치가 나오미와 결혼하고 싶다고 했을 때, 왜 사실은 자기도 나오미를 사랑하고 있다고 말하지 못했을까 하고 이제 와서야 후회하고 있었다. 사랑이란 한 걸음 늦은 자가 물러서야 할 까닭은 없는 거라고 생각했다. 한 걸음 늦었어도 료이치와 당당히 싸우면 되는 것이었다. 설사 나오미의 마음이 료이치에게 기울고 있다고 해도 아직 결정적인 것이 아니라면 다케야마도 경쟁자로서 나오미 앞에 서고 싶었다. 그러기 위해서는 경쟁자인 스기하라를 나쁘게 말하는 일을 삼가지 않으면 안 된다. 겨룬다면 페어 플레이를 하고 싶었다.

잠자코 있는 다케야마에게 아이코가 물었다.

"스기하라 씨는 여자 친구가 많은 편인가요?"

"글쎄요……."

그 녀석보다 여자 친구가 더 많은 사나이는 없을 터였다. 스기하라를 두둔한다면 빤히 눈앞에 보면서 나오미를 위험한 수렁으로 몰아넣는 일이 된다. 차라리 이 기회에 스기하라의 소행을 털어 놓아야 하겠다고 생각했을 때였다.

"알겠습니다. 대강 짐작은 하겠습니다. 다케야마 선생님, 친구인 선생님이 대답할 수 없는 것은 어쩔 수 없는 일 아니겠어요?"

고스케는 혼자서 크게 고개를 끄덕였다.

"이거 별 도움을 못 드려서……."

다케야마는 그렇게밖에 대답할 수가 없었다. 화제가 크리스마스 준비로 옮겨진 후, 저녁을 들고 가라는 권유를 뿌리치고 목사관을 나왔다. 나오미가 문 밖까지 따라 나왔다.

"선생님은 생각했던 것보다 비겁하세요. 왜 아무 말씀도 안 하셨죠?"

땅거미가 지는 어두움 속의 나오미는 아름다웠다.

"그럼 뭐라고 했으면 좋았겠어?"

"조금쯤 칭찬해 주셔도 좋지 않았을까요? 어린애처럼 순진하다고 한마디쯤 해 주셨어도 좋았을 텐데……."

"나오미, 나오미에겐 정말 스기하라가 그렇게밖에 보이지 않는가?"

"그럼요. 사실이 그렇잖아요."

"나오미는 쿄코에게 스기하라 얘기를 아무것도 못 들었군."

"아무것도라니 어떤 일이죠?"

"역시 나오미는 아직 어린애군. 결혼 같은 건 너무 빨라."

다케야마는 화가 난 듯이 말했다.

"어머, 그건 실례잖아요."

"그럼 어른이란 말인가? 스기하라는 어쨌든 내 친구야. 그 친구에 대해서는 아무 말도 않겠어. 하지만 나오미가 어른이라면 좀 더 스기하라라는 인간을 잘 관찰해야만 해."

"선생님께서 아무 말씀도 안 하시는 건 료이치 씨를 나쁘게 말하는 거나 마찬가지예요. 그보다는 어디가 나쁜지 탁 터놓으시면 좋지 않겠어요?"

다케야마는 나오미를 뚫어질 듯이 바라보았다. 그것은 분노인지 슬픔인지 분간하기 어려운 격한 눈빛이었다.

'나오미는 내 마음을 전혀 몰라.'

다케야마는 휙 등을 돌려 뒤도 돌아보지 않고 나오미의 앞을 떠나 버렸다. 나오미는 다케야마에게 얻어맞은 때보다도 더 놀라 어두운 길을 따라 멀어져 가는 그의 뒷모습을 바라보고 있었다.

"나오미는 내 마음을 전혀 몰라."

격한, 그러나 슬픈 여운을 가진 다케야마의 말이 나오미의 가슴을 때렸다. 다케야마의 모습이 전찻길 쪽으로 구부러지며 사라졌다. 그때 나오미는 뜨끔했다.

'혹시 다케야마 선생님이 나를 사랑하고 계시는 게 아닐까?'

방금 들은 다케야마의 격한 언성에는 그런 뜻이 담겨 있는 것처럼 느껴졌다. 그러나 나오미는 곧 그것을 지워 버렸다. 그럴 리가 없다. 교코가 다케야마를 사랑하고 있지 않은가. 교코와 같은 부드럽고 아름다운 사람의 사랑을 다케야마는 거절할 리가 없다고 하며 나오미는 생각을 돌이켰다.

'하지만 선생님께서 료이치 씨를 조금만 칭찬해 주셨어도 좋았을 텐데……'

나오미는 친구인 다케야마에게조차 칭찬을 받지 못한 료이치를 동정했다. 료이치의 악의 없는 눈을 나오미는 생각하고 있었다.

'그렇게 천진스럽게 자기의 심정을 말해 버리는 사람은 남자 세계에선 존경받지 못하는지도 몰라.'

그렇긴 하지만 다케야마는 료이치의 친구가 아닌가. 나오미는 다케야마의 태도가 못마땅했다. 친구의 일을 누가 물었을 때 자기라면 아무리 칭찬할 만한 데가 없는 인간이라도 어떻든지 좋게 말해 줄 텐데 하고 나오미는 역시 다케야마를 힐책하지 않을 수가 없었다. 끝내 나오미는 료이치의 인격을 의심할 수 없었다.

12월 9일, 마쓰가와 사건(松川事件)에 관해 후쿠시마(福島) 지방법원의 판결이 있어 료이치가 근무하고 있는 신문사에서도 다소 흥분하고 있었다. 료이치는 자신이 전쟁 중에는 공산당원이었기 때문에 사형 다섯 명, 무기 다섯 명이라는 판결에 태연할 수가 없었다. 전향한 뒤로 료이치는 당원에 관한 일에 한층 더 예민해졌다.

료이치는 그 날 하루 종일 일이 손에 잡히지 않았다. 그럴 때 료이치에게 무로란 지방으로 가서 취재하라는 출장 명령이 내려졌다. 무로란 공장의 스트라이크 취재였다. 료이치의 마음은 이중으로 걷잡을 수가 없었다. 할 수만 있다면 거절하고 싶었다. 이 사건을 맡았다가 과거 자기가 전향했을 당시의 동료를 반드시 만나지 않는다고 보장할 수가 없었기 때문이다. 코트 깃을 올리고 오후의 거리로 나오니 미조라 히바리(美空)의 에치고시시(越後)의 노래가 눈보라를 몰고 오는 바닷바람을 타고 하코다데의 거리로 흘러 나왔다. 흥분해 있는 료이치에게는 그 노래의 애틋한 가락이 야릇하게 가슴을 파고드는 것 같았다. 주체할 수 없이 쓸쓸한 감정에 사로잡혔다.

하코다테 역의 긴 대합실에는 때마침 연락선에서 내린 사람들이 앞을 다투며 뛰어가고 있었다. 기차의 자리를 잡기 위해서였다. 그 중에 단 하나, 천천히 걸어오는 벽돌색 코트의 여성에게 료이치의 시선이 끌렸다. 키가 크고 갸름한 얼굴을 한 미녀였다. 문득 어디서 본 듯한 얼굴이라고 생각했다.

료이치는 여자가 2등실로 오르는 것을 보고 서슴없이 뒤따랐다. 2등실은 그리 붐비지 않았다. 다른 곳에도 빈 자리가 있었으나 료이치는 재빨리 여인의 옆에 자리를 잡았다. 여인은 흘낏 료이치를 보았다. 가느스름하지만 광택 있는 아름다운 눈이었다. 료이치에게는 확실히 기억나는 얼굴이었다. 료이치는 분주히 과거의 여인의 하숙, 아파트, 술집 같은 데를 더듬어 보았다. 세련되긴 하나 그런 곳에서 본 여인은 아니다. 양가(良家)의 딸로서는 너무 화려하다. 어디서 본 얼굴일까 하고 점점 그 여인에게 마음이 쏠렸다.

지금까지 마쓰가와 사건과 스트라이크 취재로 뒤숭숭했던 감정의 불꽃이 불시에 그 빛깔을 바꾼 것 같았다. 료이치는 전시에 선배가 옥사하자 즉각 전향했다. 고문의 공포에 겁먹었기 때문이다. 료이치는 자기가 전향한 까닭이 단순히 목숨이 아깝다는 그 한 가지일 뿐이었다는 것을 지금도 수치스럽게 생각하고 있었다. 자기가 비겁자라는 것을 잊게 해 주는 것은 오직 여자와 술이었다. 특히 료이치는 여자에 의해서 이상하리만큼 순식간에 모든 것을 잊을 수가 있었다.

지금 료이치의 관심은 이 차가운 것 같으면서도 이상한 매력을 가진 여성에게로 온통 쏠려 있었다. 기차는 어느새 하코다데를 벗어나고 있었다. 료이치는 밖을 내다보는 척하고 창가에 앉은 여인을 보고 있었다. 두터운 코트 위로도 료이치는 여체의 특징을 상당히 정확하게 파악하는 데 자신이 있었다.

'이 여자는 척 봐선 가냘픈 것 같지만 볼륨은 좋을 거다. 그렇지만 허리는 55센티쯤 될 거야.'

그렇게 생각하며 료이치는 옆 자리의 여자를 훔쳐보고 있었다.

스팀이 들어와 차 안이 좀 훈훈해졌다. 료이치가 코트를 벗으니까 여자도 같이 코트를 벗었다. 과연 료이치가 상상하던 대로의 몸매였다. 료이치는 미소를 지었다. 이 몸매와 깊숙이 번쩍이는 눈길만 보아도 료이치는 그녀가 관능적인 여자라고 느꼈다. 이 여자와 손을 잡는 것쯤은 식은 죽 먹기라고 생각하며 료이치는 즐거워했다.

료이치의 경험으로는 극장에서 여자의 손을 만져도 거절당하거나 소동이 난 적이 한 번도 없었다. 어둠 속에서 여자는 의외로 대담하다. 이 2등실처럼 좌석이 모두 같은 방향을 보고 있는 경우라면 남의 눈에 띨 염려가 없다. 여자는 남의 눈만 없으면 어두운 영화관에서와 같이 대담해질 것이라고 생각하며 료이치는 곁의 여성을 바라보았다.

료이치는 이 여성이 바로 겨울 방학이 되어 도쿄에서 삿포로로 돌아가는 가와이 데루코란 사실을 볼랐다. 누이동생 교코의 졸업 앨범에서 료이치는 가와이 데루코를 본 일이 있었다. 그리고 그때 "미인인데, 요염한 데가 있어. 한 번 소개하라구." 하니까 교코가 "오빤, 애가 나를 얼마나 못살게 군 줄이나 알아? 난 싫어."하고 말한 일이 있다. 그러나 료이치는 사진에서 본 여학생이 바로 이 여인이라는 것을 미처 알지 못했다.

얼마 후 료이치는 가방에서 라이프 지를 꺼내서 읽기 시작했다. 데루코에게는 전혀 관심이 없는 것처럼 보였다. 반은 구름에 가려진 고마가다케(駒ガ岳)의 기슭을 지날 무렵, 료이치는 일어나 코트를 선반에서 내려 자기 무릎 위에 걸쳤다. 료이치의 코트가 데루코의 한쪽 발을 덮었다. 료이치는 모르는 척했다. 데루코도 모르는 체하면서 휘날리는 눈을 바라보고 있었다.

료이치는 눈을 감았다. 자는 것처럼 보였다. 잠시 후 료이치의 몸은 점점 데루코에게 기대며 기울고 있었다. 데루코는 아무것도 모르는 척 눈이 내리는 바닷가로 시선을 던지고 있었다. 어느새 료이치의 손은 데루코의 무릎 위에 가 있었다. 데루코와 료이치의 손이 코트 밑에서 가볍게 닿았다. 마치 료이치가 졸고 있기 때문에 자연히 그렇게 된 것처럼 보였다. 데루코의 손은 차가웠다. 료이치는 손이 찬 여자가 좋았다. 그 순간 료이치는 데루코의 손을 잡으려다 말았다. 아무래도 어디서 본 것 같은 얼굴이라는 것이 마음에 걸렸다.

"이크, 이거 실례했습니다."

깜짝 놀라 깬 사람처럼 료이치는 수선을 떨었다.

"아아뇨."

데루코가 미소를 지었다. 료이치는 다정스럽게 함께 미소를 띠면서 물었다.

"어디까지 가십니까?"

"삿포로까지 갑니다."

'삿포로? 이크, 위험하군.'

"삿포로에 놀러 가십니까?"

"아아뇨. 집에 가는 길이에요."

"허어, 그럼 대학에 다니시는군요."

대학이라고 말하면서 료이치는 퍼뜩 생각이 났다.

'그렇다, 앨범에서 본 여자다. 교코를 못살게 굴었다던가 하는 그 여자였구나.'

이 아이 혼자만 도쿄에 있는 대학에 간다고 그때 교코가 했던 말을 료이치는 기억해 내고 있었다.

'좀 건방져 보이긴 하지만 의외로 좋은 계집앤데.'

료이치는 데루코에게서 심술궂은 악의 같은 것은 느끼지 못했다.

료이치는 동(東)무로란에서 내렸다. 차창을 돌아보니 데루코가 료이치를 물끄러미 지켜보고 있었다.

6

"정월에는 당신 얼굴 보러 삿포로에 가겠소. 어서 오라, 설날이여. 이제 몇 밤이면 설날일까."

료이치의 편지는 여전히 짧았다. 이런 편지를 쓰는 사람과 이루는 가정은 꼭 즐거운 분위기가 차고 넘칠 거라고 생각하며 나오미는 웃었다.

이즈음 나오미의 마음은 급격하게 료이치에게 기울고 있었다. 처음에는 꼭 료이치와 결혼해야겠다고 생각하지는 않았다. 그런데 고스케나 아이코뿐 아니라 다케야마까지도 료이치를 인정하지 않는 것을 보니 나오미의 가슴속에는 의분과 같은 애정이 급속히 자라 버리고 만 것이다. 료이치는 좀 더 사람들에게서 사랑을 받아 마땅한 무엇인가를 가지고 있다고 나오미는 생각했다.

정월 초사흘이었다. 료이치는 나오미의 권유로 할 수 없이 히로노 댁을 방문했다. 료이치는 사람 찾아가는 일을 그렇게 귀찮아하는 편은 아니었다. 그런데 나오미네 집만은 웬일인지 내키지가 않았다. 고스케가 목사이기 때문인지도 몰랐다.

그래도 전에 나오미네가 살던 하코다데로 료이치가 전임되었다는 공통점 때문에 화젯거리가 궁하지는 않았다. 그러나 어쩐지 료이치는 마음이 안정되지 않았다.

"얘기는 나오미에게서 들었소만은……."

고스케는 온화한 말씨로 말했다.

"너무 뻔뻔스러운 청을 드려서 송구스럽습니다."

료이치는 머리를 숙인 채 말했다. 료이치는 처음 고스케를 만났을 때부터 왜 그런지 그가 어려웠다. 나오미의 아버지이기 때문만은 아니다. 고스케에겐 무엇이나 꿰뚫어보는 것 같은 느낌이 있었기 때문이다.

"이런 아이를 그렇게 생각해 주니 우리야말로 고맙게 생각하고 있소. 하지만 나오미는 아직 어린앱니다."

"예에."

고스케 앞에서 자기도 어린애 같다고 생각했다.

"목사의 가정이란 멋이 없죠? 설날인데 술 대접도 안 해서."

아이코가 난로 위에다 떡을 구우면서 말했다. 료이치는 금주금연(禁酒禁煙)하는 목사 가정에서 술 대접을 받을 생각은 물론 없었다. 그러나 전혀 설날다운 분위기가 없는 데는 놀랐다. 료이치네 집에는 가미다나(집 안에 신령을 모시는 곳)에 시메나와(악귀를 쫓기 위한 굵은 새끼줄)나 제사떡이 장식되어 있었다. 도코노마(방바닥을 한층 높여 만든 곳으로 장식품을 올려 두었다)에도 커다란 가가미모찌(신에게 바치는 떡)가 받침이 달린 쟁반 위에 놓여져 있었다. 물론 손님이 오면 아침부터라도 술을 내놓는다. 한창때인 장정에게 겨우 차나 찹쌀떡 구이를 대접하는 나오미네 집은 어쩐지 다른 나라에 온 것 같은 느낌마저 들었다.

"신문사에 다니신다고 했죠?"

"예."

료이치는 웬 일인지 앉아 있기가 거북했다. 나오미는 난로의 재를 떨면서 료이치를 보았다. 료이치는 꼭 교무실에 불려 온 학생 같아 보였다.

"료이치 씨는 장차 화가가 되실 거래요."

나오미가 말하자, "그러시다면서요? 근무하면서 공부하시니 얼마나 고생많으시겠어요."

"예, 뭐……."

아이코의 말에 나오미는 마음이 좀 놓였다.

료이치는 무엇을 얘기해야 좋을지 몰랐다. '신문 기자답지 않구나.' 하며 료이치는 자신이 한심스럽다고 생각했다.

"나오미에게 신앙만은 지키며 살게 하고 싶다는 게 우리의 소원이죠."

료이치는 신앙에 대해 생각한 일이 없었다. 그런 것이 필요하다고 생각한 일도 없었다. 료이치에게 필요한 것은 그림과 여자와 술이었다.

"예에."

료이치는 말을 잃은 것처럼 이런 대답만 했다.

"되도록이면 나오미의 신앙을 길러 줄 수 있는 사람을 우리는 생각하고 있기 때문에……."

"어머!"

나오미는 얼굴 빛이 달라졌다. 나오미는 고스케가 료이치를 다시 보아 주겠거니 하고 믿고 있었다. 그러나 고스케는 지금 나오미와는 의논도 없이 료이치의 청혼을 거절하려 하고 있다. 그렇게 하기 위해서 료이치를 초청한 것은 아니었다.

"물론 이것은 나오미의 의사는 아니지만 우선 우리 부모들의 마음도 알아두는 게 좋을 것 같아서요."

료이치는 잠자코 끄덕이었다. 고스케에게는 반박할 수가 없었다. 나오미는 고개를 숙이고 있는 료이치가 가엾어서 견딜 수가 없었.

"아버지, 전 료이치 씨하고 결혼하겠어요."

나오미는 분명한 말투로 말했다. 그렇게 말하지 않을 수가 없었다. 순간 고스케도 아이코도 료이치도 나오미를 쳐다보았다. 료이치는 다시 흘낏 고스케를 보았다.

"나오미야, 뭐 지금 곧 정해야 할 일도 아니지 않아?"

"아녜요, 지금 여기서 결정하겠어요."

나오미는 료이치가 불쌍해서 견딜 수가 없었다.

"나오미 양."

료이치는 나오미를 보고 약간 머리를 옆으로 흔들었다. 그는 너무 부모를 거역하지 말라고 말하고 싶었다. 자기를 부정하는 고스케에게 료이치는 증오심을 일으켜도 마땅한 일이었다. 그러나 그는 이상하게 고스케에게 적의를 품을 수가 없었다. 상대하기에는 어려운 사람이지만 혐오할 수가 없었다. 고스케의 딸을 갖고 싶다는 자신이 불손하게 생각되었다. 나오미가 결혼하겠다고 분명히 말해 준 것만으로도 료이치는 만족했다. 그 이상의 것을 바라는 것은 무리라고 료이치는 생각했다.

료이치가 돌아가자 나오미는 몹시 언짢은 표정으로 난로 곁에 앉아 있었다. 가만히 고개를 숙이고 있기만 했던 료이치를 고스케가 부당하게 학대한 것처럼 느껴졌다. 오늘 료이치는 나오미 때문에 하고 싶은 말을 꾹 참고 있는 것처럼 보였다. 항상 쾌활한 료이치를 알고 있는 만큼 나오미에게는 료이치가 손 아래처럼 애처롭기까지 했다.

"왜 그러지, 나오미?"

고스케의 온화한 목소리가 나오미에게는 교활하게 들렸다.

"전 아무래도 료이치 씨와 결혼해야겠어요."

나오미의 목소리는 토라져 있었다. 고스케와 아이코가 마주보았다.

"결혼이란 일생을 좌우하는 문제야. 열아홉, 스물에 성급히 결정할 건 아니란다."

난로 위의 주전자에서 차 끓는 소리가 조용하게 들렸다.

'교활한 어른이 된 뒤에 정하면 순수함을 잃는다구요.'

나오미는 대답하지 않았다.

"나오미, 아버지는 말이야, 네가 신앙이 있는 사람과 결혼하면 좋겠어."

"그래야 안전하겠죠!"

나오미가 튕기듯이 대답했다.

"하지만 전 교회 사람들은 싫어요. 신앙보다는 자기 자신에게 충실한 사람이 좋아요. 료이치 같은 사람이 좋아요."

"자기 자신에게 충실하다니…… 어떻게 말이냐?"

"기쁠 때는 기쁘고, 슬플 때는 슬프게 살아가는 거예요. 료이치 씨처럼 순수한 게 좋아요."

"나오미."

뒷설거지를 하고 있던 아이코가 말했다.

"네가 말하는 자기에게 충실하다는 이야기는 감정에 충실하다는 말이구나."

"그래요."

"그건 자기 안에 감정밖에 없다는 사고 방식이다. 자기 의지나 이성(理性)이나 신앙에 충실한 것도 자기에게 충실하다고 말할 수 있지 않니?"

나오미는 조금 기가 꺾였다.

"하지만 그 중에서 자기 감정을 속이지 않는 것이 제일 순수하다고 생각해요."

나오미의 대답에 아이코는 미소를 지었다.

"울고 싶으니까 울고, 웃고 싶으니까 웃는다면, 그야말로 어린애지 뭐니. 감정이란 게 그렇게 충실해야 할 만큼 귀중한 것뿐이겠니? 쓸데없는 일에 화를 낸다든가 이상한 것을 좋아한다든가……."

아이코의 말에 나오미는 입을 다물었다. 이상한 것을 좋아한다든가라는 말은 료이치를 가리켜서 말한 것임에 틀림없다는 생각이 들었다.

"어머니, 그래도 료이치 씨에 대한 제 마음은 소중하다고 생각해요."

"하지만 말야, 나오미, 그 기분도 언제까지 계속될지는 모르는 거야. 사람의 마음이란 게 아주 변하기 쉽거든. 특히 젊었을 때는 남을 과대평가해서 쉽사리 빠지게 되는 법이야."

'난 과대평가가 아니야.'

"나오미, 사람을 사랑한다는 게 어떤 일인지 아니?"

새삼스러운 물음에 나오미는 명확히 대답할 수가 없었다.

"너도 사랑한다는 게 단순히 좋다는 것이 아닌 것쯤은 알고 있겠지?"

"……."

"사랑한다는 것은 상대방을 살리는 일이란다."

아이코가 거들었다.

"그래, 너는 과연 스기하라 군을 살릴 수 있겠니? 아버지 보기에는 그 사람을 살린다는 일은 몹시 힘들 것 같아. 나오미의 힘으로는 도저히 살릴 수가 없을걸. 잘못하면 도리어 죽이고 마는 결과를 초래할 수도 있어."

"어머, 정말 너무하세요, 아버진. 저도 사람 하나쯤은 사랑할 수 있어요."

"그래? 사랑한다는 것은 용서한다는 뜻이기도 하단다. 한 번이나 두 번 용서하는 게 아니야. 계속해서 용서하는 거야. 스기하라 군을 네가 용서해 가면서 살 수 있겠니?"

고스케는 주의 깊게 나오미를 지켜보았다.

"그 사람, 그렇게 용서해야 할 만한 일을 저지르지는 않을 거예요."

나오미는 화가 났다.

"글쎄, 인간이니까 용서하고 용서받고 그렇게 되풀이하는 거야. 스기하라는 혹시……"

아이코는 말을 하다 말았다.

"혹시 뭐예요, 어머니?"

"결혼하고 나서도 여자 관계로 속을 썩이지나 않을까 하고 걱정이 돼서 말야."

"어머닌 정말, 왜 그렇게 엉뚱한 추측을 하세요? 만일 스기하라가 여자 문제로 속을 썩인다 해도 좋아요."

나오미는 흥분하고 있었다.

"나오미, 왜 이러니. 좀 냉정히 생각하렴."

"냉정해요, 전. 아버지도 어머니도 스기하라의 좋은 점을 인정해 주지 않으시니까 억울하단 말이에요."

더 이상 부모와 이야기해 보았자 소용이 없을 것 같았다. 나오미가 자기 방으로 가려고 할 때 고스케가 새로 가다듬은 목소리로 말했다.

"너는 다케야마 선생을 어떻게 생각하니?"

"어떻게라뇨? 어떻게도 생각하고 있지 않아요. 선생님은 교코하고 친해요."

"정말이니, 나오미?"

아이코가 놀라며 말했다.

"정말이에요. 교코는 내가 삿포로에서 오기 전부터 선생님을 좋아하고 있었어요."

"그건 좀 얘기가 다른데."

고스케는 이상하다는 듯이 말했다.

"뭐가 달라요?"

"사실은 말야, 얼마 전에 다케야마 선생이 너와 결혼하고 싶다고 청혼을 해 왔단다."

"네? 선생님이요?"

지금까지 나오미는 다케야마가 싫지는 않았다. 그러나 지금 갑자기 다케야마가 싫어졌다. 불결한 남자라고 생각되었다.

'교코하고 교제하면서 나한테 결혼하자는 것은 무슨 심통이지?'

료이치가 자기를 사랑하고 있다는 것을 다케야마는 벌써부터 알고 있다. 그런데도 스기하라에게 불만을 가지고 있는 아버지나 어머니를 통해서 청혼해 왔다는 다케야마가 갑자기 경계해야 할 남자라고 생각되었다.

"싫어요, 다케야마 선생님은요!"

'아버지는 정말 사람을 보실 줄 모르나 봐.'

신앙 같은 건 없어도 료이치 편이 훨씬 정직하고 솔직한 인간이라고 나오미는 생각하지 않을 수 없었다.

"왜 싫으냐? 다케야마 선생은 좋은 분이다. 스기하라 군과 잘 비교해 보렴. 시간이 가면 생각이 바뀔 게다."

"그래요. 다케야마 선생은 훌륭해요. 그분은 나 같은 건 있어도 좋고 없어도 살아갈 수 있는 분이에요."

말이 끝나자마자 고스케가 몸을 부르르 떨면서 고함을 쳤다.

"바보 같은 자식! 이런 답답할 데가 있나! 그래 그만큼 일러도 모른단 말야!"

나오미는 생전 처음 아버지의 꾸짖는 큰 목소리를 들었다. 두렵기보다는 울화가 치밀었다. 고스케가 스기하라에게 느끼고 있는 것을 나오미는 알 수 없었다. 무엇 때문에 큰 소리로 꾸중을 들어야 하는지 나오미는 알 수 없었다. 지금까지 한 번만이라도 아버지의 화난 모습을 보고 싶다는 생각은 가끔 했었다. 그러나 지금 막상 큰 소리를 치시는 아버지를 보니 나오미는 깊은 환멸감을 느꼈다.

'뭐야, 아버지도 야만스럽고 봉건적이고 고집 불통인 남자에 불과한 거야.'

참으로 훌륭하신 분이라고 생각해 오던 아버지에게 배반당한 것 같은 느낌이었다. 나오미는 고스케를 뚫어져라 쏘아보면서 방에서 나왔다.

"나오미, 이리 와!"

고스케의 목소리가 날카롭게 뒤따랐다.

"싫어요!"

나오미는 옆방에 걸려 있던 코트를 걸치고 밖으로 나갔다.

"나오미, 어디 가니!"

고스케가 거실 문을 열려고 하는 것을 아이코가 말렸다.

"곧 들어오겠죠. 나오미가 뭐 바보인가요."

"음……."

고스케는 쓸쓸한 얼굴로 웃었다.

7

출항을 알리는 뱃고동 소리가 바람을 타고 들려왔다. 겨울날 한밤중에 듣는 뱃고동 소리는 쓸쓸했다. 어젯밤에도 나오미는 료이치가 돌아오기를 기다리다 이 시간에 연락선의 고동소리를 들었다.

책상 위의 괘종 시계는 벌써 새벽 1시를 넘기고 있었다. 나오미는 한숨을 쉬면서 창가에 섰다. 살며시 녹색 커튼을 들쳐 보니 하코다테 거리의 불빛이 드문드문 깜박이고 있었다. 가만히 보고 있는 나오미의 눈에 눈물이 어렸다.

인간의 운명이란 불가사의한 것이라고 나오미는 생각했다. 1년이 지났어도 자기가 스기하라 료이치의 아내라는 사실을 실감할 수가 없었다. 오랜 여행의 계속인 것처럼 불안했다. 그리고 그 여행이 이제 돌이킬 수 없는 것임을 이 1년 동안 나오미는 신물이 나도록 곱씹었다.

'료이치가 그날 밤 교통 사고만 나지 않았더라도……'

나오미는 료이치의 일로 아버지와 다투고 앞뒤를 분간할 사이도 없이 밖으로 뛰쳐 나간 1년 전 정월의 그날 밤 일을 지금도 생각하고 있었다.

그날 밤 나오미는 아버지의 목소리를 뿌리치듯 밖으로 나왔다. 생전 처음 아버지의 화난 목소리를 들은 흥분이 나오미를 료이치네 집으로 줄달음치게 만들었다. 료이치네 집 근처까지 왔을 때 구급차가 나오미를 앞질러 가서 멎었다.

거기에서 나오미는 의식을 잃고 쓰러져 있는 료이치를 보았다. 어떻게 해서 자기가 구급차를 타게 되었는지 지금 생각해도 악몽과 같은 순간이었기 때문에 나오미 자신도 잘 모른다. 료이치의 얼굴이 창백했던 것을 기억할 뿐이다.

그날 밤새도록 나오미는 료이치 곁에 있었다. 교코와 료이치의 어머니가 병원에 달려온 것은 나오미가 연락해서였는지 어쨌는지 그

기억도 없다.

다만 나오미는 료이치가 자기 집에 왔다가 돌아가는 길에 자동차에 치었다는 일에 책임감을 느끼고 있었다. 아버지 고스케가 료이치와 나오미의 결혼에 반대한 일이 사고의 원인인 것처럼 생각되었기 때문이다.

푹 잠들어 있는 료이치의 얼굴을 들여다보면서 아버지에게로 향한 격한 분노와 료이치에 대한 애틋한 사랑으로 마음이 혼란했다.

나오미는 그날 밤, 집에는 아무 연락도 하지 않고 병원에서 하룻밤을 새워 버렸다. 만일 료이치가 죽는다면 자기도 함께 죽어야겠다고 생각할 정도로 나오미는 료이치와 떨어질 수 없다는 마음을 갖게 되었다.

의식이 회복되자 료이치는 생각했던 것보다 기분 좋은 얼굴로 하코다데에 돌아가겠다고 했다. 의식불명을 지켜보았던 나오미로서는 료이치를 혼자 하코다데로 보내는 일이 불안했다.

장사를 하고 있는 료이치의 어머니나 직장을 다니는 교코는 나오미가 하코다데까지 함께 가겠다는 말을 듣고 기뻐했다.

"미안해요, 그래 주면 얼마나 고마울까."

료이치와 흡사한 눈매를 가진 어머니는 아들의 여자 친구 나오미에게 아무런 경계의 빛도 보이지 않았다. 어머니는 교코보다도 더 미더워 보이지 않았으며, 금방이라도 남에게 의지해 올 것 같은 데가 있었다. 이런 사람이 가게를 차리고 여러 여자를 다루면서 장사를 한다는 일이 이상할 정도였다.

나오미가 집에 돌아와 료이치를 하코다데까지 데려다 주겠다고 말했을 때, 고스케와 아이코는 어이가 없다는 듯이 딸의 얼굴을 바라보았다.

"네가 꼭 데려다 주지 않아도 어머니나 동생이 있지 않니?"

타이르듯이 아이코가 말했다.

지난 밤 아버지의 말을 뿌리치고 집을 나간 채 아무 연락도 없었던 하룻밤을 고스케와 아이코가 얼마나 애태우며 지새었는지 나오미는 생각할 여유가 없었다. 그보다도 고스케 때문에 교통 사고를 당했다고 나오미는 아버지를 책망하고 싶었다.

"료이치는 뇌진탕으로 의식 불명이었어요. 연락할 경황이 없었단 말이에요."

아무런 연락도 없이 집에 돌아오지 않은 지난 밤 일을 죄송스럽다는 기색도 없이 내뱉는 나오미의 말에 그렇게 이해가 깊던 고스케와 아이코도 그냥 어이가 없을 뿐이었다. 게다가 당연한 것처럼 하코다데까지 간다고 나서는 나오미를 두 사람은 말릴 생각조차 할 수가 없었다.

료이치가 사양도 했고, 어떻든 일단 하코다데까지 바래다 주는 일은 그만두었으나 역까지만은 배웅을 나왔다. 료이치의 어머니와 교코는 역에 나오지 않았다. 바로 엊그제 혼수 상태에 빠졌던 료이치의 창백한 얼굴을 생각하면 역시 그를 혼자 하코다데까지 보내는 일이 너무나 가혹한 것 같았다. 집어 삼킬 것 같은 눈빛으로 자기를 바라보고 있는 료이치가 가냘프게 웃는 것을 보면서, 나오미는 이대로 하코다데까지 바래다 주고 싶다는 생각이 들었다.

　벨이 울렸다. 기차가 천천히 움직이기 시작하자 나오미는 갑자기 몸을 돌려 기차에 뛰어 올랐다.

　'그때 나는 무엇에 씌운 거야.'

　"나오미 양!"

　놀란 료이치 곁에 앉으면서 "하코다데까지 같이 가겠어요." 하고 나오미는 고집스럽게 말했다.

　바래다 주고 즉시 돌아올 셈이었다. 하코다데에서 자란 나오미에게는 삿포로에서 하코다데까지 여덟 시간이나 기차에서 흔들리며 가는 일에 그다지 대단한 용기나 결심이 필요하지 않았다.

　"미안한데요."

　그렇게 말하면서 료이치는 좋아했다.

　하코다데 역에서 그대로 되돌아오려는 것이, 그리운 거리의 모습을 보자 나오미는 그만 자기도 모르게 역을 나오고 말았다. 눈이 조금 내린 하코다데의 거리를 보니 나오미는 '역시 잘 왔구나.' 하는 생각이 들었다.

　료이치의 하숙집은 하코다데 산기슭 호라이초(蓬萊町)에 있었다. 호라이초는 이시카와 다쿠목쿠(石川啄木)가 살던 아오야나기초(青柳町) 바로 옆이며 요릿집이 많은 거리였다. 호상(豪商) 다카다야 요시베이(高田屋喜兵衛)의 동상이 서 있는 완만한 언덕을 올라가 왼편으로 료이치의 하숙집이 있었다.

　비바람에 낡은 격자문을 여니 벗어 던진 게다(일본 나막신)짝이 두어 컬레 현관에 있었다. 미닫이를 열고 나온 쉰이 넘은 흰 얼굴의 여인이 뭔가 알아 내려는 듯이 나오미를 훑어보았다.

바로 현관에 이어진 어두컴컴하고 가파른 계단을 오르면 료이치의 방이다. 하숙이라고는 하지만 2층에 료이치 혼자서 방을 빌려 사용하고 있었다.

방 안에 한 걸음 발을 디디니 유화(油畫) 그림 물감 냄새가 코를 찌르고, 어지럽게 놓인 몇 개의 캔버스에는 한결같이 강렬한 검정과 빨강이 흰색을 부각시키고 있었다.

'그때 료이치가 열만 나지 않았더라도 이런 일은 없었을 텐데.'

코트를 입은 채 털썩 주저앉은 료이치의 열이 올라 붉어진 얼굴이 어제 일처럼 눈에 선했다.

여덟 시간이나 기차에 흔들리며 무리한 탓으로 료이치는 몹시 열이 올랐다. 나오미는 벽장에서 이불을 꺼내 료이치를 눕혔다. 난로에 불을 넣으러 온 여주인은 보기보다 친절하여 곧 의사를 불러 주고 얼음 베개를 빌려 주기도 했다.

열은 사흘 만에 가라앉았지만 그동안 고스케로부터 귀가를 재촉하는 전보가 몇 번인가 왔다. 세 번째 전보에는 "어머니 위독 곧 오라"는 내용이 적혀 있었다. 그 전보가 빤한 거짓임에 틀림없다고 생각한 나오미는 가지 않았다.

'병 간호 때문에 돌아갈 수 없다는 전보를 쳤는데 아버지는 무엇 때문에 믿지 않으시는 걸까.'

이런 환자를 그냥 두고 갈 수가 있겠느냐며 나오미는 료이치의 베갯머리에서 고스케의 편지를 찢어 버렸다.

사흘 만에 겨우 열이 내린 료이치를 보고 나오미는 그제야 돌아갈 준비를 하기 시작했는데, "하룻밤만, 하룻밤만 더" 하고 료이치가 손을 모았다.

'그때 돌아가 버렸더라면……'

나오미는 자신이 지금쯤 삿포로에서 아직 초급대학을 다니고 있을 거라고 생각했다.

그날 밤 사흘 동안이나 간호하느라고 피곤했던 나오미는 아래층에서 빌려 온 무명 이불 속에서 일찍부터 잠들어 버렸다. 문득 인기척에 눈을 뜨니 료이치의 얼굴이 전기 스탠드 불빛을 받으며 바로 나오미의 눈앞에 와 있었다. 깜짝 놀라 일어났다.

"괜찮지?"

료이치가 나오미의 얼굴을 두 손으로 받쳤다.

'잠깐.'이라고 말하려고 했으나 벌써 료이치의 입술이 닿아 버리고 말았다. 온몸에 전율이 일고 생전 처음 당하는 키스에 나오미는 황홀하게 눈을 감았다. 그러나 료이치의 한쪽 손이 나오미의 가슴에 닿고 한 손이 허리로 미끄러져 가려 할 때 나오미는 몸을 비틀며 피했다.

"안 돼요, 료이치 씨."

"왜요?"

"글쎄, 안 돼요."

"왜요?"

료이치는 되풀이해서 말했다.

"아직 결혼식도 올리지 않았는데……."

나오미는 수줍은 듯 고개를 숙였다.

"그게 뭐가 중요하죠? 결혼식이라니 나오미 양은 꽤 형식주의자군."

료이치가 천진스럽게 웃었다.

"하지만……."

"나오미 양은 내가 싫어?"

"싫으면 여기까지 왔겠어요?"

"그런데 왜 그러는 거죠? 애정만 있다면 결혼식 따위는 아무래도 상관없다고 생각하는데."

"그래도 정말 애정이 있다면 사람들에게 축복받는 결혼식 날까지 기다려 주시면 좋잖아요, 료이치 씨."

나오미는 다정하게 료이치의 손을 잡았다.

"남의 축복 같은 건 아무래도 좋아."

료이치는 내뱉듯이 말하고는 나오미의 손을 힘있게 잡으며 말했다.

"내가 나오미 양과 결혼식을 올린다고 해 봤자 대체 누가 축복해 주겠소? 당신 아버지나 어머니도 그렇고…… 그리고 저 다케야마도 축복보다는 저주나 할걸, 나오미 양."

그럴지도 모른다는 생각에 나오미는 료이치가 불쌍해지기까지 했다.

"하지만……."

"저주받기 전에 나오미 양을 내 것으로 만들고 싶소."

료이치의 손이 나오미의 어깨에 놓였다.

"잠깐, 료이치 씨. 그래도 난 역시 하나님 앞에서 맹세하고 싶어요."
"하나님?"
료이치는 피식 웃었다.
"하나님, 하나님이라고 하지만, 난 아직 본 일이 없으니…… 어떤 분인지 모르지만 서로 사랑하는 사람끼리의 결혼을 반대할 만큼 고지식한 분은 아니겠죠."
"그러니까 하나님 앞에서 맹세하고서 하세요."
"맹세하지요. 여기서 맹세해도 되지요? 하나님은 뭐 교회에만 계신 것도 아닐 테니까 말이야."
"…… 하지만 ……."
나오미는 새삼스럽게 자기가 결혼에 대해 아무런 구체적인 생각이나 신념도 갖고 있지 않았던 것을 깨달았다. 나오미는 결혼이란 것을 새하얀 웨딩 드레스로 곱게 차리고 교회에서 결혼식을 올리는 일이라고 막연히 생각하고 있었다. 남자와 여자가 아무도 없는 곳에서 은밀히 맺어지는 일 같은 건 생각해 본 적이 없었다. 애정만 있으면 그것만으로 족하다고는 생각해 보지 않았다. 애정이 있으면 축복받는 결혼식을 올리기 위해서 모든 면으로 노력해야 한다고 생각하고 있었다. 료이치의 말에는 어딘지 전면적으로 긍정할 수 없는 무엇이 있었다. 은밀히 맺어지는 일에는 어쩐지 무책임한, 그리고 죄를 짓는 것 같은 냄새가 났다.
"그럼 당신은 진심으로 축복해 주지도 않는 무리들 앞에서 예쁜 신부 차림을 하고 결혼식을 올리고 싶단 말이군요. 난 아무도 없어도 좋아. 둘만 사랑하고 있다면 그것으로 훌륭한 결혼식이 된다고 생각하니까."

난로의 불이 남아 있어 방안은 훈훈했다.

"괜찮죠?"

싫다 좋다는 말을 기다리지도 않고 료이치는 나오미의 가슴을 더듬거렸다.

"……하지만…… 적어도……."

"뭐가 또 적어도죠? 잔소리 꽤나 하는 아가씨로군."

초조한 듯이 말하고 료이치는 나오미의 입술에 자기 입술을 포개었다. 적어도 이런 일은 새 이불 위에서라고 원하는 나오미를 깔아뭉개듯 료이치는 넘어뜨렸다. 열이 있던 몸이라고는 생각할 수조차 없었다.

"아앗!"

아픔에 못 이겨 소리를 지른 나오미는 그때 뜻밖에도 다케야마의 얼굴이 머리에 떠올랐다. 나오미의 뺨을 힘껏 때렸을 때의 준엄한 표정이었다.

료이치가 나오미의 몸에서 떨어지자 나오미는 얼굴을 가리고 몹시 울었다. 남녀의 관계를 지식으로는 알고 있었다. 그러나 이렇게 빨리 이런 모양으로 나오미 자신이 경험하리라고는 생각지 못했다. 무엇때문에 우는지 나오미도 몰랐다. 슬픔하고는 달랐다. 기쁜 것도 아니었다. 쓸쓸하거나 억울한 것도 아니었다. 놀라서 우는 갓난아기의 눈물 같은 그런 눈물이었다.

흐느껴 우는 나오미를 료이치는 만족한 듯 곁눈으로 보고 있었다. 이럴 때 우는 것은 순진하기 때문이라고 생각하며 료이치는 그것을 만족해하고 있었다. 나오미의 눈물이 그칠 무렵 료이치는 조용히 나오미를 끌어안았다.

"이게 사랑한다는 거예요?"

"그래, 나오미."

료이치는 처음으로 나오미에게 반말을 했다.

"그래, 이런 일이 사랑한다는 거야."

나오미는 적이 실망하며 살며시 얼굴을 돌렸다.

그 다음날 고스케에게서 속달이 왔다.

"나오미, 어머니가 갑자기 패혈증으로 호쿠다이(北大) 병원에 입원했다. 원인은 확실치 않으나 충치 때문이 아닌가 한다. 스기하라 군이 아프다지만 어머니도 심각한 병이니 곧 돌아와다오. 스기하라 군과의 일은 후일 다시 의논하려고 하니 순결만은 지켜 주기 바란다. 나오미 부탁이다. 1분 1초라도 빨리 돌아와 다오."

기차삯을 동봉한 고스케의 편지를 무릎 위에 놓고 나오미는 '순결 순결' 하고 마음속으로 몇 번인가 되뇌어 보았다.

이런 모양으로 맺어져 버린 자기들이 불순하다고는 생각지 않았으나, 그렇다고 자랑스럽다고 생각되지도 않았다. 자고 있던 나오미의 이불 속으로 료이치가 들어왔다는 일이, 아무래도 강제로 당한 것 같은 느낌으로 마음 한 구석에 남아 있었다. 나오미의 육체는 아직까지 정욕이라는 것을 알지 못했다. 료이치와 둘이 한 방에서 잔다는 일이 곧 료이치에게 모든 것을 허락해도 좋다는 것은 아니었다. 말하자면 나오미는 남녀가 한 방에서 잔다는 일의 의미를 분명히 알지 못했던 것이다. 그것이 즉 남자 편에서 볼 때 어떤 의미를 갖는 것인지 나오미는 몰랐다. 남자와 함께 한 방에서 몇 밤이라도 지낼 수 있을 것이라고 생각하는 대부분의 미혼 여성들처럼 나오미도 그렇게 생각하고 있었던 것이다.

'바보였어, 남자라는 걸 그렇게도 몰랐으니.'

나오미는 순결만은 지키라고 한 아버지의 말씀이 마음에 걸려 이미 삿포로로 돌아갈 생각은 할 수 없었다. 어머니의 병환을 걱정하지 않은 것은 아니었으나, 마음 한 구석에 어머니가 정말 병이 나셨을까 하는 의혹도 없지 않았다. 결국 나오미는 가출이라는 형태로 료이치의 아내가 되어 버린 것이다. 집을 뛰쳐 나온 나오미에게 부모로부터 보내 온 짐이 도착한 것은 그로부터 두 달이 지난 따뜻한 봄기운이 감도는 히나마쓰리(여자 어린이들의 무병장수와 행복을 빌기 위해 해마다 3월 2일에 치르는 일본의 전통축제)날의 오후였다.

> 나오미, 오늘이면 올까 내일이면 올까 하고 밤에도 문을 잠그지 않고 기다렸지만 결국 너는 돌아오지 않는구나. 짐을 보내는 일이 늦어져 추운 겨울에 불편이 많았을 줄은 알았지만, 꼭 한 번은 돌아올 줄 알고 기다리다 늦고 말았구나.

나오미, 네가 집을 나가지 않으면 안 되었던 원인은 결국 이 아버지와 어머니에게 있었다는 것을 새삼스럽게 깨닫고 있다. 이런 모양으로 집을 나가지 않으면 안 되었던 너도 괴로웠겠으나 너를 나가게 한 우리는 더욱 괴롭단다.

목사라는 직책을 가졌으면서 단 하나밖에 없는 내 자식의 마음도 바로 잡을 수 없었다는 사실은, 내 평소의 생활이 얼마나 교만했었던가를 절실히 느끼게 해 주고 있다.

우리는 부모답게 너를 꾸짖지 못했던 것 같다. 큰소리로 야단을 치지 않아도 우리 딸 나오미는 우리의 마음을 알아주리라고 생각했다.

나와 아이코의 딸이다. 만의 하나라도 비뚤어질 리는 없다고 그렇게 자만했단다. 아니, 너로서는 비뚤어졌다고 생각하지 않을지도 모른다. 비뚤어지는 것을 싫어하는 너. 너는 너대로 자기의 길을 옳다고 믿고 걸어갔는지도 모른다.

나오미, 네 길이 불행했을 때는 제발 이 아버지와 어머니를 용서해다오. 단 하나밖에 없는 딸도 행복한 길로 걷게 하지 못한 부모를 용서해다오.

네 어머니는 겨우 퇴원했다. 패혈증은 무서운 병이다. 말하자면 피가 썩는 것이니까. 그러나 솔직히 말해서 나에게는 이 큰 병보다는 나오미의 일이 더 큰 타격이었다. 병은 육체의 문제지만, 너의 일은 마음의 문제이기 때문이다.

그러나 이쯤 되었으니 아무 말 않겠다. 사랑한다는 것은 상대방을 살리는 일이요, 또 용서하는 일이란 것을 다시금 말해 둔다.

어떠한 일이 있어도 우리는 너를 버리지 않는다. 스스로 나간 집을 다시 찾기는 어렵겠지만 아주 인연을 끊어 버린 게 아니다. 언제든지 놀러 오렴. 하나님께 너희 두 사람을 좋은 길로 인도해 달라고 빌고 있다. 부디 몸과 마음을 조심해라. 네 어머니는 편지를 쓰지 않을 모양이다. 그러나 아이코는 훌륭해. 네가 나갔어도 명랑하게 지내고 있단다. 곤란한 엄마라고나 해야 할지 모르겠지만…….

고스케의 편지를 읽고 나오미는 울었다. 그러나 너무나 관대한 아버지에게 나오미는 용서를 비는 편지를 쓸 수가 없었다.

료이치는 다정했다. 시장에 갔다가 좀 늦어지면 밖에 나와서 기다리고 있었다.
"얼마나 기다렸는데…… 이젠 돌아오지 않나 했어."
그런 소리를 하면서 료이치는 나오미의 손을 꽉 잡는다든가, 벽장 속에 숨어 '왁' 하고 나오미를 놀래 주기도 했다.
그러나 그것도 처음 2, 3개월뿐, 차츰 귀가 시간이 늦어지고 술에 취해 돌아오는 날이 많았다.
4월로 접어든 어느 날 밤의 일을 나오미는 결코 잊을 수가 없다. 나오미가 꿈꾸던 료이치와의 생활에는 즐거운 저녁 식사가 있었다.
그날 밤 나오미는 료이치가 좋아하는 자반 연어에다 감자와 홍당무, 무 같은 것을 넣은 찌개를 만들어 놓고 기다리고 있었다. 그런데 9시가 지나고 10시가 지나도 료이치는 돌아오지 않았다.

먼저 식사를 할까 생각했으나 찌개를 보고 '야아' 하며 기뻐할 료이치를 생각하고는 좀 더 기다린다는 것이 12시가 지날 때까지 식사도 하지 않고 기다리게 되었다. 겨우 돌아온 료이치는 아직 손도 대지 않은 상을 흘끗 보고는 나오미를 노려보았다.

"나오미, 이건 뭐야. 시위하는 거야? 12시가 넘도록 난 배를 곯고 기다려 줬는데 넌 어디서 술만 마시고 오느냐 이건가?"

나오미는 자신의 얼굴에서 핏기가 사라지는 것을 느꼈다. 그 말에선 나오미가 믿고 있던 료이치의 모습을 전혀 찾아볼 수가 없었다. 나오미는 혹시 잘못 들은 게 아닌가 하고 생각했다. 료이치의 말이나 표정에는 티끌만한 부드러움조차 없었다.

그날 밤 나오미는 한잠도 못 잤다. 다시 생각해 보면 료이치의 기분을 전혀 모르는 것은 아니었다.

밥도 먹지 않고 기다리는 일은 료이치 편에서 생각할 때 가책이 되는 일일지도 모른다. 그러나 "늦어서 미안해. 왜 먼저 먹지 그랬어." 하고 말해 주는 료이치이기를 바랐다. 분하다기보다 뜻밖에 본 료이치의 냉혹한 면에 나오미는 큰 충격을 받았다. 밖에서 좋지 않은 일이 있었던 것이라고 나오미는 생각하고 싶었다. 자기가 잘못 보았다고 생각하기는 싫었다. 자기가 본 그대로의 료이치이기를 바랐다.

그 후 또 료이치는 식사 준비를 하고 있는 나오미를 뒤에서 갑자기 안는다든지, 나오미가 읽고 있는 신문을 빼앗으며 "심심하단 말야, 신문 보지 마." 하고 매달리듯이 나오미에게 어리광을 부렸다.

그러나 나오미는 "나오미, 이거 뭐야. 시위하는 거야?" 하고 말했을 때의 차가운 그 얼굴이 어리광을 부리고 있는 료이치의 뒤에서 노려보고 있는 것 같아 지금까지처럼 단순히 천진스러운 료이치라고 생각할 수가 없게 되었다.

그리고 어느 가을 날 아침의 일이었다. 나오미는 아침 식사 전에 늘 하듯 묵도를 올리고 있었다. 처녀 때의 나오미는 고스케의 긴 식사 기도에 커다란 눈을 동그랗게 뜨고 비웃는 듯한 표정으로 바라보곤 했었다. 기도하는 일에 반발을 느끼고 있었다. 그러나 료이치와의 결혼 생활 속에서 나오미는 누구의 강요가 아닌데도 기도가 하고 싶어졌다.

"하나님, 오늘도 새로운 아침을 주셔서 감사합니다. 이처럼 일용할 양식을 주시니 고맙습니다. 이 식사로써 료이치와 제가 필요한 하루의 힘을 얻게 하소서! 아멘."

눈을 뜨니 료이치가 입술을 삐쭉거리면서 비웃었다.

"난 고리타분한 일은 싫단 말야."

가시 돋친 말투였다.

"왜 화를 내세요?"

나오미는 료이치가 농담을 하고 있다고 생각하고 싶었다.

"아무튼 난 기도 같은 건 질색이야."

견딜 수 없다는 듯이 료이치는 젓가락으로 공기를 두드렸다.

"료이치 씨, 좀 부드럽게 말씀해 주세요."

타이르듯 말하는 나오미의 말이 떨어지자마자 "시끄러워!" 소리와 함께 료이치의 손에서 밥 공기가 날아갔다.

너무나 어이없는 일에 나오미는 멍하니 료이치를 바라보았다.

"미안, 내가 잘못했어."

료이치는 나오미의 어깨를 한 번 안아 주고는 밖으로 나갔다. 힘없이 현관을 나가는 료이치를 바래다 주고 방으로 돌아온 나오미는 입술을 깨물었다. 울려고 해도 울 수가 없었다.

"웃고 싶을 때 웃고, 울고 싶을 때 우는 게 정직하고 순수한 거지요. 료이치는 순수해요."라고 아버지에게 했던 자기의 말을 생각했다. 밥알이 흩어진 다다미 위를 닦아내는 나오미의 눈에서는 눈물이 한없이 흘렀다.

낮에 신문을 펼쳐 본 나오미는 료이치가 화를 낸 원인을 겨우 알아내었다. 그것은 료이치의 그림 친구가 국전(國展)에 입선하여 그 그림이 커다랗게 신문에 게재되었기 때문이었다. 그림도 그리지 않고 매일 밤 늦게 돌아오는 료이치가 착실하고 꾸준히 그림을 그리는 친구의 입선을 시기할 것은 못 된다고 나오미는 생각했다.

"난 천재인지도 몰라."라고 말하면서 료이치는 거의 그림을 그리는 일이 없었다.

그는 "천재는 영감에 의해서 그리는 거야. 날마다 그리는 게 아냐."라고 언제나 자기 변호를 하고 있었기에 나오미는 료이치의 질투는 추한 것이라고 생각했다. 죄 없는 아내에게 화풀이를 하는 나약한 사내라는 생각이 들었다. 감정을 노출하는 일의 추함을 나오미는 뼈저리게 느꼈다. 료이치의 쓸쓸함과 아내에게 어리광부리는 남자의 마음을 이해하기에는 나오미는 아직 어렸다.

"사랑한다는 것은 늘 용서하는 일이다. 네가 스기하라를 용서해 낼 수 있겠니?"

모든 것을 미리 내다보듯이 그렇게 말한 아버지 고스케가 새삼스럽게 위대하게 생각되었다.

'1년 전 오늘 내가 하코다테에 왔구나.'

그렇게 생각했을 때 현관 문 여는 소리가 들렸다. 책상 위의 시계는 2시를 가리키고 있었다. 나오미는 얼른 시계를 돌려 놓았다. 새벽 2시에 돌아왔으니 료이치도 미안할 거라고 생각했다.

"어서 들어오세요."

반기는 나오미를 보자 만취한 료이치는 "오오, 귀여운 아내여!" 하고 한 손을 쳐들며 좋아했다.

무더운 8월 어느 날의 오후였다.

"나오미는 아직 소식 없니?"

료이치의 어머니는 경대 앞에 앉아서 눈썹을 그리고 있다. 쉰 살이라는 나이를 아무도 곧이 듣지 않는다. 서른일곱이나 여덟로도 통할 수 있는 젊은 어머니를 료이치는 맥주를 마시면서 바라보고 있었다.

"무슨 소식?"

어머니와 아들 사이라기보다는 누이와 동생 같은 말투였다. 료이치는 출장으로 어젯밤 삿포로에 왔지만, 밤늦게 일이 끝나는 어머니 노부코와는 이제야 겨우 얼굴을 마주 대하게 되었다.

"뻔한 얘기 아니냐? 애기 말이다."

노부코는 거울에 비친 료이치에게 한쪽 눈을 감아 보였다. 료이치는 무관심하다는 듯이 고개를 흔들며 말했다.

"아직 멀었어요. 그보다도 가게는 어떻수?"

"덕분에 가게에는 좋은 일만 생기는데……."

화장을 막 끝낸 얼굴에 노부코는 부채질을 했다.

"저어…… 손님입니다."

가정부 다키가 언짢은 얼굴을 하고 들어왔다.

"그래? 누구야?"

"저어, 가와이라는 분입니다."

열여덟인 다키는 감정이 쉽게 얼굴에 나타났다. 성난 것처럼 입을 뾰루퉁한 채 다키는 노부코를 바라보았다.

"어머, 가와이 씨가? 어떡하지? 남자분이지?"

노부코는 유카타 깃을 여미면서 일어섰다.

"아아뇨, 여자예요. 아주 건방지고 이상한 여자예요."

"뭐, 여자야?"

노부코는 목소리를 낮추면서 불안한 듯이 현관 쪽을 보았다.

"없다고 그래라."

"계시다고 그런 걸요."

"아이, 어떻게 하지? 얘, 료이치야. 엄마가 만나기 싫은 사람이란다. 네가 나가서 없다고 말해 주렴."

료이치는 맥주를 컵에 따르면서 "뭐야, 재미있겠는데 다키. 응접실로 모셔. 내가 한 번 만나 보지." 하고는 히죽히죽 웃었다.

"괜찮아, 응접실로 모시지 않아도. 현관에서 쫓아 보내."

노부코는 그렇게 말하고 총총히 핸드백을 안고 일어섰다.

"그렇다고 벌써 나가요?"

료이치가 웃으며 말하자, 노부코는 약간 긴장된 얼굴로 "난 도망간다. 뒷문으로." 하고 발소리를 죽이며 방을 나갔다. 다키도 뒤따라 나갔다. 료이치는 손님을 기다리게 한 채 천천히 맥주를 다 마셔 버렸다.

파란 발을 걷어 올리며 료이치가 응접실에 들어가자 뜻밖에도 젊은 여인의 흰 기모노 모습이 이쪽으로 등을 돌리고 있었다.

"이거 너무 기다리시게 해서……."

료이치가 상냥하게 인사를 했다. 여인은 조금 뒤로 물러앉으며 조용히 료이치 쪽으로 향했다.

"아아, 당신이었군요."

"어머!"

손님은 가와이 데루코였다. 데루코는 기차에서 옆 자리에 앉았던 료이치를 잊지 않은 것 같았다. 그러나 희미하게 미소짓던 데루코의 표정은 이내 굳어 버렸다.

"당신은 이 댁과 무슨 관계죠?"

나무라듯이 데루코는 말했다.

"이 집의 탕자(蕩子)죠."

료이치는 정다운 미소를 지으며 선풍기의 스위치를 돌렸다.

"어머, 아드님이세요?"

데루코는 료이치에 대해서는 적의를 보일 수가 없었다.

"난 댁의 어머니를 만나러 온 거예요."
"엄만 도망갔어요. 가와이 씨라는 여자분이 오셨다고 하니까 새파랗게 질려서 뒷문으로 도망갔어요."
료이치는 숨김없이 말했다.
"그럼 큰일났네요. 저어……."
데루코가 가볍게 입술을 깨물었다.
"무슨 일입니까? 어머니가 댁에게 많은 빚을 진 모양이죠?"
료이치의 눈은 아직 웃고 있었다.
"아아뇨."
단호하게 고개를 가로저으며 데루코는 료이치를 보았다.
"저어…… 댁은 아무것도 모르시나요?"
"무슨 일입니까? 괜찮으시다면 제게 말씀해 주십시오. 혹시 어머니가 몹시 폐를 끼치고 있는 게 아닌가요?"
료이치는 진지하게 말했다. 어디까지나 데루코 편을 드는 그 말솜씨가 데루코를 솔직하게 만들었다.
"제 어머니가 몇 년 전부터 고민해 왔어요."
"어머님이요?"
"아버지가 첩하고 관계를 끊지 못하기 때문이죠."
"예? 첩? 그럼 우리 어머니가……?"
료이치는 놀랐다. 남의 첩이 될 만한 기개도 없는 어머니라고 료이치는 생각하고 있었다. 그런데 데루코 아버지의 첩이라니 료이치는 놀라울 뿐이었다.

"예, 그 때문에 얼마나 집안이 어두워졌는지……. 전 언제나 언제나 당신네 집안을 저주해 왔어요. 정말 당신 어머니를 죽여 버릴까 하고 생각했던 때가 한두 번이 아니었어요."

데루코의 눈이 격렬한 빛을 발했다.

'어머니가 첩이라니…….'

데루코가 어머니를 죽이고 싶다고까지 생각했다는 말을 들으니 료이치는 불쌍하기보다는 웃고 싶었다. 어머니 노부코는 겁쟁이여서 지금도 혼자 화장실에 갈 수가 없어 이따금 가정부 다키를 밤중에 깨워서 데리고 가는 일이 있다. 만일 노부코를 죽이려고 했다는 데루코의 말을 듣는다면 얼마나 놀랄까 하고 생각하니 료이치는 웃음을 참을 수가 없었다.

"왜 웃고 계시죠?"

데루코가 힐책했다. 너무 불성실한 사람이라고 생각했다.

"아니, 아무것도…… 그러나 몰랐어요. 어머니가 남의 신세를 지고 있었다는 것 말입니다."

료이치는 어머니가 첩이라는 놀라움이 가시자 마음이 약간 홀가분해졌다. 오랫동안 혼자 사는 어머니께 그런 상대가 있어 주는 편이 료이치로서는 또 마음이 편했다. 료이치의 입술에 아직도 사라지지 않은 웃음이 데루코의 화를 돋우었다.

"모르셨다는 건 거짓말이군요."

교코도 료이치도 벌써 다 알고 있으면서 태연한 얼굴을 하고 있던 게 아닌가 하고 데루코는 화가 났다.

"거짓말? 거짓말이 아닙니다."

료이치는 진지한 얼굴을 했다. 그것이 데루코에게는 뻔뻔스럽게 보였다.

"거짓말이 아니면 당신의 눈은 옹이구멍이군요. 어린애도 아닐 텐데 자기 어머니가 뭘 하고 있는 것쯤 알 만하지 않아요?"

데루코는 비웃듯이 료이치를 보았다. 눈이 옹이구멍이라는 소리를 듣고도 료이치는 가만히 있었다. 그럴지도 모른다고 생각했다. 다섯 살짜리 아이가 놀러 와도 맥주를 내놓고 그것이 무엇보다도 잘 대접하는 일처럼 생각하는 어머니 노부코다. 그런 어머니가 자기들 몰래 남의 첩이 될 만한 재주가 있으리라고는 미처 생각지 못했다.

"옹이구멍이라고 하셔도 할 말은 없습니다. 하지만 난 정말 몰랐습니다."

료이치는 미소를 지었다. 그렇게 떠들 것도 없지 않느냐고 료이치는 말하고 싶었다.

'또 웃었어. 도대체 이 남자는 무엇이 우습단 말인가?'

데루코는 자기 어머니가 몇 해 전부터 이 문제 때문에 몇 번이나 집을 나갔고 병이 났는지 모른다는 생각을 하니 이 료이치가 히죽거리며 웃는 모양에 화가 치밀었다. 몰랐다고 하면 그것으로 끝나는 줄 아느냐는 생각이 들어 성미가 괄괄한 데루코는 치미는 울화를 누를 수가 없었다.

"그러세요? 물론 이런 술 장수를 하고 있으면 남자 한두 사람하고 나다니는 것은 당연할지도 모르죠."

데루코의 경멸하는 표정에 료이치는 이죽거리며 대답했다.

"뭐 그런 거죠."

"그래요? 역시 빵빵집이었군요."

빵빵집이라는 말엔 제아무리 료이치라 해도 은근히 화가 났다.

"빵빵집? 농담이시겠지. 너무 말씀이 지나치지 않을까요?"

"그럴까요? 하지만 빵빵이나 첩이나 비슷한 거 아니에요?"

"그렇군요. 그럼 첩을 가진 남자도 비슷하겠죠?"

료이치는 건방진 이 아가씨의 반짝반짝 빛나는 가는 눈이 이상할 만큼 요염한 아름다움에 마음이 끌렸다. 갑자기 강제로라도 손아귀에 넣고 싶은 잔인한 유혹마저 느꼈다.

"맞았어요. 첩을 가진 남자도 첩과 똑같은 하등 동물이에요."

데루코는 눈썹 하나 까딱하지 않고 차디차게 말했다.

"그런데 그 하등 동물의 수컷은 우리 엄마한테 매월 얼마나 돈을 내놓았나요?"

료이치는 배짱이었다. 순간 데루코가 당황한 듯한 표정을 지었다.

"돈은 한 푼도 받지 않았다고 그 여자가 우리 어머니한테 말했다지만……. 그런 여자의 말을 어디까지 신용할 수 있을까요?"

"헤헤, 그렇습니까?"

료이치는 히죽히죽 웃었다. 료이치는 어깨의 힘을 빼고 담배에 불을 붙이면서 안심한 듯 말했다.

"돈을 받지 않았으면 첩이 아닙니다. 난 또 남의 남자 돈으로 내가 대학을 나왔나 해서 실망할 뻔했군요."

"그런 돈 같은 건……."

"아무튼 경제적인 빚은 없는 거죠?"

료이치는 다짐했다. 경제적인 폐를 끼치고 있지 않다면 별로 볼 일이 없는 게 아니냐는 듯한 료이치의 태도가 데루코를 자극했다.

"돈 이야기가 아니에요. 우린 돈 십만 엔이나 이십 만엔 들어오고 나가는 건 큰 문제가 안 돼요. 문제는 아버지의 마음이 다른 여자에게 가 있다는 거죠."

"그러나 돈 때문에 좋아진 사이가 아니라면 곁에서 아무리 뭐라고 해도 별수없습니다. 가정의 경제를 파괴할 만큼 돈을 쓴다든가, 아주 집에 들어오지 않는다든가 하지 않는 이상 그렇게 떠들 필요는 없지 않을까요?"

"뭐라구요? 당신은 아버지의 바람기 때문에 우리 집이 얼마나 어두워졌는지 모르니까 그런 말씀을 하시는 거예요. 나는 학교에 가나 집에 오나 하루도 즐거운 날이 없었어요. 어머니는 아버지를 책망하고 아버지는 교활하게 피해 다니고 우리는 끝내 아버지를 존경할 수가 없어 말도 하지 않았어요. 당신도 역시 그 여자의 아들이군요. 비열한 인종이에요."

데루코의 성난 목소리가 떨렸다. 료이치는 데루코의 성난 얼굴이 팽팽하여 아름답다고 생각했다. 이렇게 아름다운 아가씨를 아주 화나게 하는 것은 좀 아까운 생각이 들었다. 어머니 일로 이 아가씨와 싸울 것은 없다고 생각했다.

"나도 비열합니까?"

료이치는 풀이 죽은 듯이 고개를 떨구었다. 료이치는 자기의 그런 모습이 어떤 여성에게나 사랑을 받을 수 있다는 것을 과거의 경험으로 알고 있었던 것이다.

"비열해요."

풀이 죽어 축 늘어진 료이치를 보고 망설이면서 데루코는 되풀이했다.

"큰일났군요. 내가 당신을 몹시 화나게 한 모양입니다."

료이치는 깊이 고개를 숙였다. 선생님에게 야단맞은 국민학교 아이 같은 료이치의 모습에 데루코는 겨우 자기가 너무했다는 것을 깨달았다.

"당신이 모르시는 얘기라면 당신한테 책임이 있는 것은 아니지만……."

데루코의 말투가 조금 누그러졌다. 료이치가 마음이 놓인다는 듯이 얼굴을 들고 말했다.

"진짜 미인은 화를 내도 아름답군요. 정말 난 놀랐어요."

그리고 그는 부드러운 미소를 지었다. 그 천진난만한 눈이 진심으로 칭찬하고 있다고 데루코는 느꼈다.

"어머, 이상한 말씀 마세요."

"그런데 대단한 아가씨예요, 당신은. 난 여자가 이렇게 화내는 것을 처음 보았어요."

악의 없는 솔직한 말투였다. 데루코는 어떻게 대답해야 좋을지 몰랐다.

"하지만 이 대단한 여자가 내 마음에 썩 드는데……."

 들릴 듯 말 듯한 혼잣말을 데루코가 들었다.

 "성내지 마세요, 아가씨. 하지만 왜 여성은 남성이란 존재를 잘 모르는 거죠? 세상의 여성들은 사실 남성에게 너무 달콤한 기대를 갖고 있어요. 평생 바람 한 번 안 피우는 남자가 어디 있습니까? 당신의 미래의 신랑도 지금쯤 예쁜 계집애를 무릎 위에 올려 놓고 히죽거리며 좋아하고 있는지도 모르죠."

 "어머!"

 "어차피 나는 비열한 인종이니까요. 말하는 것, 생각하는 것 모두 천하죠. 사실 비열한 인간이란 고상한 척하는 인간보다 오히려 진실을 말할지도 모릅니다."

 데루코는 기차에서 만났을 때의 료이치에게 호감을 가지고 있었다. 그러나 그가 어머니가 미워하고 있는 노부코의 아들임을 알고 료이치까지 미운 생각이 들었다. 그런데 어딘지 미워할 수 없는 것을 료이치는 지니고 있다. 자기를 보고 미인이라고 하는 바람에 데루코의 비난의 창끝은 별안간 무디어졌다. 이대로 여기에 있으면 자기가 더 약해질 것 같아 데루코는 방석에서 미끄러져 내려왔다.

 "전 이제 가겠어요. 아무튼 그 사람한테 이젠 절대로 우리 아버지하고 만나지 말라고 전해 주세요."

 데루코는 강경하게 말했다. 료이치는 나무 그림자를 선명하게 땅에 드리운 다섯 평 남짓한 좁은 뜰에 눈길을 주고 있다가 정중히 데루코에게 물었다.

"왜 당신 아버지께 우리 어머니와 헤어지라고 부탁하지 않죠?"

"부탁했어요, 헤아릴 수 없이 많이. 하지만 대답만 그러마 하고는 헤어지지 않는 거예요. 난 아버지한테는 포기했어요."

"그렇습니까?"

료이치는 동정하듯 고개를 끄덕이며 말했다.

"하지만 우리 어머니도 내가 어렸을 때부터 여태까지 혼자 살아왔으니까요. 내가 어머니께 헤어지라고 말할 수는 없지요."

"그럼 어머니나 우리가 언제까지나 지금 같은 불행한 상태에 놓여도 좋단 말씀인가요?"

데루코의 말투가 다시금 거세어졌다.

"우리 어머니와 헤어지면 당신 아버지는 행복할까요? 아버지가 재미없다면 당신 어머니도 역시 불행할 겁니다."

"하지만 우리 어머니와 아버지는 부부예요. 부부 사이에 남의 여자가 파고드는 것은 절대로 용서할 수 없어요."

"그럴까요? 남자와 여자의 문제가 당신의 이론대로 될 것 같습니까? 흔히 연애는 생각하는 것과 다르다고 하지 않습니까?"

"하여튼 제 말을 전해 주세요."

데루코의 눈썹이 파르르 치켜 올라갔다.

"당신은 참 이상한 사람이군."

"뭐가요?"

"화를 내면 낼수록 점점 예뻐지니까."

"놀리지 마세요."

데루코는 무릎 위의 부채를 접었다 폈다 했다.

"놀리다니요, 내가?"

료이치는 놀란 듯이 데루코를 쳐다보았다. 다정하고 동그란 눈이었다.

"우리 집엔 교코라고 하는 좀 예쁜 동생이 있어요. 아마 당신과 나이가 비슷할 겁니다."

료이치는 데루코와 교코가 같은 반이었다는 것을 모르는 척했다. 데루코가 교코를 못살게 굴었던 일도 물론 모르는 척해 두려고 했다. 교코의 이름을 듣더니 데루코는 생리적인 혐오감을 느끼며 눈살을 찌푸렸다.

"그 예쁜 교코보다 더 예쁜 아내를 얻었는데 지금 당신의 그 성난 얼굴을 보니까 그 나오미보다 더 아름답다는 생각이 들었어요. 당신에게 계속 야단만 맞고서 조금도 즐거울 이유가 없을 텐데도 왜 그런지 즐거운 생각이 드니 이상한 일이죠."

료이치의 말은 겉치레의 인사로 들리지 않았다. 이처럼 심한 말을 주고받으면서도 료이치는 별로 화를 내는 기색이 없었다. 악의 없는 산뜻한 말투에 데루코의 마음도 얼마간 부드러워졌다. 데루코는 자신의 아름다움에 자신이 있었다. 아름답다는 소리를 듣는 것이 총명하다는 말을 듣는 것보다 기뻤다. 료이치는 데루코의 반응을 냉정하게 바라보고 있었다.

"나는 아내 이상의 미인은 없는 줄 알았어요. 그런데 당신은 나오미하고는 또 다른 타입의 매력 있는 미인인데요?"

나오미란 이름을 두 번이나 들었어도 데루코는 그것이 히로노 나오미임을 깨닫지 못했다. 나오미는 아직 초급대학에 다닐 것이기 때문이었다. 독신이라고 생각했던 료이치가 기혼자임을 알자 왜 그런지 데루코는 약간의 실망감 같은 것을 느꼈다.

"아내는 목사 딸이라 그런지 좀 성적인 매력이 없죠."

목사의 딸이라는 소리를 듣고 데루코는 움찔했다. 그제야 료이치의 처가 바로 히로노 나오미라는 것을 알아차렸다. 데루코는 처음 보듯이 다시 료이치를 바라보았다.

'그랬었구나. 이 사람이 나오미의 남편이었어.'

데루코는 무언지 알 수 없는 기이한 매력을 가진 료이치를 바라보았다.

'그 애는 다케야마 선생님 같은 사람하고 결혼할 줄 알았는데.'

나오미가 전학 온 뒤, 그 깊숙한 검은 눈의 아름다움을 시기하고 초조한 날들을 보냈던 여고 시절을 상기했다.

"당신은 아주 묘한 아름다움을 가지고 있습니다. 내가 그림을 좀 그리기 때문에 아름다움에 대해서는 점수가 꽤 짠 편인데 말이죠. 당신을 보고 있노라면 아내 같은 건 잊어버릴 정도랍니다."

료이치의 말에 데루코는 말없이 고개를 숙이고 방에서 나왔다. 나오미보다 자기가 아름답지는 못하겠지만 나오미에게 없는 매력이 자기에게는 있다고 데루코는 생각했다. 아내 있는 남자가 다른 여자에게 마음을 빼앗긴다는 일에 대해 데루코는 방금 화를 내지 않았던가. 그러나 지금 이 료이치의 말은 데루코의 자존심을 보기 좋게 찔렀다.

현관에 내려선 데루코는 문득 료이치를 쳐다보지 않을 수가 없었다. 뜨끔해질 만큼 격렬한 눈빛을 보이며 료이치는 삼킬 듯이 데루코를 쏘아보고 있었다. 데루코는 돌아서다 말고 눈을 내리깔았다.

"당신 어머니께는 죄송하지만…… 그러나 사랑해서는 안 될 사람일수록 열렬히 사랑하는 일도 있다는 것은 어쩔 수 없는 일이라고 나는 생각합니다."

데루코는 잠자코 가볍게 인사를 하고 햇빛이 쨍쨍한 밖으로 나왔다.

'사랑해서는 안 될 사람일수록 열렬히 사랑하게 된다……' 고 한 말이 자신을 두고 한 말처럼 데루코는 생각되었다. 이성에게서 정면으로 아름답다는 말을 들은 일이 없었기 때문인지도 모른다. 데루코는 료이치가 자기에게 한 찬사를 나오미에게 들려주고 싶은 생각이 들었다.

'만일 나오미에게서 료이치를 빼앗는다면…….'

한순간 그런 생각조차 스쳤다. 데루코는 '미이라를 찾다가 미이라가 된다."는 말을 생각했다. 노부코에게 항의하기 위해 찾아갔는데 왠지 모르게 료이치에게 말려든 것 같은 생각이 들어 화가 치밀었다.

그러나 한편으로는 겨울 방학을 맞아 하코다데에서 오는 기차 속에서 자기에게 몸을 기대려 했던 료이치를 데루코는 생각하고 있었다.

8

한여름의 붉은 저녁 노을이 서쪽 산을 물들이는 순간이었다. 다케야마 데쓰야는 학교 옥상에 서서 아까부터 석양을 바라보고 있었다. 해는 서산 끝에 닿을 듯하면서도 좀처럼 닿지 않았다. 순간 진동하듯 석양이 좌우로 흔들려 보이더니 이내 능선에 가볍게 닿는가 싶었는데 차츰차츰 가라앉기 시작했다.

석양 위의 구름이 빨갛고 화려하게 불타오르다가 이윽고 완전히 해가 지려고 할 때 다케야마는 누가 부르는 소리에 뒤를 돌아보았다. 거기에는 분홍빛 투피스를 몸에 꼭 맞게 입은 교코가 미소짓고 있었다.

"야, 웬 일이야. 학교에 놀러 왔나?"

"학교 부근에 직장 친구가 살아요. 거기 들렀다 돌아가는 길이에요. 참 멋진 저녁 노을이죠? 선생님."

학생 시절의 마음으로 교코는 다케야마 곁에 꼭 붙어 섰다. 벌써 해는 지고 산 위에 떠도는 구름이 금빛으로 빛나고 있었다.

"요즘 어떻게 지내나?"

다케야마는 교코를 보자 어쩔 수 없이 나오미와 료이치를 생각지 않을 수 없었다.

"날마다 직장에서 타이프만 치는 거죠 뭐. 따분해요."

다케야마는 '어떻게 지내나' 하며 나오미를 비롯한 주변의 안부를 물었던 것이다. 교코의 대답에 다케야마는 자기가 먼저 물어야 할 일은 교코 자신의 일이었다고 생각하며 씁쓸히 웃었다.

"따분하다니, 일이 따분한 건가?"

"일은 재미있는데……."

저녁 바람에 가볍게 나부끼는 교코의 흐트러진 머리가 가련해 보였다.

"일이 재미있으면 다행이군 그래."

"그럴까요?"

교코는 다케야마의 옆 얼굴을 바라보았다. 다정다감한 맛이라고는 어디에서도 찾을 수 없는 엄격한 이 사람에게 왜 이다지도 마음이 사로잡히는 걸까 하고 교코는 생각했다. 다케야마의 살아가는 방법에는 저 높은 곳을 바라보는 무언가가 있어 거기에 마음이 끌리는 것일 거라고 교코는 생각했다.

"그렇지, 요즘 같은 세상에 일이 재미있다는 것은 드문 일이야. 모두 재미있든 없든 간에 먹고 살 수만 있으면 된다고 생각하고 있으니까 말야."

"하지만 ……."

교코가 말꼬리를 흐렸다.

"하지만 뭐야?"

"일은 재미있지만 저는 따분해요."

"사치스러운 얘기로군."

교코가 무엇을 말하고 싶어하는지 다케야마는 알고 있었다. 그러나 다케야마는 모르는 척하고 그렇게 말했다.

"일하지 않는 자는 먹지도 말라는 얘기, 교코도 알고 있겠지?"

"알고 있어요. 공산당 사람들이 곧잘 하는 얘기죠."

"그런데 그 말의 본래 출처는 기독교라구. 일하기 싫은 자는 먹지도 말라고 성경에 쓰여 있어."

다케야마는 멀리서 반짝이기 시작한 빨간 네온 불빛을 바라보면서 그렇게 말하고 웃었다.

"선생님!"

"왜?"

"얼마 전에 하코다데에서 오빠가 왔었어요."

교코는 다케야마의 얼굴을 보며 화제를 바꾸었다.

"음, 건강한가?"

나오미도 함께 돌아왔던 게 아니었나 하고 다케야마의 가슴은 두근거렸다.

"예, 건강했어요. 출장이라고 그러던데 여름 휴가 같았어요. 닷새나 놀다 간 걸요."

"둘이서?"

역시 묻지 않을 수 없었다.

"아아뇨, 오빠만."

다케야마가 나오미를 생각하고 있다는 것이 교코에게 민감하게 와닿았다.

"왜 둘이서 오지 않았을까?"

"글쎄요."

교코가 애매하게 미소지었다. 다케야마는 설마 임신은 아닐 것이라고 생각하고 싶었다.

"글쎄요라니, 잘 지내고 있겠지?"

"오빠가 그러니까…… 나오미도 고생하겠지요."

교코는 다정스러운 미소를 다케야마에게 보냈다. 다케야마는 왜 그런지 화가 났다.

"오빠가 그렇다니, 교코도 스기하라의 여자 문제를 알고 있었던 거야?"

"예에."

"그런데 왜 나오미한테 료이치 문제를 분명하게 알려 주지 않았지?"

유순한 얼굴을 하고 있기 때문에 오히려 교코가 다케야마에게는 더욱 잔인한 사람처럼 생각되었다.

"그렇지만 오빠는 나오미하고 결혼하고 싶어했잖아요?"

"하지만 나오미는 교코의 친구 아닌가? 교코 말 한마디로 더 나은 결혼을 할 수 있지 않았느냐는 말이야."

자기도 모르게 책망하는 말투가 되었다.

"하지만 저도 오빠의 행복을 바라고 있었거든요. 오빠는 정말 나오미의 힘으로 새롭게 시작할 수 있으리라고 믿고 있었어요."

교코가 친구 나오미보다 오빠 료이치 편에서 생각하는 것은 당연할지도 모른다고 생각했다.

"선생님도 그렇게 말씀하시면서 선생님이야말로 왜 나오미에게 오빠 얘기를 알려 주지 않으셨지요?"

"나와 스기하라는 친구야. 친구 얘기를 할 수는 없지."

다케야마는 조금 어설프게 말했다.

"하지만 나오미는 선생님의 제자가 아닌가요?"

다케야마는 벌써 어두워지기 시작한 거리를 내려다보고 있었다.

"선생님은 마치 나오미가 오빠하고 결혼하면 꼭 불행해진다고 결정해 버리고 계신 것 같아요. 하긴 오빠가 여자 문제에 야무지지 못한 것은 사실이지만, 반드시 그런 정도의 인간이라고 생각하지는 않아요. 게다가 나오미도 오빠를 사랑하고 있거든요."

벌써 어두워지고 있는 것이 다케야마에게는 다행스러웠다.

"나오미도 오빠를 사랑하고 있어요."라고 한 교코의 말이 다케야마의 가슴에 꽂혔다.

"교코!"

다케야마는 교코를 보았다. 교코의 얼굴이 황혼 빛 속에서 흰 꽃처럼 보였다. 다케야마는 문득 교코를 꼭 껴안고 싶은 외로움을 느꼈다.

"왜요, 선생님?"

"음, 삿포로도 많이 커졌지. 지금 인구가 몇십만쯤 될까?"

다케야마는 얼른 화제를 돌렸다. 그러면서 몇십만 명이나 사는 이 거리에 나오미를 대신할 사람은 단 한 사람도 없는 것처럼 생각되었다.

"그만 내려갈까? 8월인데도 저녁 바람이 제법 찬데."

다케야마는 성큼성큼 교코 곁에서 물러섰다.

도마코마이(苫小牧)를 지나자 태평양이 보였다. 9월의 깊은 쪽빛 바다 저편을 다케야마는 응시했다. 맑게 갠 하늘 아래 오시마 반도(渡島半島)가 희미하게 보였다. '아아, 저 반도 끝에 나오미가 살고 있는 하코다데가 있겠지.' 하고 생각하니 다케야마의 마음은 쓰라렸다.

지금 다케야마는 사립고교 영어 연구회에 참석하기 위해 하코다데로 가는 차에 몸을 싣고 있었다. 생각해 보니 다케야마는 기차를 탄 후 줄곧 나오미 생각뿐이었다. 다른 일은 아무것도 생각나지 않았다.

나오미가 료이치와 집을 나갔다는 얘기를 들었을 때, 다케야마는 별안간 땅바닥에 내팽개쳐진 것 같은 충격을 받았다. 다케야마가 나오미에게 결혼을 청하자마자 료이치 곁으로 달아난 것 같은 인상을 받았기 때문이다. 그때의 깊은 상처는 아홉 달이나 지난 지금도 아물지 않았다. 그러나 다케야마는 마음속으로 아주 패배했다고 생각하지는 않았다.

어느 날엔가 나오미의 결혼에 파탄이 오고 마침내는 다케야마의 곁으로 돌아올 것처럼 생각되었다. 그것은 나오미와 료이치의 결혼 생활이 불행해지기를 바라는 것과는 조금 달랐다. 다케야마에게는 료이치라는 인간이 아무래도 아내를 행복하게 만들어 줄 인간으로는 생각되지 않았기 때문이다. 료이치에게는 여자를 행복하게 해 줄 수 있는 능력이 결핍되어 있는 것만 같았다.

어느새 기차는 우찌우라 만(內浦灣) 근처를 달리고 있었다. 우찌우라 만 저편에 고마가다케가 뚜렷이 보였다. 저 산 너머에 나오미가 있다고 생각하니 다케야마는 가슴 저리게 나오미가 그리웠다.

'나오미는 남의 아내다. 비록 마음속으로라도 남의 아내를 연모하는 것을 하나님은 용서치 않으신다.'

다케야마는 오른편에서 연기를 내뿜고 있는 쇼와신(昭和新) 산에 눈길을 돌렸다. 차 안에 있는 다른 승객들도 창에 이마를 대고 쇼와신 산을 신기한 듯이 바라보고 있었다. 지구 속에서 뿜어내는 뜨거운 연기라고 생각하니 다케야마는 무심히 지나쳐 버릴 수가 없었다. 아무 곳에도 내뿜을 수 없는 이 생각을 자기는 도대체 언제 어떤 모양으로 진정시킬 수 있을 것인가 하고 다케야마는 생각하지 않을 수 없었다.

9월의 하코다데는 삿포로보다 훨씬 따뜻했다. 역에서 나온 다케야마는 료이치에게 전화를 걸려고 역 앞의 전화 부스로 들어갔다. 료이치가 근무하는 신문사는 통화중이었다. 전화는 연구회가 끝나는 이틀 뒤에 해도 되겠다고 생각하며 다케야마는 부스에서 나왔다. 하늘이 파랗게 개었다. 이 하늘 아래 나오미가 있다고 생각하니 다케야마는 불안 비슷한 마음의 동요를 느꼈다. 막상 이렇게 자기 눈으로 료이치의 아내가 된 나오미를 확인하면 나오미에 대한 생각도 바뀌지 않을까 하고 다케야마는 생각했다.

역 앞에 서서 다케야마는 나오미가 살고 있는 호라이초는 어디쯤일까 생각했다. 택시를 타고 운전사에게 물으니 운전사는 턱으로 오른편을 가리키며 "저 하코다데 산 밑인데요. 호라이초로 가십니까?"

하고 물었다.

"아니오. 난 유노가와(湯川)에 가는데 호라이초에 아는 사람이 있어서……."

다케야마의 차는 나오미가 사는 쪽과는 전혀 다른 방향으로 달리고 있었다.

연구회가 끝나기까지의 이틀 밤을 다케야마는 괴로움으로 잠을 이루지 못하고 지샜다. 같은 하코다데에 있다고 생각하니 료이치와 나오미의 밤의 자태가 생생하게 상상되어 잠을 이룰 수가 없었다. 자기가 손가락 하나 만져 볼 수 없는 나오미를 료이치는 마음대로 하고 있다고 생각하니 다케야마는 분노에 가까운 질투를 느꼈다.

연구회가 끝난 날 오후 다케야마는 료이치도 나오미도 만나지 않고 돌아가려고 역으로 향했다. 역에 도착하여 흘끗 푸른색 전화 부스를 보니 아무도 들어가 있지 않았다. 다케야마는 마음이 변했다. 료이치의 회사에 다이얼을 돌리면서 자리에 없으면 이대로 돌아가 버리리라 생각했다.

전화는 벨이 한 번 울리기가 무섭게 연결되었다. 여자 목소리가 곧 료이치를 바꿔 주었다.

"여보세요, 료이치입니다."

좋은 목소리라고 다케야마는 생각했다.

"료이치인가? 나야, 다케야마."

"이게 누구야! 언제 왔나? 지금 어디 있어?"

반가워하는 료이치의 목소리에 다케야마의 마음이 한결 가벼워졌다.

"음, 역 앞의 공중 전화야. 지금 돌아가는 길일세."

"뭐라고? 간다구? 내일은 일요일 아닌가. 자고 가게. 나오미도 기뻐할 텐데. 정말이야."

격의 없는 말투에 다케야마는 그만 돌아갈 의지를 잃었다.

"괜찮겠나? 방해가 안 될까?"

"방해라니? 한 시간쯤 하면 일이 끝나니까 자네 미안하지만 먼저 집에 가 있겠나? 곧 갈 테니까."

주인이 없는데 가도 괜찮냐고 물어 볼 필요도 없을 듯한 료이치의 말에 다케야마는 곧 택시를 탔다.

요즈음 료이치가 나오미에게 건네 주는 돈이 적어졌다. 술을 마시기 때문만도 아니다. 어디선지 낡은 찬합이나 작은 불상(佛像) 등을 사 오기 때문이었다.

그런 고물을 사 오는 날의 료이치는 술도 마시지 않고 말수도 적었다. 일찍 돌아와서 언제까지나 가만히 자기가 사 온 물건을 바라보고 있었다. 그런데 그런 날일수록 료이치의 신경은 자석 바늘처럼 민감하고 미묘한 반응을 보였다.

바로 2, 3일 전에도 어떤 청어잡이의 선장이 사용했다고 하는 커다란 냄비 갈고리를 사 가지고 와서 여전히 들여다보고 있더니 갑자기 나오미를 돌아보고 이렇게 말했다.

"나오미, 미안하지만, 옷을 좀 벗어 줄 수 없겠어?"

"예, 저녁 준비가 곧 끝나거든요."

나오미가 오징어 껍질을 벗기면서 말하자, 료이치는 눈이 사나워졌다.

"밥 같은 건 아무 때라도 좋아. 당장 벗어!"

금방이라도 달려들 듯한 말투였다. 아무리 남편이라고 해도 그런 광기 서린 남자의 눈 앞에서 나체를 드러내기는 싫었다. 가만히 서 있는 나오미를 보고 료이치는 소리를 질렀다.

"안 돼. 빨리 벗지 않으면 내 이미지가 사라져 버린단 말이야." 말이 끝나기가 무섭게 료이치의 손은 나오미의 스커트를 잡아당겼다. 지금 나오미는 그 일을 생각하고 있었다. 하반신부터 옷을 벗어야 했던 때의 자기 자신의 비참함을 생각했다. 커다란 불행을 짊어지고 있는 것 같아서 료이치의 초조한 마음을 나오미도 동정하기도 했다. 그러나 "예술가는 자기 고집대로 해. 예술은 생명을 건 격렬한 자기 주장이기도 하니까."라고 말하는 료이치의 언행이나 생활 태도에는 아무래도 이해할 수가 없었다.

'오늘도 늦는 게 아닐까.' 이렇게 생각했을 때 계단 밑 현관문이 열리는 소리가 났다. 료이치인가 하고 몸을 일으켰을 때 "실례합니다." 하고 주인을 찾는 남자의 목소리가 들렸다. 귀에 익은 목소리여서 나오미는 가슴이 설레었다.

아래층에 아무도 없는 것 같았다. 대답하는 소리가 없었다.

"실례합니다."

다시금 찾는 목소리가 들리자 나오미는 벌떡 일어섰다.

'다케야마 선생님이다!'

나오미는 방 안을 재빨리 둘러보았다. 흐트러진 것은 없었다.

"실례합니다. 아무도 안 계십니까?"

만나고 싶기도 하고, 만나고 싶지 않은 것 같기도 한 마음으로 대답을 망설였을 때 문을 열고 나가려는 기척이 들렸다.

"잠깐, 기다리세요." 하고 밝은 목소리로 나오미는 아래층을 향해 말했다. 그녀는 다케야마 앞에 티끌만한 어두운 구석도 보이고 싶지 않았다. 자기가 어리석은 길을 택한 것을 다케야마에게는 보여 주고 싶지 않았다. 나오미가 계단을 가볍게 내려서자, 다케야마는 옷가방을 든 채 지그시 나오미를 쳐다보고 있었다.

"나오미 양!"

"어머! 선생님, 어서 오세요."

뜻밖에 밝은 나오미의 표정을 보고 다케야마는 기뻐해야 할지 슬퍼해야 할지 몰랐다.

"어서 올라오세요. 스기하라는 아직 돌아오지 않았어요."

"스기하라는……." 하고 말하는 나오미에게서 다케야마는 료이치의 아내인 나오미를 뚜렷이 인식하지 않을 수 없었다. 다케야마는 구두를 벗고 계단에 발을 올려 놓았다.

"어둠침침하고 가파른 계단이에요……."

역시 나오미의 목소리는 밝았다. 그 목소리에서는 집을 뛰쳐나온, 꺼림칙한 느낌이나 료이치와의 생활에서 오는 피곤함 같은 것은 전혀 느낄 수가 없었다. 다케야마는 말없이 한 계단 한 계단을 올라갔.

다케야마는 문간에 선 채 방 안을 들여다보았다.

'어쩌면 이렇게 방에 아무것도 없을까?'

엉성하게 만든 설거지대가 방 한 구석에 달려 있고 그 옆에 조그만 찬장이 있을 뿐이었다. 장롱도 없고 화장대도 없었다. 어디서 화장을 할까 생각하니, 다케야마는 다다미에 앉아 자기를 쳐다보고 있는 나오미가 애처로웠다. 그러나 아무것도 없다고 생각한 것은 잘못이며, 설거지대 반대편 구석에는 캔버스와 고물 같은 쇠주전자 그리고 옻칠한 그릇이 어지럽게 널려 있었다.

"아이, 거기 그렇게 서 계실 거예요? 어서 들어오세요, 선생님."

나오미의 목소리는 이곳에 어울리지 않게 밝았다.

'행복해 보이는 목소리야.'

다케야마는 옷가방을 들고 방으로 들어갔다.

"건강하군요. 아주 부인 티가 나는데."

다케야마는 억지로 명랑하게 말하며 나오미를 정면으로 보았다. 어딘가 달라졌다. 피부 빛깔인지 표정인지 다케야마는 잘 알 수 없으나 어딘가 이전의 나오미와는 다른 아름다움이 있었다. 부인 티가 난다는 다케야마의 말에 나오미는 얼굴을 붉히면서

"선생님은……." 하고 고개를 숙였다.

나오미의 그 요염함에 다케야마는 내심 놀랐다. 이전의 나오미에게는 없었던 것이다. 예전의 나오미는 좀 더 강하고 밝은 아름다움을 가지고 있었다.

"좀 마른 것 같군요."

"그렇게 보이세요?"

나오미는 손을 살짝 뺨에 대면서 고개를 숙였다. 마르긴 했어도 수척하지는 않았다고 생각하며 다케야마는 나오미의 매끈하고 탄력 있는 살결을 보았다. 다음에 해야 할 말을 찾으면서 다케야마는 결혼반지도 끼고 있지 않은 나오미를 보았다. 료이치의 어머니는 자기 아들의 신접 살림에 조금도 도움을 주고 있지 않는 것일까 생각하면서 다케야마는 새삼스럽게 방안을 둘러보았다.

"아무것도 없지요?"

나오미가 재미있다는 듯이 웃었다. 다케야마도 할 수 없이 웃으며

"스기하라 어머님은 여기 와 보셨나요?" 하고 물었다.

"예, 한 번 오신 일이 있어요."

"스기하라 어머님이 장롱쯤은 보내 주셔도 괜찮을 텐데……."

다케야마의 말에 나오미가 의아하다는 듯이 말했다.

"스기하라 어머니께서요?"

"그래요."

"왜요? 스기하라나 저나 부모의 도움을 바라지는 않아요."

나오미는 정말 그렇게 생각하고 있을 것 같았다.

"훌륭한 생각이군요."

다케야마는 그렇게 말하면서 료이치의 어머니가 나오미를 자기 아들의 아내로 여기고 있지 않은 것은 아닌가 생각했다. 지금까지 료이치가 여러 번 정사를 벌인 상대들과 똑같이 나오미를 생각하고 있는 것은 아닌가 하는 생각에 다케야마는 마음이 무거워졌다.

"어머니 성격이 무사태평형이죠? 스기하라처럼."

"예, 아주 좋은 분이세요."

나오미는 차를 넣으면서 자기 어머니 아이코를 생각하고 있었다. 다케야마는 무엇인가 생각하고 있는 나오미의 얼굴을 바라보면서 임시로 기거하는 것처럼 세간 하나 없다는 일에 의분과도 같은 감정이 솟구쳐 오르는 것을 느꼈다.

'스기하라에게 나오미를 행복하게 해 줄 의사가 있다면 나오미의 부모에게 어떤 인사라도 있었어야 하지 않겠는가?'

어쩌면 료이치는 또 나오미조차도 일시적인 놀이 상대로밖에 여기지 않는 것인지도 모르겠다는 생각마저 들었다. 료이치의 월급으로 장롱이나 경대쯤 못 살 리가 없을 것이다.

'여전히 이런 잡동사니를 사들일 바에야, 먼저 살림살이를 사 줘야 하지 않은가?'

그렇게 생각한 다케야마는 순간 깜짝 놀랐다. 마음 밑바닥에서 자기가 누구보다도 두 사람의 파탄을 원하고 있는 것처럼 생각되었기 때문이다.

"왜 그러세요, 선생님?"

시무룩해서 말이 없는 다케야마를 보고 나오미는 웃었다.

"아니……."

다케야마는 더듬거렸다.

한 시간쯤 후면 돌아오겠다던 료이치는 좀처럼 돌아오지 않았다. 다케야마는 저녁 식사를 준비하는 나오미의 뒷모습을 바라보면서 료이치의 귀가가 늦어지는 것이 마음에 걸렸다. 빨리 돌아왔으면 하면서도 좀 더 나오미와 단 둘이 있고 싶다는 생각이 들기도 했다.

"교회는 나가시죠?"

다케야마의 말에 나오미는 파를 다듬던 손을 멈추었다.

"교회······."

다케야마에게 등을 돌린 채 나오미는 중얼거리듯 말했다.

'교회, 얼마나 그리움을 자아내는 말인가!'

목사의 딸이지만 나오미는 아직 확실한 신앙을 갖고 있지 않았다. 그러나 목사의 딸로 태어나 나오미에게 지금 교회는 너무나 그리운 곳이었다. 그 곳은 회상시켜 주는 곳이기도 했다. 어느새 나오미의 볼을 타고 눈물이 주르륵 흘러 내렸다.

료이치는 나오미가 전에 알던 사람들과 교제하는 것을 싫어했기 때문에, 나오미는 교회는 물론 시내에 나가는 일도 거의 없었다.

대답이 없는 나오미의 뒷모습을 가만히 바라보면서 다케야마는 화제를 돌리는 것이 좋지 않을까 생각했다. 이대로 나오미의 부모에 관한 얘기를 해서는 안 될 것 같은 무엇을 나오미의 등에서 느낄 수 있었다.

그러나 전혀 모르는 척해서 나오미를 당황하게 만들고 싶은 생각도 없지 않았다. 료이치 곁에서 고생하고 있는 나오미에게 다케야마는 역시 무엇인가 책망하고 싶은 생각이 강하게 일어났다.

"한 번 집에 편지를 하든가 아님 가 보는 게 좋지 않을까?"

다케야마는 역시 말하지 않을 수가 없었다. 못 들은 척하고 나오미는 다시 똑딱똑딱 파를 다지며 대답하지 않았다. 아버지나 어머니의 소식을 무엇보다도 먼저 알고 싶었다. 그러나 지금의 나오미로서는 아직 다케야마에게 부모의 소식을 물을 자격이 없다고 여기고 있었다.

"사랑한다는 것은 용서하는 일이야."라고 말씀하신 아버지 고스케에게 나오미는 고개를 들 수 없다고 생각했다. 그러기에 지금 한 다케야마의 말은 너무나 마음을 아프게 했다.

다케야마는 아무 대답이 없는 나오미의 뒷모습에 지금 나오미가 겪고 있는 외로움이 배어 있는 것 같아 입을 다물었다. 둘 사이에 무거운 공기가 흘렀다. 서로 아무 말이 없었다.

전골 준비가 다 되었는데도 료이치는 돌아오지 않는다. 새빨갛게 핀 화롯불을 바라보며 나오미는 료이치가 오늘 밤도 늦을 것 같다는 생각을 했다. 적어도 다케야마가 와 있는 오늘 밤만큼은 자기들이 남 보기에 행복한 부부가 되고 싶었다.

"이상한데, 한 시간쯤 늦겠다고 했는데……."

다케야마는 아주 어두워진 밖을 보았다. 다케야마가 온 후에 나오미가 전골 재료와 술을 사 오기도 했으니까 시간이 꽤 많이 흘렀을 것이다.

"어떡하죠? 모처럼 선생님이 와 주셨는데 웬 일일까요?"

나오미는 고개를 숙였다.

"전화를 걸어 볼까요?"

다케야마는 그렇게 말하고 밖으로 나왔다. 료이치가 없는 방에 나오미와 단 둘이 마주 앉아 있으려니 숨이 막힐 것 같았다.

밖으로 나오니 하코다테 산이 시꺼멓게 덮쳐 올 것같이 가깝게 보였다. 다케야마는 가만히 서서 하코다테 산을 올려다보았다. 그때 산 중턱에서 헤드라이트가 빛났다.

'아, 굴러 떨어진다!'

순간 다케야마가 그렇게 착각할 정도로 자동차는 급경사를 내리달렸다. 한 대 또 한 대, 연이어 같은 각도로 내려오는 자동차를 보고 다케야마는 겨우 안심하고 자기도 모르게 쓴웃음을 지었다.

지금 나오미와 단 둘이서 방에 앉아 있었을 때의 다케야마 자신의 감정은 바로 이 굴러 떨어질 것 같은 자동차와 비슷했다고 생각되었기 때문이다.

백 미터쯤 떨어진 약국에 들어가 다케야마는 전화를 걸었다. 료이치는 벌써 신문사에서 나갔다고 했다. 다케야마는 웬 일인지 불안해졌다.

'내가 온 줄 알면서 왜 늦게 오는 걸까?'

다케야마는 뭔가 찬물을 끼얹은 것 같은 료이치의 마음의 동요를 느꼈다. 아까 전화를 받았을 때의 료이치에게서 아무런 격의가 없는 것처럼 느꼈던 만큼 한층 더 그런 느낌이 강했다.

'만나지 말고 그냥 갈까?'

그러나 다케야마는 료이치를 만나지 않고 이대로 간다는 것도 망설여졌다. 이대로 돌아가 버리면 둘 사이의 우정에 영영 돌이킬 수 없는 금이 가 버릴 것처럼 생각되었다.

'그래도 괜찮다.'

생각해 보면 사실 료이치는 다케야마에게 꼭 없어서는 안 될 그런 친구도 아닌 것 같았다. 오히려 여태까지 료이치의 여성 편력으로 귀찮은 뒤치다꺼리나 해 온 셈이기 때문에 다케야마는 일방적으로 피해를 입어 온 형편이었다.

그러나 그렇다고 해서 이대로 훌쩍 석연치 않게 헤어져 버리는 것도 싫었다. 오랜 사귐이란 이론만으로는 설명될 수 없는 이상한 것이라고 다케야마는 생각했다.

다케야마 자신이 여러 가지로 료이치를 위해서 애써 왔지만 료이치의 행복을 진심으로 바라고 한 것도 아니었다. 얼핏 보기에 따뜻하고 관대한 우정처럼 남들에게 보이고 자기 자신도 그렇게 생각해 왔으나, 생각해 보면 그 본질은 허무한 것이라고 다케야마는 생각했다.

'그뿐 아니라 나는 아직도 남 몰래 나오미를 나의 것으로 삼고 싶다고 생각하고 있다.'

돌아오지 않는 료이치를 책망할 수도 없는 자신을 다케야마는 돌이켜 보았다.

소슬한 9월의 밤바람을 맞으며, 격자문들이 달린 가옥이 즐비하게 늘어선 거리를 다케야마는 천천히 걸어갔다. 그때 스르르 하고 가벼운 소리를 내며 문이 열렸다. 게이샤(기생)였다. 희미한 가로등 밑에서 게이샤는 다케야마를 흘끗 쳐다보고 웃었다. 그 얼굴이 교코와 비슷했다. 옷섶을 잡고 게이샤는 게다소리를 내며 멀어져 갔다. 꼿꼿하게 허리를 펴고 언덕을 내려가는 그녀의 뒷모습을 다케야마는 걸음을 멈추고 바라보았다.

게이샤가 내려가는 훨씬 저 아래에는 하코다데의 거리가 불빛으로 아름다웠다.

"어머!"

발 소리를 듣고 미닫이를 연 나오미는 다케야마를 보더니 약간 실망한 표정을 지었다. 다케야마는 나오미의 표정에 갑자기 격렬한 질투를 느꼈다. 지금 나오미가 기다리고 있는 사람이 료이치라는 것은 당연한 일이었다. 그 당연한 사실에 다케야마는 질투를 느낀 것이다.

"미안합니다. 추우셨죠?"

나오미의 위로의 말도 다케야마에게는 쓸쓸하게 느껴졌다.

"신문사에서는 벌써 나왔다는데 누구한테 잡혔을까? 스기하라는 늘 이렇게 늦나요?"

자신도 모르게 힐책하는 투가 된 것을 깨닫고 다케야마는 곧 후회했다. 나오미는 쓸쓸한 듯이 웃었다.

"기다리지 말고 선생님과 둘이 식사하죠."

"하지만 그럴 수야 없죠. 좀더 기다립시다."

"소용없어요."

나오미는 딱 부러지게 말하며 "선생님, 맥주 좋아하세요?" 하고 명랑하게 말했다.

"술은 필요없습니다. 밥을 먹죠."

다케야마도 시원스레 대답했다. 나오미에게 더 이상 신경을 쓰게 하는 일이 딱해 보였기 때문이다.

"아까 저쪽에서 교코와 비슷한 사람을 만났어요."

"어머 교코하고요?"

나오미는 냄비를 화로에 얹던 손을 멈추었다.

"게이샤인데 예쁜 사람이었어요."

"교코를 자주 만나세요?"

"이젠 아주 어른이 되었어요. 교코도……"

"교코는……"

말하다 말고 나오미는 다케야마를 쳐다보았다.

"교코가 어떻다구요?"

교코는 다케야마를 좋아한다고 말하려다 나오미는 입을 다물었다. 다케야마가 자신에게 청혼했던 일이 생각났기 때문이다.

"말하려다 그만 잊어버렸어요."

냄비에 재료를 모두 집어 넣은 것을 보고 다케야마는 "기도할까요?" 하고 무릎을 꿇었다.

"예!"

나오미의 눈이 빛났다. 부모님과 함께 있을 때는 식사 때마다 하는 기도를 몹시 못마땅하게 여겼던 나오미였다. 그런데 료이치와 결혼하고부터 전혀 기도가 없는 생활이 되자 차츰 그것이 견딜 수 없을 만큼 쓸쓸해졌다. 어느새 다시 나오미가 기도하게 되었을 때, "난 고리타분한 기도 따위는 질색이야!" 하는 료이치의 투정을 들었고, 마침내는 밥상을 뒤엎는 일까지 벌어졌다.

그랬던 만큼, 지금 다케야마가 기도하자고 한 말에 나오미는 너무나 기뻤다.

기도가 끝나자, 나오미는 다케야마와 마주보며 미소를 지었다. 료이치와의 사이에서는 찾아볼 수 없는 분위기가 있었다.

"맛있어요. 아주 맛이 훌륭한데."

다케야마는 고기를 씹으면서 말했다.

"맛있으시다니 기뻐요."

"나오미는 요리 같은 건 안 하고 어려운 책이나 읽는 부인이 되리라 생각했었는데."

"기대에 어긋나서 죄송합니다."

나오미는 하마터면 눈물이 나올 뻔했다.

'이 사람이 료이치라면!'

나오미는 료이치에게 요리 솜씨를 칭찬받은 경험이 거의 없었다. 밤늦게 돌아오곤 하는 료이치는 요즘 아침 식사만 집에서 했다. 그 아침 식사도 술 마신 다음날은 별로 입맛이 없는 모양이었다.

'둘이서 천천히 저녁을 먹는 것만도 얼마나 평화롭고 즐거운 일인가!'

게다가 다케야마는 기도까지 해 주었다.

"이 가정 위에 큰 축복이 있게 해 주십시오."라고 한 다케야마의 기도를 나오미는 꼭꼭 되새기며 가슴 깊이 음미했다. 과연 료이치와의 결혼 생활이 하나님의 축복을 받기에 합당한 것인지 나오미는 생각지 않을 수 없었다.

료이치는 다케야마가 와 있는 줄 알면서 오늘도 늦는다. 료이치와의 결혼 생활에서는 아무리 오래 기다린다 하더라도 이미 화기애애

하고 즐겁게 드는 저녁 식사를 기대하기란 어려울 것 같았다.

'만일 다케야마 선생님과 결혼했더라면 날마다 기도드리고 식사하는 즐거운 생활이 되었을 텐데. 나는 선생님 같은 분과 결혼했어야 하는 거야.'

그렇게 생각한 순간, 나오미는 예기치 않았던 마음의 동요에 얼굴이 화끈 달아올랐다.

"왜 갑자기 말이 없죠?"

다케야마의 말에 나오미의 얼굴은 더욱 화끈거렸다. 다케야마는 얼굴이 빨개진 나오미를 알아차리지 못한 채 서투른 솜씨로 접시의 재료를 냄비에 옮기고 있었다.

"어머, 죄송해요. 다른 생각을 하느라고 정신이 없어서……."

료이치는 그런 일을 해 준 적이 없다고, 나오미는 다시 반사적으로 두 사람을 비교하고 있었다.

"나오미 씨, 낮에는 무얼 하세요? 두 식구 빨래나 청소 같은 건 그다지 힘겹지 않을 텐데요."

다케야마는 방안을 둘러보았다.

"그래요. 아무것도 안 해요. 어디 다니고 싶어도 료이치 씨는 제가 시내로 쇼핑 가는 것조차 싫어해요. 집에서 뭐라도 했으면 하지만 웬일인지 자꾸 게을러져서……."

자기도 시간이 아깝다고 생각하면서도 무엇을 해야겠다는 의욕마저 없는 자신을 나오미는 부끄럽게 생각했다.

"행복해서 마냥 즐거운 그런 시기도 좀 있어야겠죠."

"행복?"

'그렇다. 나는 선생님 앞에서는 끝까지 행복한 여자가 되어야 한다.'
재빨리 그렇게 생각했다.

"그럴지도 모르죠."

나오미는 그렇게 말하면서 냄비 속에서 양파를 집어 작은 밥 그릇에 넣었다. 하마터면 나오미는 자기 결혼 생활이 기대했던 것 같지는 않다는 이야기를 다케야마에게 할 뻔했다.

다케야마는 잠시 나오미를 바라보았지만 묵묵히 젓가락을 움직였다.
식사가 끝나자 이미 9시가 지나 있었다.

"그럼, 오늘은 이만 돌아가겠습니다."

다케야마는 그렇게 말하고 일어섰다.

"죄송합니다. 스기하라는 아마 어디서 술을 하는가 봐요."

나오미는 창가에 서서 커튼을 살며시 들었다. 오늘도 또 2시쯤에야 올 거라고 생각하니 나오미는 괴로웠다. 다른 때는 그만두고라도 다케야마가 온 오늘만큼은 빨리 돌아와 주었으면 싶었다. 아무리 나오미가 행복해 보이려 해도 료이치가 돌아오지 않는 그것으로 다케야마에게 자기들의 생활을 송두리째 들킨 것 같은 느낌이 들었다.

"그럼 스기하라에게 안부 전해 주세요. 그리고 더 건강하고 꿋꿋하게 살기 바랍니다."

방을 나가려던 다케야마가 그렇게 말하고 획 돌아서며 나오미를 보았다. 다케야마 뒤를 쫓아 따라 나오던 나오미는 다케야마와 부딪힐 듯이 정면으로 마주 섰다. 다케야마는 나오미를 응시했다. 다케야마의 시선이 슬픈 듯이 자기를 향하고 있는 것을 나오미는 보았다. 나오미는 시선을 떨구었다. 다케야마의 단단한 몸이 눈앞에 있다. 료이치와는 다른 청결한 다케야마의 모습이었다. 지금 비로소 나오미는 다케야마를 남성으로 강하게 의식했다. 몸이 뜨거워졌다. 나오미가 눈을 들자 다케야마는 얼른 시선을 돌려 "안녕히……." 하고 미닫이를 열었다. 뭔가 속임수에 걸린 것 같다고 나오미가 생각했을 때 아래 현관문이 드르륵 열렸다. 다케야마와 나오미가 계단을 내려가자, 료이치가 술에 취해 비틀거리며 서 있었다.

"뭐 내가 돌아왔다고 해서 서둘러 돌아갈 것까지는 없지 않나?"

료이치는 옷가방을 들고 서 있는 다케야마를 보더니 빈정대듯 말했다.

"저런…… 실례예요, 료이치 씨."

나오미가 료이치의 구두를 벗겼다.

"실례? 뭐가 실례야."

료이치는 소란스럽게 떠들며 휘청거리는 걸음걸이로 계단을 오르기 시작했다. 뒤에서 료이치를 떠받치는 나오미의 모습을 보고 다케야마는 뒤따라 방으로 돌아왔다.

"죄송합니다. 이렇게 취해서……."

"아뇨, 술 취한 스기하라에게는 익숙합니다."

"뭐라고? 술 취한 스기하라에게는 익숙하다구? 그래서 어쨌다는 거야?" 하고 다시금 시비조로 말했다.

"료이치 씨, 다케야마 선생님을 지금까지 기다리게 해 놓고 그런 실례의 말이 어디 있어요……."

나오미는 료이치가 보통 때보다 거칠어 보여 조마조마했다.

"기다리게 했다? 무슨 소리야, 나오미. 이 선생님께서는 나 같은 걸 만나구 싶어 온 게 아니야."

술 냄새를 확 풍기며 료이치는 다케야마를 훑어보았다. 료이치 말에 다케야마는 잠시 표정이 굳어졌으나 틀린 말이 아니라고 생각하니 화를 낼 수도 없었다.

"오히려 늦게 돌아와 주어서 고맙다는 인사를 받고 싶은데."

나오미는 다케야마가 있는 쪽으로 살며시 머리를 숙였다. 료이치는 가만히 있는 다케야마에게 초조한 듯이 말했다.

"여보게 다케야마, 그렇잖아? 내가 돌아왔다고 서둘러 돌아가다니 뭔가 석연찮아. 응, 이상해, 확실히 뭔가 있어."

다케야마는 대답하지 않았다.

"어이, 뭐라고 말 좀 하라구. 왜 말을 못해, 이것들이?"

그렇게 말하면서 료이치는 별안간 곁에 있던 나오미의 어깨를 확 떠밀었다.

"이게 무슨 짓인가?"

다케야마가 조용히 말했다.

"스기하라, 한마디만 묻겠는데 자넨 나오미를 진정 사랑하고 있나?"

료이치는 말없이 다케야마를 바라보았다. 오늘 오후 다케야마로부터 전화를 받았을 때, 료이치는 솔직히 반가웠다. 그러나 먼저 가 있으라고 한 자기의 말을 곧 후회했다.

'살림살이 하나 없는 그 방을 보고 다케야마는 도대체 어떻게 생각했을까?'

그런 생각이 들자 료이치는 다케야마가 기다리고 있는 자기 집에 돌아가고 싶지 않았다. 료이치도 나오미에게 장롱 하나쯤은 사 줘야겠다는 생각을 하지 않은 것이 아니었다. 그러나 료이치는 목돈을 손에 쥐는 일이 거의 없었다. 월급 날은 우선 술집 외상값을 갚아야 했기 때문이다.

나오미 자신도 '장롱이 있더라도 넣을 옷이 없는걸요.' 하고 웃으며 장롱을 사고 싶다든가 옷을 사고 싶다고 말한 적이 없었다.

술을 조금만 덜 마시면 좋겠다는 것을 료이치 자신도 잘 알고 있었지만 거리의 불빛이 반짝반짝 할 무렵이 되면 어느새 발길은 술집으로 향하고 있었다. 오늘도 다케야마가 와 있다는 사실에 오히려 마음이 무거워져 곧장 집에 돌아갈 엄두가 나지 않았다. 그리고 여느 때와 마찬가지로 단골 술집으로 향한 것이다.

'나는 결혼해서 좋은 그림을 그리겠다고 장담했다. 그러나 1년 반 이상이 지났는데도 아직 그림다운 그림을 그리지 못했다.'

재주를 인정해 주는 만큼 다케야마는 료이치에게 엄격하고 신랄했다. 료이치는 술을 마시면서 자기 방에서 기다리고 있는 다케야마를 상상했다. 다케야마가 나오미에게 무슨 이야기를 하는지 알 수 있을 것 같았다.

"나오미 씨, 행복합니까?"

그런 이야기를 할 것 같았다. 그 말에 나오미는 뭐라고 대답할까.

행복하다고 대답할 것이라는 확신이 료이치에게는 없었다. 요즈음 나오미는 가끔 멍하니 무언가를 생각할 때가 있었다. 날카로워진 신경을 발산할 수 있는 곳은 나오미뿐이라고 생각했다가도 나오미의 겁먹은 듯한 눈에 료이치는 속으로 뜨끔할 때가 있었다.

"나는 네게 어리광을 부리고 있는 거야. 나오미, 어리광부리게 해 줘!"

료이치는 자기의 그런 하소연이 받아들여지지 않는 것을 피부로 느꼈다. 가장 사랑하는 사람이 자기를 두려워하고 있다고 생각하니 쓸쓸하기 짝이 없었다.

아마 나오미는 다케야마에게 "그리 행복하지 않아요." 하고 대답했을 것이 분명하다.

그렇게 생각하니 료이치는 문득 불안해졌다.

다케야마가 자기를 찾아온 것은 나오미를 만나고 싶었기 때문이리라. 다케야마가 나오미에게 결혼을 청했다는 이야기를 료이치는 나중에야 알았다. 승리자의 우월감으로 료이치는 다케야마에게 나오미 혼자 있는 곳에서 기다리라고 말한 것이다.

오래간만에 만난 다케야마와 나오미가 반가운 결에 정답게 손을 맞잡고 있는 모습이 눈에 선했다.

"스기하라는 여전히 술을 좋아합니까? 정말 큰일이군요."

지각 있는 듯이 말하는 다케야마의 얼굴이 눈에 보이는 듯했다.

내친김에 결혼 전에 있었던 료이치의 여자들에 관한 이야기를 할지도 모른다. 나오미가 놀라서 울고, 다케야마는 위로하고 있는 게 아닐까?

그런 일을 생각하며 마시는 술맛이 좋을 리 없었다. 그래도 료이치는 바로 집에 갈 생각이 나지 않았다. 초조하면서도 료이치는 시간이 흐르기를 기다리고 있었다. 차츰 해가 지고 어두워졌을 무렵에 이미 술집은 손님으로 붐비고 있었다.

'혹시 나오미가 다케야마와 함께 삿포로로 돌아가 버린 건 아닐까?'

불현듯 그런 생각이 들자 그것이 현실인 것처럼 느껴지기 시작했다. 그 이층방은 캄캄하고 나오미는 벌써 나가 버린 것 같았다. 료이치는 소리치고 싶은 외로움을 안고 택시로 달렸다.

'나오미가 없어졌다면 이젠 모든 것이 끝장이다.'

료이치는 지금 자기가 얼마나 나오미를 절실하게 사랑하고 있는가를 깨달은 것 같았다. 차가 전찻길을 돌아 언덕으로 올라갔을 때, 료이치는 차창 밖으로 얼굴을 내밀고 자기가 살고 있는 방을 올려다보았다.

"불이 켜져 있구나."

다리가 부들부들 떨리는 것 같은 기쁨으로 차에서 내려섰을 때, 창에 비치는 커다란 그림자를 료이치는 보았다. 꼼짝도 하지 않는 나오미와 다케야마의 그림자였다.

"자넨 나오미를 진정 사랑하고 있나?"

그렇게 말한 다케야마의 얼굴을 료이치는 아무 말 없이 그냥 쏘아보며 지금 자기가 얼마나 애절한 마음으로 차를 달려 나오미에게 돌아왔는가를 생각하고 있었다.

'그런데 나는 지금 나오미의 어깨를 난폭하게 떠밀어 버렸다.'

그러나 자기는 나오미를 사랑하고 있다고 료이치는 뼈저리게 느꼈다.

"나오미 씨에게 잘해 드리게."

다케야마가 차분한 어조로 말했다.

"어떻게 하든 내 맘대로야."

료이치는 큰 소리를 지르더니 벌렁 드러누웠다.

나오미는 다케야마 앞에서 얼굴을 들 수가 없었다. 다케야마가 가엾기도 했지만 그 이상으로 나오미 자신이 비참했다. 적어도 다케야마 앞에서만은 행복한 자신들이고 싶었던 나오미의 바람은 무참히도 깨지고 만 것이다.

"그럼 이만……."

방을 나가는 다케야마를 료이치는 거들떠보지도 않았다.

다케야마를 전송하기 위해 나오미는 밖으로 나왔다.

"추운데요."

다케야마의 위로에 찬 시선에 매달릴 듯 쳐다보며 나오미는 말했다.

"예, 하지만……."

그대로 잠시 동안 거리를 걷고 싶었다.

"내 걱정은 마세요. 스기하라는 오랜 친구이기 때문에 그 놈 기분은 잘 알 것 같아요."

료이치는 료이치 나름대로 나오미를 사랑하고 있다는 것을 다케야마는 잘 알 수 있었다. 자기에 대한 료이치의 태도에 화낼 생각은 없었다. 남의 아내가 된 나오미를 단념하지 못하고 있는 자기가 오히려 한없이 책망을 받아야 할 것 같았다.

"어디 가서 여관에라도 들 테니, 걱정 말고 나오미 씨는 어서 돌아가시죠."

어디까지라도 따라가고 싶어 하는 나오미에게 다케야마는 조금 엄한 투로 그렇게 말하고는 총총 사라져 버렸다. 혹시 뒤돌아보지나 않을까 하고 지켜보았으나, 다케야마는 큰 걸음으로 언덕을 내려갔다. 그 모퉁이를 돌 때는 그래도 뒤돌아보겠지 하고 생각했으나, 다케야마는 끝내 한 번도 돌아보지 않고 전찻길 모퉁이를 돌아가 버렸다.

'언제까지 밖에서 꾸물거리는 거야.'

료이치는 나오미가 상당한 시간이 흘렀는데도 방으로 돌아오지 않자 초조해지기 시작했다.

오랜 친구인 다케야마를 마땅히 재워 보내야 도리라고 료이치는 생각했다. 그러나 지금은 그대로 돌아가 주었으면 했다. 다케야마와 싸우고 헤어졌다고 해도 할 수 없었다. 자기가 다케야마와 친하게 지내면 나오미까지 친해질 것 같아 불안했다.

료이치는 다케야마와 나오미가 먹다 남긴 냄비를 보았다. 그리고 또 두 개의 밥공기와 두 개의 접시를 보았다. 자기 멋대로 늦게 온 주제에 료이치는 자기만 따돌림을 받은 것같이 생각되었다.

'뭘 하는 거야, 지금까지!'

그렇게 생각했을 때 계단을 올라오는 나오미의 발소리가 들렸다. 료이치는 일어났다.

"앗!"

미닫이를 연 나오미는 갑자기 날아온 재떨이에 이마를 얻어맞고 비틀거렸다. 손가락의 끈적한 감촉으로 피라고 느꼈을 때, 나오미는 료이치에 대해 깊은 절망감을 느꼈다.

'이젠 이 사람하고는 더 이상 살 수 없다!'

피를 본 료이치가 당황하여 약상자에서 약을 꺼내는 모습을 나오미는 싸늘한 시선으로 바라보았다. 그날 밤 나오미는 끝내 한마디도 하지 않은 채 자리에 들었으나, 료이치에 대한 미움 때문에 잠을 이룰 수가 없었다.

오늘처럼 분명하게 료이치와 다케야마라는 인간이 대조적으로 비친 적은 없었다. 왜 여태까지 자기는 그것을 몰랐던 것일까 하고 나오미는 억울해했다. 내일 중으로는 무슨 일이 있어도 이 집을 나가야겠다고 마침내 나오미는 결심했다.

출항하는 뱃고동 소리가 다른 때보다 더욱 가깝게 들려왔다. 나오미에게는 새로운 인생을 향해 출발을 알리는 기적처럼 들렸다.

아침이 되니 비가 내리기 시작했다. 양철 지붕에 떨어지는 빗소리를 나오미는 이불 속에서 듣고 있었다.

"비야, 지겨운데."

료이치가 일어나 나오미를 보았으나 나오미는 누운 채 얼굴을 돌리고 있었다. 료이치와의 마지막 아침이라고 생각했지만, 아내답게 배웅해 줄 마음의 여유조차 없었다.

료이치는 잠시 동안 불안한 듯 나오미를 내려다보고 있다가 아무 말 없이 이를 닦기 시작했다. 면도할 더운 물이 없는 것을 알고 료이치는 다시 나오미 쪽을 보면서 신문지를 구겨서 화로에 넣었다.

'내일부터 저 사람은 저런 식으로 혼자 불을 피우지 않으면 안 될 것이다.'

허리를 굽힌 채 파닥파닥 부채질을 하는 료이치의 뒷모습을 나오미는 잠자리 속에서 바라보고 있었다.

불은 좀처럼 숯에 붙지 않는 것 같았다. 료이치는 체념한 듯이 부채를 팽개치고 아래층으로 더운 물을 얻으러 갔다.

"그거 큰일났군요." 하는 아래층 주인의 목소리가 들렸다. 면도를 하고 양복을 갈아입어도 나오미는 일어나지 않았다.

"왜 그래? 다친 곳이 아파?"

료이치는 머리맡에 와서 나오미의 얼굴을 들여다보았다. 처음 만났을 때와 같은 정다운 목소리였다.

"화났어? 어젯밤엔 내가 잘못했어. 제발 부탁이니 이젠 화내지 말고 일어나 줘. 나 배고파 죽겠어."

료이치는 어리광부리듯 나오미의 어깨에 손을 얹었다. 나오미는 아무 말 없이 어깨를 비틀어 그 손을 피했다. 어린애 같은 료이치의 눈이 울 것처럼 나오미를 보고 있었다.

'이 눈이야, 이 눈에 나는 속아버린 거야.'

어린애처럼 순진하고 선량한 인간이라고 믿은 것은 이 눈 때문이라고 나오미는 울화가 솟구치는 것을 참고 료이치를 쏘아보았다.

"왜 그러는 거야. 이젠 그만 하고 화내지 마. 난 어떡하란 말야?"

나오미의 날카로운 시선에 료이치는 불안한 표정이 되었다.

'이 어리광부리는 말투도 정말 좋았었는데…….'

마음에 안 들면 어젯밤처럼 재떨이를 던지고, 언젠가처럼 밥상을 뒤엎는 따위의 인간이라고 생각하며 나오미는 료이치에게서 등을 돌려 돌아누웠다.

"큰일났는데!"

그는 잠시 방 한가운데 서 있더니 이내 풀이 죽어 나가 버렸다. 기다렸다는 듯이 나오미는 요 위에 일어나 앉았다. 잠자리에서 빠져 나간 채로 료이치의 이불이 터널 모양으로 떠들려 있었다. 그 베갯머리에는 접어놓은 초롱처럼 파자마가 벗어 내던져진 채 있었다.

'어머, 비가 오는데…….'

전차를 타고 가는 동안 료이치는 양복을 흠뻑 적시고 말 거라고 나오미는 생각했다.

'헤어지더라도 좀 더 기분 좋게 헤어지는 방법이 있었을 텐데…….'

레인 코트를 입는 것도 잊고 빗속을 우산만 들고 걸어가는 료이치의 모습을 생각하니 나오미는 문득 마음이 약해졌다.

창을 타고 흐르는 빗물이 폭포수 같았다. 흐르는 빗물을 바라보면서 나오미는 둘 사이의 과거를 회상하고 있었다.

신경질적이고 냉혹한 면만을 료이치의 참 모습이라고 생각한 것은 잘못인 것 같았다. 어젯밤처럼 제 성미를 못 이겨 울컥 화를 내는 것이 료이치의 참 모습이라면, 또 오늘 아침처럼 어린애 같은 표정을 하며 다정하게 어리광부리는 모습도 료이치의 참 모습이 아닌가 하는 생각이 들었다.

용서해 달라는 료이치에게 한마디 말도 않고 아침 식사도 차려 주지 않고 내보낸 자기의 모습도 재떨이를 내던진 료이치 못지않게 냉혹하지 않았는가 하고 나오미는 반성했다.

아침도 못 먹고 비를 맞으며 걸어간 료이치의 마음은 어떨까 생각하니 어젯밤부터 자기가 품은 분노가 오히려 부당한 것처럼 생각되었다.

'그렇게 화낼 필요까지는 없었어. 료이치가 어젯밤 재떨이를 내던진 것도…… 무리는 아닐지도 몰라.'

나오미는 이마의 상처를 손거울에 비쳐 보았다. 피가 시커멓게 엉겨 부어 올라 보기 흉했다. 나오미는 자기의 상처를 물끄러미 바라보며 다케야마를 향한 자기 마음의 동요를 생각하고 있었다. 료이치는 그 동요를 예민하게 알아차렸는지도 모른다는 생각이 들었다.

'이만한 상처쯤 받아 마땅한 것인지도 몰라.'

뒤돌아보지도 않고 언덕길을 내려간 다케야마의 모습을 나오미는 잊을 수가 없었다. 지금 자기가 료이치의 곁을 떠나려고 하는 것은 료이치에 대한 절망감 때문일까 하고 나오미는 자기의 심중을 살펴보았다. 어젯밤 료이치의 횡포를 좋은 구실로 삼으려는 자신을 부정할 수가 없었다.

"저도 한 사람 정도는 사랑할 수 있어요."

아버지 고스케에게 장담했던 일을 생각하며 한 사람을 사랑해 낸다는 일의 어려움을 나오미는 생각지 않을 수가 없었다.
 지금의 나오미에게는 다케야마의 존재가 갑자기 크게 부각되어 왔다. 한 번도 돌아보지 않고 갔다는 일은 나오미에 대한 다케야마의 진실을 생각지 않을 수 없게 했다. 자기는 실은 처음부터 다케야마의 저 엄격한 성품에 마음이 끌렸던 게 아닌가 하고 나오미는 생각했다.
 영어 시간에 다케야마가 "무엇을 생각하고 있느냐고 묻고 있지 않아?" 하고 날카롭게 꾸짖던 일이나, 어두워진 대학(北大) 구내에서 호되게 뺨을 맞은 일이 나오미에게 그리운 회상처럼 여겨졌다.
 '하지만 료이치를 사랑한 것도 사실이야.'
 아무튼 자기가 선택한 것은 다케야마가 아니고 료이치가 아닌가 하며 나오미는 상처에 약을 바르는 것조차 잊고 있었다.
 "인생이란 선택이다."라는 말을 나오미는 좋아했다. 시시각각으로 강요를 당하고 있는 것이 우리 인생이 아닌가 생각하며 나오미는 그치지 않는 창밖의 비를 바라보았다.
 지금 료이치를 버리고 떠나는 것은 그리 어려운 일이 아닌지도 모른다. 그러나 그것은 한 번 자기가 선택한 인생에 대해 너무나 무책임한 일이 되는 것이 아닌가 하고 나오미는 자기를 책망했다. 자기가 선택한 료이치와의 인생에 대해 과연 얼마나 성의를 다했고, 얼마만큼 진실했는가를 나오미는 자신에게 물어 보았다.
 '이 사람이 싫으면 저 사람이라는 안이한 생각으로는 설혹 다케야마에게 간다고 해도 마찬가지가 아닐까?'
 한 사람 쯤 사랑할 수 있다고 한 자기 말이 매서운 채찍이 되어 나오미 자신에게 떨어졌다.

"사랑한다는 것은 몇 번이라도 끊임없이 용서하는 일이다."

아버지 고스케의 말이 지금처럼 무섭게 엄습해 온 적이 없었다.

'용서를 받아야 할 사람은 나일지도 몰라.'

쉽사리 다케야마에게 마음이 기울어졌던 자신을 나오미는 엄하게 질책했다.

아침도 차려 주지 않고, 한마디 말도 건네지 않은 채 빗속을 출근하게 한 자기의 냉혹함을 생각했다.

재떨이를 던진 료이치는 분명히 나쁘다. 그러나 다케야마를 따라 어디까지라도 함께 가 버리고 싶었던 그 감정이 투명하게 비쳐 료이치에게 보였다면 료이치가 불같이 화를 낸 것은 지극히 당연한 일이라고 말하지 않을 수 없었다.

나오미는 끝까지 남을 책망하고 마는 성격이 못 되었다. 아버지의 관용과 어머니의 낙천적인 성품이 괄괄한 성격의 나오미 속에도 흐르고 있기 때문인지도 몰랐다. 어젯밤 이마의 상처에서 흐르는 피를 만졌을 때의 료이치에 대한 절망과 분노는 점점 사라져 가고 있었다.

'다시 한 번 내가 선택한 료이치를 진심으로 사랑해 보자.'

료이치를 진심으로 사랑해 보려고 하지 않았던 자기로서는 다케야마를 사랑할 자격이 없을 것 같았다. 생각해 보면, 나오미는 료이치를 이해하려고 애쓴 일이 별로 없었다. '왜 늦도록 돌아오지 않는 걸까? 왜 성품이 저렇게 거칠까? 그때그때 료이치 마음이 되어 생각해 준 일은 없었다. 나오미는 반성했다.

내가 먼저 '생각해 주기 전에 "오늘 밤은 늦었어"하고 좀 더 부드럽게 말해 줄 수는 없는 걸까 하고 나는 늘 불평만 했었다.'

'여자는 아내가 되면 악마가 된다.'라고 말한 사람이 있었다는데 하며 쓸쓸히 웃었다. 료이치가 위로를 받고 싶다고 생각할 때 자기의 시선은 매섭게 료이치를 쏘아보고 있었던 건 아닌가. 자기의 힐난하는 표정은 감수성이 예민한 료이치의 마음에 쉽게 상처를 주리라 생각한 나오미는 그때의 험악한 자신의 표정을 상상했다. 그리고 '정말 악마가 따로 없어' 하며 몸서리를 쳤다. 그런 일에 지금까지 생각이 한 번도 미치지 못했음을 나오미는 비로소 깨달았다.

"남에게는 오래 참고 관대히 대하라. 당신도 남이 참고 견디지 않으면 안 되는 요소를 사실은 많이 가지고 있기 때문이다."라고 이미 타치오 크리스티에 쓰여 있었던 것 같다. 어쨌든 어느 누구도 자신의 모습은 잘 모르는 거라고 나오미는 생각했다. 그리고 자신만이 절대로 선하고 옳은 것처럼 생각해 온 일들을 반성했다. 사람을 이해하기 위해서는 자기 자신을 먼저 바르게 이해하지 않으면 안 된다. 자신을 아는 것이 남을 사랑하는 시초라고 깨닫고 나오미는 끄덕였다.

'다시 한 번 진심으로 새 출발을 하자. 한 사람을 사랑한다는 것이 얼마나 어려운가를 깨달은 지금, 나는 또 다른 생활을 해 나갈 수 있을지도 모른다.'

등을 돌리고 가버린 다케야마의 냉엄한 뒷모습을 떨쳐 버리기라도 한 듯 나오미는 눈을 감았다.

그 날 저녁 료이치는 어두워지기 전에 돌아왔다.

"벌써 오세요. 아침엔 정말 미안했어요." 하고 층계 아래까지 맞으러 나온 나오미를 료이치는 말없이 힘껏 껴안았다. 비는 아직도 내리고 있었다.

9

정월 휴가가 되어도 다케야마는 아사히가와(旭川)의 집으로 돌아가고 싶지 않았다. 이미 형이 대를 이은 집이니 돌아간다 해도 쉴 만한 곳도 없었다. 자기 하숙 방만이 유일한 안식처였다.

그러나 설에는 담임하고 있는 반의 학생들이나 졸업생들이 찾아오기 때문에 결코 조용한 설이라고는 할 수 없었다. 특히 여학생들은 다섯이나 일곱씩 떼를 지어 놀러 왔다. 방에 들어올 때까지 서로 쿡쿡 찌르고 우물쭈물하고, 앉고 나서도 서로 마주보고 킬킬대며 웃는다. 그런 여학생들은 다케야마에겐 어디까지나 어려운 손님들이었다. 그러나 혼자 찾아오는 손님은 더욱 대하기가 곤란했다. 이쪽에서 꺼내는 화제에는 응하지 않고 오랜 시간 앉아 있는 것은 다케야마에게 적이 피로하다. 그런 학생일수록 다음날에는 긴 편지를 속달로 부쳐 온다.

"오늘은 정말 즐거웠습니다."라고 쓰기 시작한 편지는 거의 러브

레터라고 해도 무방한 것이었다.

그래서 요즈음은 다케야마도 설에는 삿포로에 없는 것처럼 해두고 있었다. 난로를 따뜻하게 피워 놓고 좋아하는 책을 읽는 일은 정말 조용하고 즐거웠다. 그러나 이번 설에는 무슨 책을 읽고 있어도 문득 정신을 차리고 보면 어느새 나오미 생각을 하고 있는 것이었다.

저 세간 하나 없는 2층 방에서 료이치와 함께 맞는 나오미의 설은 어떠할지 궁금하지 않을 수 없었다. 살림 도구 같은 건 없어도 서로 사랑하고 있다면 행복하다고 할 수 있을지도 모른다. 그렇게 생각한다 해도 지난 가을 찾아갔을 때의 료이치와 나오미의 모습은 행복하다고 말할 수가 없었다.

정월 초사흘 저녁 무렵이었다.
"안녕하세요."
젊은 여자 목소리에 나오미가 아닌가 하고 다케야마는 가슴이 덜컥 했다.
다케야마가 살고 있는 별채는 마당의 사립문을 밀고 들어오게 되어 있다.
다케야마는 옷깃을 여미고 미닫이를 열었다.
"안녕하세요."
목소리의 주인은 어두워서 잘 알아볼 수 없었다. 그러나 확실한 건, 나오미의 목소리는 아니라는 것이었다. 다케야마는 조금 실망했다.
"어서 오십시오. 누구시죠?"

"저예요, 선생님. 가와이 데루코예요."

그렇게 말하면서 데루코는 나직이 웃었다. 그 웃음 소리가 몹시 요염하게 들렸다.

"오, 가와이인가? 웬 일인가. 어서 올라오게."

다케야마는 가와이 데루코의 이름마저도 별로 생각해 본 일이 없었던 것을 상기하면서 데루코를 방안으로 맞아들였다. 보랏빛 벨벳 코트를 벗은 데루코의 하늘색 기모노 차림은 나이보다 훨씬 어른스럽게 보였다.

"선생님, 아직도 혼자세요?"

인사가 끝나자 데루코는 선물로 가져온 과자 상자를 다케야마 앞에 내놓고 눈을 크게 뜨면서 다케야마를 보았다.

데루코의 교태어린 눈이나 그 짙은 화장이 다케야마에게는 불쾌하게 느껴졌다.

"혼자지."

다케야마는 무뚝뚝하게 대답하고는 "가와이는 아직 학생이지?" 하고 물었다.

"예, 그래요. 아직 2학년이죠."

여고 때부터 데루코는 다케야마에게 마음이 끌렸었다. 그것은 독신인 젊은 교사에게 품는 여학생의 평범한 감상에 지나지 않았다. 그러나 오늘 오래간만에 만난 다케야마는 교실에서 익히 보던 모습과는 달리, 약간 어두운 그늘을 지닌 매력적인 모습이었다. 독신이라고는 하지만 어깨에 비듬이라도 떨어져 있는 그런 지저분한 느낌은 없었다. 발바닥에 이르기까지 청결한 느낌을 준다고 생각하며 데루코는 새삼스럽게 다케야마를 바라보았다.

"선생님, 그 아이 어떻게 지내고 있을까요?"

"누구?"

다케야마는 전혀 짐작할 수 없었다.

"왜 선생님이 귀여워하신다고 모두 떠들썩했잖아요?"

나오미 얘긴가 하고 다케야마는 얼굴이 화끈했다.

"어머, 빨개지시네. 그럼 정말 그랬었군요."

데루코는 웃으면서 몸을 약간 꼬았다. 학생이라기보다는 술집 여자 같다고 다케야마는 생각했다.

"그 아이라니 누구 얘기지?"

"이름은 얼른 생각나지 않는데…… 왜 스키노의 술집……."

데루코는 일부로 교코의 이름을 잊어버린 것처럼 고개를 갸우뚱했다.

"음, 난 또. 교코 말인가?"

다케야마는 씁쓸히 웃었다. 교코가 자기와 무슨 소문이 있었다는 것은 다케야마 자신은 처음 듣는 소리였다.

"어머, 선생님도 '난 또'라니요. 학교 안에서는 모르는 사람이 없을 정도였는데요."

데루코는 소맷자락에서 담배를 꺼내 다케야마에게 권했다.

"담배를 피우나?"

"담배뿐인가요, 술도 하지요."

데루코는 그렇게 말하면서 생긋 웃고는 "어차피 따분한 세상인걸요. 굵고 짧게 살 작정이에요." 하고 말하며 담배에 불을 붙였다.

"허어."

교코도 언젠가 따분하다는 소리를 했다고 생각했다. 다케야마는 여고 시절의 데루코를 회상해 보았다. 언제나 싸울 듯이 사나운 표정이었다고 생각했다.

"굵고 짧게라……."

다케야마는 그렇게 말하고 가만히 데루코에게 시선을 보냈다.

"오래 산다고 해서 그렇게 재미있는 일이 기다리고 있는 것도 아니잖아요."

데루코네 집은 삿포로에서 손꼽히는 부자였다. 돈이 결코 행복만을 가져온다고 할 수는 없다. 오히려 돈 많다는 것이 불행의 씨가 될 수도 있다고 다케야마는 생각했다.

"재미있다는 것은 어떤 걸 말하지?"

다케야마는 무엇이 데루코를 이렇게 거칠게 만들었는지 궁금했다.

"그렇게 말씀하시면 무엇이 재미있는지 잘 모르겠지만……아무튼 재미없는 일이 없다면 괜찮겠지요."

"그렇게 재미없는 일이 많은가? 대학이 싫어졌나?"

"학교 일이 아녜요."

데루코는 여전히 교사다운 태도를 버리지 않는 다케야마가 불만스러웠다. 분명하게 선을 긋는 듯한 다케야마의 태도에는 응석을 부려 볼 여지가 없었다.

"집안일인가, 그렇잖으면 연애 문제라도……."

"연애?"

데루코는 피식 웃었다.

"아니면 결혼 문제인가?"

"아녜요, 전 결혼 같은 거 절대로 안 해요."

"결혼을 안 해? 뭐 그것도 괜찮겠지만……."

젊었을 때는 결혼하지 않겠다고 우기는 아가씨가 많은 법이기에 다케야마는 데루코의 말을 별로 귀담아 듣지 않았다.

"선생님!"

정색을 한 목소리였다.

"왜?"

다케야마는 차를 따르면서 말했다.

"저 집을 나왔어요."

"집을 나오다니?"

다케야마는 나오미의 가출을 생각했다.

"예, 전 이제 그런 집은 질색이에요."

"왜 그래? 훌륭한 아버지와 어머니가 계시지 않아?"

"훌륭하죠."

데루코는 웃었다.

"대학은 어떡하고? 계속하는 건가?"

"예, 대학은 계속 다니지만…… 아버지가 싫어서 죽겠어요. 그래도 엄만 불쌍하니까 시내에 아파트를 얻어서 겨울 방학이나 여름 방학에는 그리로 들어가려고 해요."

다케야마는 의아한 표정을 지었다.

"그럼, 어머니는 거기서 만나 뵙고, 아버지는 그걸 모르시나?"

"도쿄에 있는 줄 알겠죠."

데루코는 남의 일처럼 말하고서

"여기서 가까워요. 한 번 오시지 않겠어요?" 하고 어리광을 부리듯 다케야마를 보았다.

"집에 있나?"

그때 출입문 쪽에서 누가 찾았다. 료이치였다.

"응."

다케야마는 하코다데에서 만났을 때의 료이치를 생각했다. '드르륵' 미닫이를 열고 료이치가 들어왔다. 무슨 바람이 불었는지 넥타이를 매고 손에는 위스키 병을 들고 있었다.

"아, 손님이 계셨군. 실례."

별일 없었던 것 같은 료이치의 얼굴을 보고 다케야마는 명랑하게 대답했다.

"뭐, 괜찮아."

데루코가 얼굴을 들고 료이치를 보았다.

"어머!"

순간, 데루코는 당황한 듯한 얼굴을 했다.

"아! 당신이었군."

료이치는 부드럽게 웃으며 데루코를 보았다.

"알고 있었나?"

"알고 있다마다. 삿포로에 살면서 이런 미인을 모르는 사내가 있겠나? 그렇죠? 데루코 양."

"어머."

데루코가 쓴웃음을 지었다.

"아아, 그렇군. 교코 양하고 한 반이었지?"

교코하고는 동급생이라고는 하지만 나오미도 그렇고, 데루코와는 또 어떻게 알게 된 것인지 다케야마는 어처구니가 없어 멍하니 료이치를 보았다.

"좋은 기모노군요. 이치코시에 그린 날염이 아닙니까? 이 하늘색 바탕에 모란꽃의 빨강이 아주 좋습니다. 안목이 대단하시군요."

칭찬을 받은 데루코는 생긋 웃었다.

"매우 좋은 센스예요. 당신에게 잘 어울립니다. 그렇지, 다케야마?"

다케야마는 기모노에 대해서는 아는 게 없었다.

"스기하라는 역시 그림을 그려서 그런지 아주 훤하군 그래."

그렇게 말하면서도 다케야마는 료이치의 태도가 불쾌했다.

"언젠가 만났을 때의 올리브색 코트도 아주 좋았죠."

료이치는 그렇게 말하면서 몹시 감탄한 듯이 데루코의 옷을 바라보고 있었다. 데루코의 옷을 보고 있는 료이치에게 나오미에게도 사 입히고 싶은 생각은 없는 것일까 하고 다케야마는 생각했다. 그 초라한 방에는 장롱도 없었지만, 지금 눈앞에 호화스럽게 치장을 하고 있는 데루코보다는 나오미가 훨씬 아름답다고 생각하면서 다케야마는 데루코를 보았다.

'나오미 씨도 삿포로에 와 있나?'

다케야마는 이 말이 거의 입 밖으로 나올 뻔했으나 하코다데에서 만났던 료이치를 생각하니 섣불리 나오미에 대한 일을 물을 수가 없었다.

"아 참, 나오미가 안부 전해 달라던데."

비로소 료이치는 다케야마를 주시했다. 그 눈에는 전날의 무례함을 사과하는 마음이 담겨 있었다.

"음, 그래……."

나오미 얘기를 묻고 싶은 자기 마음을 꿰뚫어본 것 같다고 다케야마는 생각했다.

"히로노 나오미가 당신의 부인이지요?"

데루코가 료이치에게 말했다. 그때 다케야마의 표정에 순간적으로 그늘진 것을 데루코는 놓치지 않았다.

"그 친구 아주 예뻤죠. 아마 멋진 부인이 되었을 거예요."

"뭘요, 당신하고는 비교도 안 됩니다. 나오미에게는 당신과 같은 요염한 매력이 없어요. 질그릇 같은 여자지요."

료이치는 그렇게 말하면서 물끄러미 데루코를 바라보고 있었다. 다케야마는 하마터면 혀를 찰 뻔했다.

"자, 설인데 한 잔 하세."

료이치가 위스키 병을 다케야마 앞에 놓았다. 다케야마가 잔을 두 개 꺼내자, "어머, 저도 주세요. 선생님." 하고 데루코가 말했다.

"허! 이거 얘기가 통하는데."

료이치가 반가운 얼굴을 했다.

다케야마는 아무 말 없이 안주를 가지러 안채로 갔다. 밖에는 눈이 내리고 있었다. 겨울치고는 포근한 밤이다. 다케야마는 나오미가 가여워서 견딜 수가 없었다.

안방에서 방으로 돌아와 보니 데루코는 벌써 눈 언저리가 빨갛게 달아오르고 있었다.

그녀는 "선생님, 저는 술을 마시면 주정하는 버릇이 있어요. 괜찮으세요?" 하고 웃었다. 다케야마는 쓴웃음을 지었다. 집을 나왔다는 데루코의 사정을 자세히 알 수 없으므로 오늘 밤은 그대로 데루코의 거동을 보고 있는 편이 좋겠다고 생각했다.

"난 마셔도 절대 주정은 안 해. 안 그래, 다케야마?"

료이치의 말에 다케야마는 웃음이 나왔다.

"뭐야, 왜 웃어?"

오늘 밤의 료이치는 기분이 좋아 보였다.

"선생님, 선생님도 이제 그만 결혼하세요."

"글쎄."

다케야마는 대수롭지 않게 받아 넘겼다.

"이런 딱딱한 분의 어디가 좋다는 건지 모르겠어요. 다케야마 선생님은 인기가 대단했거든요."

"다케야마가 인기였다니, 내가 선생이었다면 큰일날 뻔했는데."

"틀렸어요, 당신 같은 불량 청년은."

데루코가 웃었다.

"이러지 마세요. 난 선량합니다. 오히려 지나치게 선량할 정도라고 생각하는데요."

료이치는 순진한 표정을 지었다. 데루코는 그런 료이치를 잠시 쳐다보고는 말없이 잔을 기울였다.

"저는요, 당신 부인도 당신 동생도 정말 싫어요."

"음, 정말 주정하는군." 하고 료이치가 웃으며 말했다.

그리고 "하지만 나는 싫지 않죠? 아니, 조금은 좋아진 게 아닙니까?" 하고는 데루코의 잔에 위스키를 따랐다.

"좋아해요? 당신들은 우리 집안의 원수가 아닌가요?"

찌를 듯한 데루코의 말에 다케야마는 놀라서 료이치를 바라보았다. 료이치는 안색도 변하지 않고, "로미오와 줄리엣의 집안도 원수 같았는데. 그렇죠?" 하고 히죽히죽 웃었다.

"원수라니, 온당치 않은 말이군."

다케야마가 의아한 듯 끼어들었다.

"아니야, 원수 같은 게 아니라구. 사실은 말야, 데루코 양의 아버지하고 우리 어머니가 그렇게 좋은 사이라는 거지. 이 아가씨는 화를 내고 있지만……. 원수라기보다는 난 친척이라고 생각하는데 말야."

"어머, 기가 막혀서."

"부모들끼리 사이가 좋다. 그러니 우리도 사이가 좋다면 좋은 게 아니겠어. 그렇지, 다케야마?"

아연해진 다케야마에게 료이치는 점잔을 빼며 말했다.

'그래? 스기하라와 데루코의 집엔 그런 깊은 사연이 있었구나.'

다케야마는 놀라움을 감추며 난로의 재를 떨었다.

얼마 후 돌아가겠다는 데루코를 료이치가 바래다 주고 자기도 간다면서 나간 뒤에, 다케야마는 웬 일인지 두 사람의 일이 마음에 걸렸다. 밖으로 나오니 데루코의 발걸음이 휘청거렸다. 료이치가 데루코를 얼싸안듯 부축하자 데루코의 눈이 요염하게 빛났다. 남자가 가슴에 손을 댈 때 보이는 눈빛이라고 료이치는 생각했다.

'관능적인 여자로군.'

료이치는 살며시 다케야마의 방을 돌아보았다. 미닫이는 벌써 닫혀 있었다. 료이치는 데루코의 어깨를 확 끌어당겼다. 예쁜 입술이 약간 열려 있었다.

"싫어요."

데루코가 속삭이듯 말했다. 료이치는 말없이 그 얼굴을 두 손으로 감쌌다. 데루코는 눈을 감았다. 데루코는 버스를 타고 남자 차장에게 표를 내줄 때, 서로 손 끝이 닿으면 전류가 통한 것처럼 짜릿한 쾌감이 온몸에 흐르는 것을 느꼈다. 데루코는 자기 마음과는 다른 감정을 몸에 지니고 있다는 것을 알고 있었다. 그녀 자신은 료이치를 거부하고 있는데도 몸은 료이치의 입술을 거절할 수가 없었다. 료이치의 입술이 데루코의 입술에서 떨어졌을 때, 데루코는 서 있을 수 없을 만큼 온몸의 힘이 빠져 버렸다.

'이 여자의 몸은 바로 창녀나 다름없다.'

가장 다루기 쉬운 여자라고 생각하며 료이치는 사립문을 밀고 다케야마네 마당을 나왔다.

"당신네 아파트는 이 부근이랬죠. 혼자 갈 수 있겠어요?"

바래다 준다는 말을 잊은 것처럼 다소 싸늘하게 료이치가 말했다. 데루코는 겨우 끄덕여 보였으나 그 시선은 매달리듯 료이치를 쳐다보고 있었다. 오만함도 긍지도 내동댕이친 것 같은 가련한 데루코의 표정을 보고 료이치는 은근한 미소를 지었다. 데루코에게는 첫 번째 키스였다는 것을 안 료이치는 만족스러웠다.

"바래다 드리죠."

데루코는 기쁜 듯이 료이치에게 다가섰다. 눈이 조용히 내리고 있었다. 전차의 불꽃이 스파크를 일으켜 밤 하늘에 파란 불꽃이 흩어졌다.

데루코는 자기 자신이 안타까웠다. 그렇게 싫어하고 있던 료이치의 어머니에 대한 일을 잊은 것처럼 이렇게 어이없이 료이치에게 입술을 허락해 버린 일을 자기도 믿을 수가 없었다. 그러나 료이치의 팔에 안긴 순간 데루코는 완전히 의지를 잃고 말았다. 더욱이 입술을 허락한 지금은 료이치가 그립기까지 한 것이었다. 생각해 보면, 기차 안에서 처음 료이치를 만난 날부터 싫어한 것 같지는 않았다.

아무튼 료이치의 탐하는 듯한 격렬한 키스는 데루코의 몸 깊은 곳에 지금까지 느껴 보지 못했던 불을 붙였다. 지금 데루코는 다시 한번 료이치가 키스해 주기를 바라고 있었다.

말없이 어깨를 나란히 하고 걷는 료이치의 옆 얼굴을 데루코는 살짝 쳐다보았다. 아내가 있으면서도 다른 여자를 사랑하는 자기 아버지를 데루코는 경멸하고 증오하고 있다. 그리고 료이치의 어머니를 저주까지 했었다.

'이 사람에게도 나오미라는 아내가 있다.'

그렇게 생각하면서도 이상하게도 죄의식은 전혀 없었다. 질투가 날 만큼 아름답고 깊은 나오미의 눈동자를 생각하면 기분이 상쾌해지기까지 했다.

"여기예요."

아파트는 다케야마의 하숙에서 2백 미터쯤 떨어진 곳이었다.

"야아, 아주 좋은 아파트군요."

철근 콘크리트로 지은 3층짜리 아파트는 아직 드물었다.

"저 2층 모퉁이 방이에요."

전깃불이 꺼진 방을 데루코는 가리켰다. 그 옆방도 캄캄했다.

"나 잠깐, 당신 방 좀 보고 싶은데."

어린애 같은 말투가 데루코를 미소짓게 했다.

"그러세요."

"술 같은 거 있습니까?"

"포도주라면……."

"포도주가 술인가요? 내 이 근처에서 뭐 좀 사 오죠. 저 모퉁이 방이랬죠."

다시 확인하고 료이치는 발길을 돌렸다.

10

아파트의 방 앞에서 데루코는 핸드백을 열고 열쇠를 꺼냈다. 다른 때 같으면 열쇠의 차가운 감촉이 데루코를 고독하게 만들었다. 그러나 오늘 밤은 그런 기분이 들지 않았다. 문을 열고 전기 스위치를 올렸다. 이 순간이 데루코에게는 가장 쓸쓸했다. 이상하게 방이 냉랭해 보였다. 다섯 평 남짓한 거실에 부엌도 있고 침대도 있다. 침대는 보랏빛 꽃무늬의 커튼으로 칸막이가 되어 있었다. 데루코는 서둘러 가스 난로에 불을 붙였다. 그리고 옆에 있는 거울에 비치는 자신의 얼굴을 들여다보았다. 불그레한 입술에 데루코의 시선이 멈추었다. 생전 처음 키스를 경험한 자기의 입술을 데루코는 지그시 바라보았다. 온몸의 뼈를 녹일 듯한 격렬한 체험이었다. 뼈뿐만 아니라 이성도 의지도 뿌리째 녹아 버린 것같이 데루코에게는 느껴졌다. 그런데도 얼굴 모양은 그대로인 것이 이상하다고 생각하며 데루코는 거울 속의 자기를 바라보았다.

데루코는 자기 입술에다 살짝 손을 대었다. 이 입술에 다시 한 번 료이치의 입술이 닿았으면 싶었다. 키스라는 것이 이렇게도 자기를 약하고 사랑스럽게 하는 것인가 하고 데루코는 놀랐다.

데루코는 나오미를 생각했다. 이미 나오미는 료이치의 입술을 수 없이 경험했을 거라고 생각하니 데루코는 나오미에게 질 수 없다는 강한 충동을 느꼈다.

데루코는 일어서서 재빨리 허리띠를 풀었다. 료이치가 칭찬해 준 기모노를 그대로 입고 있을까 했지만 화려한 실크 가운으로 갈아입었다. 그리고 위로 올렸던 머리를 재빨리 풀어 내려뜨렸다. 물론 료이치와 처음 만났던 때의 머리를 그대로 두고 싶은 마음이 없던 것은 아니었다. 그러나 여러 가지 분위기를 연출해 보이는 것이 보다 매력적이라고 데루코는 생각했다. 긴 머리가 부드러운 웨이브를 만들며 등에까지 드리웠다. 머리를 풀고 가운으로 갈아입은 여자가 남자를 기다린다는 일이 어떤 의미를 가지고 있는가를 데루코도 모르는 것은 아니었다. 그러나 그렇게 만든 것은 조금 전의 료이치의 격렬한 키스였고, 나오미의 입체적인 미모에 대한 질투이기도 했다.

술을 사 온다던 료이치는 좀처럼 나타나지 않았다. 데루코는 창가에 기대어 밖을 내려다보았으나 인적이 없었다. 전신주의 가로등이 펄펄 날리고 있는 눈을 비춰 주는 조용한 밤이었다.

'설마 교통 사고가 난 건 아니겠지…….'

데루코는 좀 불안해졌다.

'곧 오겠지.'

데루코는 가스 난로의 불을 줄이고 탁자 위에 치즈와 연어 구이를 차려 놓고 잔을 두 개 놓았다. 오늘 밤의 술자리는 자기와 료이치에게 특별한 의미가 있을 거라고 생각하며 데루코는 손목 시계를 보았다. 벌써 10시 30분이다. 료이치와 헤어진 지 한 시간이 넘었다.

'무슨 일일까. 누구 아는 사람이라도 만난 걸까?'

술은 가까운 곳에서 팔고 있으므로 한 시간이나 걸릴 까닭이 없었다.

'혹시 오지 않는 걸까?'

문득 데루코의 마음이 어두워졌다. 료이치가 방을 보고 싶다고 한 것은 단순한 인사치레가 아니었나 하고 데루코는 다시 시계를 보았다.

그때였다. 복도에서 조용한 발소리가 나더니 데루코의 방 앞에서 멎었다. 데루코는 가슴이 두근거려 자기도 모르게 의자에서 일어났다. 가볍게 노크하는 소리가 나더니 곧이어 료이치가 나타났다.

"미안해요. 화났어요?"

료이치는 빨간 카네이션 한 송이를 데루코에게 내밀었다.

"어머, 이걸 사러 다니신 거예요? 정말 고마워요."

"꽃가게가 어디 있는지 몰라서 늦어 버렸죠. 위스키를 사고 나니까 한 송이밖엔 살 수가 없지 뭡니까."

료이치는 위스키를 코트 주머니에서 꺼내어 탁자 위에 놓았다.

"기뻐요."

데루코는 탁자 위에 있는 꽃병에 카네이션을 꽂았다. 꽃다발로 받은 것보다 단 한 송이라는 게 오히려 데루코를 기쁘게 했다.

"아, 이제 주무시려고 했었군요. 이거 어쩌지요? 너무 늦어서."

료이치는 길게 늘어뜨린 데루코의 머리를 보았다.

"괜찮아요. 이젠 안 오실 것 같아서 머리를 풀었죠."

데루코로서는 료이치가 늦어진 것이 오히려 다행스럽게 생각되었다.

"아름다운 머리야, 그 머리도 썩 잘 어울리는데."

코트를 벗는 료이치 곁에서 데루코가 거들어 주었다.

"정말 매력적이란 말야, 당신은."

료이치는 옷걸이에 코트를 걸면서 데루코의 귀에 속삭이듯 말하고는 재빨리 데루코를 끌어안았다. 데루코는 다시금 어이없이 료이치의 입술을 받고 있었다. 긴 입맞춤이었다. 료이치는 눈을 감고 도취해 있는 데루코를 지그시 바라보면서 가운 속의 가슴을 부드럽게 어루만졌다.

'뭇 사내를 뇌쇄시킬 만한 몸매로군.'

료이치는 히죽이 웃으며 데루코의 몸을 안아 올렸다. 뜻밖에 육중한 몸이었다.

다음날 아침 료이치가 눈을 뜬 것은 이미 12시가 가까워서였다.

"이제야 눈을 뜨셨군요."

부드러운 목소리였다.

"음!"

료이치는 데루코의 몸을 끌어당기면서 어쩐지 마음이 무거웠다. 데루코와 이런 관계가 된 이상, 언젠가는 결혼을 강요당할 것 같았다. 이런 일은 과거의 여자들에게서는 느껴 보지 못한 감정이었다.

"언제 하코다데로 돌아가세요?"

"오늘 오후에는 가야 합니다. 내일부터 회사에 나가야 되니까."

"그래요? 그럼 할 수 없군요."

데루코는 분명하게 말하고 침대에서 미끄러지듯 내려왔다. 다른 여자 같으면 "회사 일보다 부인 생각 때문이겠죠." 하고 말했을 것이다. 그것이 오히려 료이치를 불안하게 만들었다.

"제가 도쿄에 갈 때 하코다데에 들를지도 몰라요."

검은 바탕에 빨간 정(井)자 무늬가 있는 기모노에 빨간 띠를 두른 데루코가 소녀처럼 가련해 보였다.

"올 때는 회사로 전화해 줘."

어설픈 대답은 금물이라고 료이치는 생각했다.

'설마 우리 집에 오겠다는 건 아닐 테지.'

속으로 료이치는 난처했다. 료이치는 데루코 때문에 나오미를 잃고 싶진 않았다. 그렇다고 하코다데에 오지 말라고 할 수도 없었다. 내키는 대로 행동하는 데루코가 무슨 소리를 할지 모른다.

"이제 슬슬 일어나 볼까."

오래 있을 필요가 없다고 생각한 료이치는 옷을 갈아입기 시작했다.

"잠깐만 기다리세요. 대야에 더운 물을 갖다 드리겠어요."

정겨움이 가득한 말투였다.

"당신, 보기보다 좋은 아내가 되겠어."

이렇게 말하고 나서 료이치는 곧 후회했다.

"좋은 아내 같은 거 싫어요, 난."

무슨 말을 하려는 것인지 짐작할 수가 없어 료이치는 싱글싱글 웃기만 했다.

"난요, 결혼 같은 건 절대로 안 해요. 결혼이란 아무리 생각해도 남자한테만 편리하도록 만들어진 제도예요."

"그럴까?"

"그럼요. 우리 아버지나 어머니를 보고 난 정말 가정 같은 건 갖지 않겠다고 생각했어요. 아버지는 다른 여자하고 노는데, 그런 아버지를 어머니는 밤잠도 안 자고 하염없이 기다리는 거예요. 그런 어리석은 생활이 어디 있어요?"

데루코는 화가 난다는 듯이 말했다. 나오미 역시 아무것도 모른 채 남편을 기다리고 있으리라는 것 따위는 데루코의 생각 밖이었다. 료이치는 말없이 담배에 불을 붙였다.

"나는 일생 아무에게도 구속받기 싫어요. 그래서 당신 아닌 다른 남자하고도 놀 작정이에요. 괜찮겠죠?"

료이치는 깜짝 놀라며 데루코의 얼굴을 보았다. 데루코가 다른 남자들과 놀아나는 것을 상상하는 것만으로도 료이치는 질투를 느꼈다. 관록이 있는 료이치지만 데루코 같은 육체를 가진 여자를 만나기란 참으로 어려운 것이었다.

그러나 다른 남자와 놀지 말라고 말할 권리가 료이치에게는 없다. 놀지 말라고 한다면, 결혼 같은 건 하지 않는다고 했지만 당장 나오미하고 헤어지라고 갑자기 태도를 바꾸어 따지고 들 것 같았다.

"남자는 밖에서 놀죠. 만일 부인이 안다고 해도 뭐 뻔뻔스럽거든요. 그런데 만일 부인이 놀아 보세요. 때리고 차고 나가라며 소동이 나죠. 남자는 제멋대로예요. 아무튼 난 결혼은 사절이에요."

"음, 재미있는 아가씨군."

료이치는 안도의 빛을 감추면서 고개를 끄덕였다.

"나는 아직 당신의 애인이라고 할 수는 없어요. 아무하고 놀든 상관없죠."

'아무하고 놀아 봐야 나만큼 잘 놀아 줄 사내는 없을걸.'

료이치는 말없이 가볍게 끄덕이고는 한 모금 깊이 담배를 빨아들였다.

향긋한 커피를 마신 후 돌아가려는데 데루코가 말했다.

"어머, 돈을 주셔야죠."

"돈?"

"돈이면 돈이죠. 머리 없는 값이란 비싼 거예요. 한 50만 엔쯤이면 어떨까 하는데……."

"돈이라니, 그런……."

료이치는 당황하며 우물거렸다.

"아니, 돈도 없이 여자하고 놀아요? 나는 엄연히 처녀였어요. 나하고 거저 놀 생각이었나요?"

"뭐야, 당신은 창녀였소?"

료이치도 배짱이었다. 그런 료이치를 보고 데루코는 재미있다는 듯이 웃었다.

"농담이에요. 뭘 그렇게 정색을 하고 화를 내세요? 정말 어린애 같으셔."

그렇게 말하고 데루코는 깔깔 웃다가 진지한 표정을 지었다.

"물론 전 매춘부는 아녜요. 그렇지만 순진한 보통 아가씨라고 생각하면 오산이죠. 나는 이래봬도 삿포로의 가와이라고 하면 모르는 사람이 없는 집안의 딸이에요. 버진과 교환해 주셔야 할 게 있어요."

"뭘 원하는 거지?"

결국은 결혼이 아닌가 하고 료이치는 긴장했다.

"뭐 그다지 어려운 건 아녜요. 내가 만나고 싶다고 할 때 언제든지 만나겠다는 약속만 해 주시면 돼요."

"언제든지?"

"그렇다고 근무 시간에 만나자고 하지는 않아요. 도쿄나 삿포로까지 와 주십사고 하지도 않고요. 당신이 달려올 수 있는 곳에서 부르겠어요. 와 주실 거죠? 언제든지."

데루코는 오만한 여자로 돌아와 있었다. 많은 남자를 겪어 본 여자처럼 보였다. 어제 키스를 당했을 때의 가냘픈 데루코의 모습은 없었다. 료이치는 다른 여자들을 생각해 보았다. 데루코처럼 단 하룻밤 사이에 강하게 된 여자는 없는 것 같았다. 어쨌든 당분간 교제해 보는 것도 나쁘지 않다고 료이치는 생각했다.

"와 주시겠지요. 약속해 주시는 거죠?"

데루코가 다시 말했을 때 료이치는 말없이 데루코의 볼을 두 손으로 감싸 입술을 포개었다.

연하장의 답장을 30매쯤 쓴 다케야마는 양복으로 갈아입고 밖으로 나왔다. 어제부터 내리던 눈도 멎고 날씨도 포근했다. 일본 고유의 머리 모양을 한 여자들이 여기저기 눈에 띄어 밖에 나오니 역시 설 기분이 났다.

다케야마는 눈이 소복한 우체통에 연하장을 집어넣었다.

"선생님!"

부드러운 목소리에 돌아보니 일본 스타일 머리로 곱게 단장한 교코가 미소를 짓고 있었다.

"야아."

처음 보는 교코의 머리 모양을 다케야마는 눈부신 듯 바라보며 아름답다고 생각했다.

"새해 복 많이 받으세요. 세배 드리러 갔었는데……."

교코는 부끄러운 듯이 고개를 숙였다.

"그래, 이거 참……."

"오늘은 시무식만 해서 오전 중에 끝났어요."

"음, 시무식이었지. 우리는 20일까지 방학이니까 까맣게 잊고 있었군."

"학교 선생님이 부러워요."

교코는 그렇게 말하면서 "저어, 오빠가 간밤엔 폐를 끼쳐 죄송합니다. 잠까지 자고 왔으니……." 하고 머리를 숙였다.

'자다니?'

다케야마는 교코의 앞 머리에서 한들거리는 간자시(비녀 모양의 장식물)를 바라보며 어젯밤 데루코와 함께 돌아간 료이치를 생각하고 있었다.

"선생님은 이제 어디로 가세요?"

"계속 집에 틀어박혔다가 연하장을 부치러 나와 본 거야. 어디 이 근처에서 차나 같이 할까?"

다케야마는 료이치가 어디서 외박했는지 그것이 마음에 걸렸다.

바로 가까운 골목에 있는 〈들백합〉이라는 찻집에 들어갔다. 다케야마는 지금 자기가 성난 표정을 하고 있으리라 생각하며 가장 안쪽 의자에 앉았다. 찻집 안은 의외로 손님이 많았고 조용한 음악이 흐르고 있었다.

"선생님!"

교코가 흰 숄을 벗으면서 그렇게 불렀다.

"왜?"

다케야마의 미간에는 세로 주름이 깊이 새겨져 몹시 불쾌해 보였다.

"아녜요, 괜찮아요."

"괜찮다니 뭐가? 말하려다가 그만두는 사람이 어디 있어?"

"하지만…… 선생님은 화가 나신걸요."

다케야마는 쓴웃음을 지었다.

"미안해. 교코에게 화를 낸 게 아니라 사실은 오빠 일이 마음에 걸려서 말야……."

투명하리만큼 뽀얀 교코의 뺨을 바라보며 다케야마는 말했다.

"교코 양, 오빠는 혼자서 삿포로에 온 거지?"

다케야마는 나오미의 이름을 입 밖에 내지 않았다.

"예."

언젠가도 똑같이 물은 적이 있다고 생각하며 교코는 따분한 듯이 끄덕였다.

'선생님은 오빠가 걱정이 되는 게 아니라 언제나 나오미 일이 궁금하신 거야."

가져 온 커피를 교코는 말없이 바라보았다. 그리고 문득 서글퍼졌다.

"스기하라는 오늘 간다고 했지?"

"예, 오늘 오후에 간다고 했는데. 오늘 아침 몇 시에 선생님 댁에서 나왔나요?"

교코는 오빠 얘기보다도 다케야마에게 하고 싶은 이야기가 있었다.

"스기하라는……."

말하려다 다케야마는 입을 다물었다. 하지만 다시 결단을 내린 듯

"스기하라는 엊저녁 9시가 지나서 돌아갔는데."

"어머…… 그래요?"

교코는 얼굴을 붉혔다. 다케야마가 불쾌했던 까닭을 알 것 같았다.

"우리 집에서 나간 뒤 어디로 갔는지 모르지만……."

교코는 말없이 끄덕였다. 료이치가 다케야마와 함께 잤으려니 했던 만큼 교코는 뭐라고 말해야 좋을지 몰랐다.

"생각해 봤자 할 수 없지."

그렇게 말하며 커피를 한 모금 마시더니 다케야마는 씁쓸히 웃었다. 설탕 넣는 것을 잊었기 때문이다.

"선생님, 저 실례하겠어요."

"왜? 아직 커피도 들지 않았잖아?"

"전 어쩐지 오빠가 창피해서."

그녀는 눈물어린 눈으로 다케야마를 바라보고 있었다.

"바보로군, 교코는. 스기하라가 놀기 좋아하는 건 옛날부터 아는

일 아냐? 새삼스럽게 부끄러울 것도 슬플 것도 없을 텐데."

"하지만……."

교코는 고개를 못 들었다.

"하지만 뭐야?"

다케야마는 교코가 불쌍해졌다.

"하지만…… 선생님은 오빠가 저러니 동생도 그럴 거라고 아마 저 같은 건 믿어 주시지도 않을 것 같아서……."

"그렇게 생각할 까닭이 없지. 오빠랑은 어울리지 않는 좋은 사람이라고 생각하고 있는데, 나는."

"거짓말이세요. 그런 위로 해주시지 않아도 괜찮아요."

교코는 머리를 가로저었다. 은으로 만든 간자시가 한들한들 흔들렸다.

"정말이야. 교코는 정말 좋은 사람이야. 얌전하고 성실하고 아름답고, 더 이상 뭐라고 할 수가 없다고 생각해."

다케야마는 뭔가 더 칭찬해 주고 싶은 생각이 들었다.

"하지만……."

교코는 고개를 숙인 채 탁자 가장자리를 손끝으로 매만지고 있었다. 매니큐어를 칠하지 않은 흰 손가락이 깨끗하고 아름다웠다.

"또 하지만이야? 아직도 무슨 불만이 있어?"

다케야마는 다른 때보다 친근하게 고개를 숙인 교코의 얼굴을 들여다보았다.

"선생님은 늘 말로만 그러시는 걸요."

교코는 얼굴을 들었다. 다소 얼굴이 파리해 보였다.

"말뿐이 아냐. 교코."

그렇게 말하고 보니 오해받기 쉬운 말이라고 생각하며 다케야마는 내심 당황했다.

"아니에요. 저 같은 건 선생님은 아무렇지도 않게 생각하실 거예요."

교코의 얼굴은 점점 더 핼쑥해졌다. 다케야마는 교코가 무슨 말을 하려고 하는지 확실히 알았다.

"선생님은…… 선생님은 나오미만 생각하고 계시고……, 저 같은 건 조금도……."

교코는 오랫동안 생각해 오던 것을 용감하게 말했다. 그러나 말해 버리니 점점 자신이 비참하게 생각되었다.

"교코."

다케야마는 조용히 교코의 이름을 불렀다.

'그토록 이 아이는 나를 생각하고 있었는가?'

다케야마는 나오미를 생각하는 자기의 괴로움과 비교해 보니 교코가 불쌍해졌다.

"커피가 다 식어 버렸다. 자, 내가 설탕을 넣어 주지."

다케야마는 교코의 커피 잔에 설탕을 넣고 스푼으로 저어 주었다. 이렇게라도 해 주지 않을 수 없는 심정이었다. 교코는 그 커피를 한 모금 마셨다.

"흥, 귀하신 몸이군."

가와이 데루코였다. 데루코라는 것을 알자 교코는 소름이 끼칠 것 같았다.

"뭐야, 누군가 했군."

"뭐야가 아니에요. 커피에 설탕을 넣어 주시구……. 좋군요."

데루코는 그렇게 말하고 고개를 숙인 교코에게 "오랜만이야, 교코 양. 여전히 예쁘구나." 하고 말했다.

일찍이 데루코는 교코에게 이렇게 말을 걸어 온 적이 한 번도 없었다.

"오랜만이구나."

교코는 기분이 언짢았다.

"자, 가와이도 앉지."

다케야마는 몸을 조금 비켜 주었다.

"실례해요."

데루코는 다케야마에게 몸을 기대는 것처럼 앉았다.

"글쎄, 실례지만 할 수 없지."

다케야마로서는 드문 그런 말투를 교코는 기쁘게 생각했다.

"무슨 인사가 그래요."

데루코는 그렇게 말하고 교코에게 생긋 웃어 보였다.

"교코 양, 그 머리는 너를 위해서 생긴 것 같은 헤어 스타일이야. 아주 썩 잘 어울리는데."

데루코의 다정한 시선에 교코는 당황하여 고개를 숙였다.

'어떻게 된 거지, 이 애가. 여고 시절에는 그렇게 지독한 말만 골라 하더니.'

교코에게는 데루코의 태도가 오히려 불안했다.

"선생님, 언제 교코와 결혼하세요?"

데루코는 금실로 수놓은 화려한 비단 핸드백을 열더니 담배를 꺼냈다.

"교코, 피겠어?"

"아아니, 난 못해."

교코는 고개를 들었다. 데루코의 미소가 부드럽게 교코를 감싸고 있었다. 교코는 마음을 놓을 수 없다고 생각했다.

"교코, 빨리 결혼하지 않고, 우물쭈물하다간 다케야마 선생님도 남자니까 남한테 빼앗겨 버린다구."

"잘 알지도 못하면서 그런 소리를 하면 곤란해."

다케야마는 난처한 듯이 데루코를 흘겨 보았다. 교코는 데루코가 다케야마를 사랑하고 있는 것이나 아닌지 불안해졌다.

"교코, 어제의 적은 오늘의 벗이라는 노래 있지. 이젠 그런 서먹서먹한 얼굴은 집어 치우자."

데루코는 그렇게 말하면서 문득 진지한 얼굴로 교코를 보았다.

"교코, 아무것도 모르고 있지?"

"무슨 일을?"

"왜 내가 여고 시절에 너를 원수처럼 여기던 까닭 말야."

교코는 딱딱한 표정이 되었다. 빵빵집 딸이라고 저주하던 일을 결코 잊을 수 없었다.

"다케야마 선생님은 벌써 아시는걸."

"선생님이?"

교코는 다케야마를 쳐다보았다.

"사실은 나도 어젯밤에 알았는데 어제 저녁에 스기하라하고 가와이가 내 방에서 만났지. 두 사람은 그 전부터 아는 사이였지 않아?"

"어머!"

오빠 료이치와 데루코가 어디서 알게 되었나 하고 교코는 놀랐다.

"말하자면 말야, 우리 아버지하고 당신네 어머니가 아주 오래 전부터…… 알겠지, 어떤 사이였는지?"

"응? 어머니가……."

교코는 너무 놀라 입을 열 수가 없었다.

"그래, 넌 아무것도 모르고 있었지만……. 나는 어머니의 눈물과 한탄, 부모의 싸움, 그런 속에서 소녀 시절을 보냈던 거야."

찻집 안은 쉴새없이 들락날락하는 손님으로 붐벼 떠들썩했다. 젊은 학생들의 웃음소리도 들렸다.

"어머!"

교코는 이제야 비로소 데루코의 적의에 찬 태도의 원인을 알 수가 있었다.

"나는 처음엔 너희 어머니만 없으면 우리 어머니도 행복해질 텐데 하고 얼마나 원망했는지 몰라. 그래서 너까지 미워했던 거야. 어린애였지."

교코는 큰 충격에 대답할 수가 없었다. 아직 놀라움이 가라앉지 않았다.

"하지만 이제 와서야 나도 조금은 알 것 같아. 너희 어머니에게만 잘못이 있는 게 아니라는 걸 말이야. 인간이란 자기도 어찌 할 수 없는 면을 가지고 있다는 사실을 말야."

다케야마는 어제 저녁의 데루코와는 전혀 다른 사람이 된 데루코를 거기에서 보았다. 하룻밤 사이에 데루코를 변하게 한 까닭을 알 것도 같았다.

"전혀 몰랐어. 정말 어떻게 하면 좋지?"

교코는 뭐라고 해야 좋을지 몰랐다.

"괜찮아. 우리 딸들이 알아야 별수없는 일이거든. 이런 얘기 해서 나쁜지는 모르겠지만 오히려 시원해졌어. 이젠 사이 좋게 지내자구."

데루코는 두 개피째 담배에 불을 붙였다.

"가와이."

다케야마는 견딜 수 없었다.

"왜요, 선생님?"

"그래서 자네는 교코의 오빠하고도 사이가 좋아졌다는 건가?"

"어머!"

데루코는 나직이 웃었다.

"선생님은 제 걱정 같은 거 하지 마세요. 그보다도 선생님이야말로 빨리 교코와 결혼하셔야지요." 하며 데루코는 새침하게 담배 연기를 내뿜었다.

마침내 다케야마가 계산대 쪽으로 가자, 데루코는 교코에게 말했다.

"다케야마 선생님은 나오미를 만나러 하코다데에 간 적이 있대. 너도 나오미 같은 것한테 지면 안 돼. 내가 응원할게 응?"

'선생님이 나오미를 만나러 갔었다고.'

교코는 갑자기 가슴 아픈 질투를 느꼈다. 료이치에게 다케야마가 하코다데에 찾아왔었다는 얘기는 듣지 못했다.

"저 주유소 옆으로 들어가서 50미터쯤 가면 우리 아파트예요. 잠시 들렀다 가세요."

찻집을 나오자 데루코는 다케야마와 교코에게 이렇게 권했다.

"아주 가깝군."

다케야마는 그렇게 말했을 뿐 데루코를 등지고 걷기 시작했다. 교코는 데루코에게 가볍게 고개를 숙이고 다케야마를 따라갔다.

하코다데 산에 벚꽃이 피었다는 소식을 듣고 나오미는 올해야말로 꼭 꽃구경을 해보고 싶다고 생각했다. 바로 집 앞에서 보이는 하코다데 산에조차 올라가 본 적이 없는 자신의 생활을 생각했다. 요즈음 료이치는 또 매일 밤 술을 마시고 들어왔다. 그러나 집에 가지고 들어오는 수입은 변함이 없었다.

그래서 어디서 그렇게 마실 돈이 생기는지 나오미는 더욱 불안했다. 나오미가 그렇게 말하면 "내게도 돈을 갖다 바치는 여자가 하나, 둘쯤은 있다구." 하며 료이치는 웃었다. 료이치가 마셔서 즐겁다면 나오미도 그것을 함께 기뻐하고 싶었다.

그러나 어디서 돈을 무리하게 만들어 쓰는 게 아닐까, 손을 대어서는 안 될 돈으로 마시고 있는 게 아닐까 하고 생각할 때도 있었다.

오늘은 아래층 현관에 귀를 기울이며 나오미는 레이스 뜨기를 하고 있었다. 조금이라도 돈이 되는 일이라면 하려고 이웃에서 뜨개질 감을 맡아 왔지만 큰 돈벌이가 되지 않았다. 아무리 힘들게 일해도 여자의 내직(內職)이란 별수없다고 생각하며 나오미는 안타까워했다. 직장에 다닌다면 조금은 큰 돈을 벌 수 있을 텐데 하고 생각했으나 료이치는 한사코 나오미를 밖에 내놓기 싫어했다. 현관 문 열리는 소리가 들렸다. 나오미는 살금살금 발 소리를 죽이고 가만히 내려갔다. 이렇게 매일 밤 늦으니 아래층 사람에게 미안했다.

"다녀오셨어요?"

무슨 일이 있더라도 나오미는 웃는 낯으로 료이치를 맞이하기로 결심하고 있었다. 료이치와 헤어지겠다는 생각을 돌이킨 뒤부터였다. 그러나 그런 나오미에게 료이치는 "이를 악물고까지 웃는 낯으로 맞을 건 없어." 라고 불쾌하게 말하곤 했다. 그러나 오늘 밤의 료이치는 기분이 좋아 보였다.

"아이구, 이렇게 내려오셔서 맞이해 주시니 황공하옵니다."

커다란 목소리였다.

"다들 주무시는데요……"

나오미는 속삭이듯 말했다.

"알았어, 알았어."

료이치도 속삭이듯 목소리를 낮추고 계단을 올라갔다.

"이제야 겨우 당신도 술꾼 마누라가 됐어."

료이치는 양복도 벗지 않고 자리 위에 벌렁 드러누웠다. 나오미는 미소를 지으며 물이 든 컵을 료이치 머리맡에 놓았다.

"마시겠어요?"

"음."

료이치는 엎드린 채 단숨에 물을 마셨다.

"나오미, 내일은 휴일인데 어디 놀러라도 가 볼까?"

"예, 어디요?"

나오미는 놀라며 료이치를 보았다. 방금 올해에는 꼭 벚꽃을 보러 가고 싶다고 생각한 나오미였다.

"음, 하코다데의 벚꽃도 피었다지. 다치마치사키 곶(立待坤)이나 고로가쿠(五稜郭)나 어디든 나오미가 가고 싶은 데로 가지."

"정말? 아이 좋아. 김밥이라도 싸 가지고 가요."

나오미는 료이치가 갑자기 이런 이야기를 꺼낸 것이 좀 불안하기도 했다. 하코다데에서 자란 나오미가 아는 사람과 만나는 것을 두려워하여 료이치는 지금까지 함께 외출하는 일이 없었다. 그러나 어쨌든 오래간만에 어디엔가 나갈 수 있다고 하니 기뻤다.

"자아, 유노가와의 수도원까지 가 볼까요. 당신은 아직 한 번도 못 가 보셨죠?"

료이치는 벌써 자고 있었다. 나오미는 자기도 모르게 미소를 지었다. 언제든지 이렇게만 마신다면 좀 늦어도 그렇게 괴롭지는 않겠다고 생각하며 나오미는 료이치의 양말을 벗겼다. 겨우 양복도 벗기고 이불을 덮어 주었다. 료이치가 얌전하면 이쪽도 마음이 부드러워지는 것이 당연한 일이면서도 이상했다.

내일 외출을 위해서 바지나 다려 두어야겠다고 생각한 것도 그런 부드러운 마음 때문이었는지 모른다.

나오미는 바지 주머니에서 휴지와 손수건을 꺼냈다. 또 한쪽 주머니에 손을 넣었더니 반으로 접은 편지 봉투가 나왔다. 나오미는 무심코 발신인 이름을 보고 깜짝 놀랐다.

발신인은 도쿄의 가와이 데루코이고, 수신인은 신문사의 료이치 앞이었다.

'동성동명(同姓同名)일까?'

나오미는 아직 저 가와이 데루코의 편지라고는 믿어지지 않았다. 편지 내용을 볼까 말까 망설였으나 이미 개봉되어 있는 그 편지를 보지 않을 수 없었다.

료이치 씨, 황금 주말에는 하코다테에 가겠습니다. 숙소를 잡아 주세요. 5월 1일 부터 4일까지. 이번 달에는 2만 엔 동봉합니다. 하지만 너무 많이 마셔서 몸이 해롭지 않도록 해요. 후에 만나 뵙고 중대한 이야기를 하겠습니다. 이런 짧은 편지도 때로는 좋아요? 하지만 당신처럼 "난 지금 웃고 있소. 안심하시오."라든가 "좋아해. 하늘은 맑고 파도는 높다."

같이 너무 짧아서 수수께끼 같은 편지 흉내는 못 내겠어요.

데루코

P.S

만나 뵙고 말씀드리려고 했지만, 걱정 좀 끼쳐 드려야겠어요. 나, 애기가 생긴 것 같아요. 당신 어떻게 할 거예요?

너무나도 뜻밖의 편지였다. 나오미는 너무나 어이가 없어 화를 낼 수도 없었다. 다리미 판이 타서 연기가 나는 것조차 나오미는 알지 못했다.

"

난로도 필요 없을 것 같은 따뜻한 4월 말의 밤이었다. 교코는 다케야마의 집에 놀러 와 있었다.

"교코, 연휴에는 아무데도 안 가나?"

다케야마는 하코다데의 나오미를 생각하고 있었다.

"아무데도 가고 싶지 않아요."

다케야마가 있는 삿포로 땅을 떠난다는 것은 단 하루라 해도 교코에게는 쓸쓸한 일이었다. 요즈음 다케야마의 하숙집에 교코는 자주 찾아왔다. 언젠가 데루코가 교코에게 한 말이 있다.

"남자란 멀리서 가만히 바라보고 한숨만 짓고 있으면 안 된다구. 좋으면 좋은 것처럼 찾아가기도 하고 편지도 하고 여러 가지 방법을 써야 되는 거야."

'여러 가지'라는 말에 데루코는 힘을 주어 말하며 교코를 격려했다.

"하지만 선생님은 나오미를 좋아하시는걸. 나 같은 건……."

교코가 자신 없다는 듯이 말하자 데루코는 웃었다.

"남자란 그림의 떡으로 배를 채울 만큼 로맨틱하지가 못하다구. 언젠가는 너를 갖고 싶을 때가 꼭 있을 거야."

데루코의 말을 교코는 잘 이해할 수 없었으나, 아무튼 다케야마를 찾는 일은 잦아졌다.

토요일 밤에는 꼭 다케야마를 찾아가곤 했다. 다케야마가 집에 없을 때는 편지라도 두고 왔다. 그런 일이 두서너 달 계속되니, 다케야마도 어느덧 토요일 밤은 교코가 찾아오는 것으로 알고 기다리게 되었다. 그것은 매일 아침 신문이나 우유 배달을 기다리는 것과 같은 심리적 필연이었지만, 상대는 교코지 신문이나 우유는 아니었다. 만일 토요일에 무슨 일이 생기면 다케야마도 교코에게 전화를 걸어 미리 연락하기도 했다. 오늘도 그 토요일 밤인 것이다.

"선생님은 어디 가시나요?"

다케야마와 둘이서 여행하는 거라면 즐겁겠다고 교코는 생각했다.

"글쎄……."

다케야마는 하코다데 산 기슭에 있는 나오미의 집을 눈에 떠올렸다. 그날 밤 뿌리치듯 뒤도 돌아보지 않고 아주 떠난 셈이었지만 자기의 뒷모습을 바라보고 있었을 나오미의 모습을 생각지 않을 수가 없었다.

"하코다데? 선생님."

마음을 꿰뚫은 듯한 교코의 물음에 깜짝 놀라 다케야마는 얼른 대답할 수가 없었다. 대답할 수 없다고 생각하니 얼굴이 달아올랐다.

"역시 그렇군요……."

가만히 다케야마의 얼굴을 지켜보던 교코의 눈에서는 금세 눈물이 흘렀다.

"바보같이 울긴……."

교코의 마음을 알고 있지만 다케야마는 되도록 모르는 척하고 지내고 싶었다. 교코의 마음이 분명하게 표현되지도 않은 채 결국 교코도 다케야마를 단념하고 다른 곳으로 시집갈 날이 올지도 모른다고 생각했기 때문이다.

"그래요, 전 바보예요."

교코는 토라진 듯 말했다.

"왜 그래, 교코, 뭐가 그렇게 화가 나지?"

다케야마는 얼굴을 가리고 고개를 숙인 교코를 내려다보았다. 크림빛 스웨터 안에 갸냘픈 흰 목덜미가 떨리고 있었다.

"화내고 있는 게 아니에요."

교코에게서 듣기 어려운 강한 말투였다. 교코는 다케야마에게서 얼굴을 돌린 채 일어섰다.

"교코!"

다케야마는 자기도 모르게 교코의 손을 잡았다. 교코는 놀란 듯이 어깨를 떨면서 무릎을 꿇더니 그대로 다케야마의 가슴에 안겨 버렸다. 다케야마는 자기가 교코를 가슴에 끌어당긴 것처럼 된 상황에 당황했다.

교코는 다케야마의 가슴에 얼굴을 묻은 채 움직이지 않았다. 다케야마는 교코를 어떻게 해야 좋을지 몰랐다.

"교코!"

다케야마는 교코의 어깨에 손을 얹고 그녀의 얼굴을 자기 가슴에서 살며시 떼었다. 교코는 다케야마를 보고 부끄러운 미소를 보였다.

이 두 사람의 모습을 유리창 너머로 바라보는 나오미를 다케야마는 물론 교코도 알 까닭이 없었다.

나오미는 삿포로의 밤 거리를 멍하니 걷고 있었다. 시계탑의 종소리가 9시를 알리는 것도 느끼지 못하고 있었다. 나오미의 가슴에는 방금 본 다케야마와 교코의 포옹하던 모습이 아로새겨져 있었다. 교코가 다케야마를 사모하고 있는 것을 나오미는 벌써부터 알고 있었다. 언젠가 삿포로 역 앞 찻집〈니시무라〉에서 "내가 선생님을 좋아해도 괜찮아?" 하고 교코는 나오미에게 물은 일이 있다. 그때 극히 간단하게 "괜찮아." 하고 대답한 일을 나오미는 잊고 있지 않았다. 그 무렵의 나오미는 아직 다케야마에게도 료이치에게도 분명한 감정을 갖고 있지는 않았기 때문이다.

그러므로 지금 다케야마와 교코가 서로 사랑하고 있다면, 그것은 오히려 축복해 주어야 할 일인지도 몰랐다. 교코의 친구로서, 교코의 올케로서 크게 기뻐해 주어도 좋을 일이었다. 그러나 지금 나오미의 가슴은 커다란 구멍이 뚫린 것처럼 외로웠다. 가슴속을 찬바람이 불며 지나가는 것 같았다.

어젯밤 뜻밖의 가와이 데루코가 료이치에게 보낸 편지를 읽어 버린 나오미는 잠시 무엇을 생각해야 좋을지 몰랐다. 료이치의 머리맡에 앉은 채 나오미는 몇 번이나 되풀이해서 데루코의 편지를 읽었을까?

"나, 애기가 생긴 것 같아요. 당신 어떻게 할 거예요?"

편지 속의 그 말이 데루코의 목소리로 변하여 나오미의 귓전에 몇 번이고 몇 번이고 집요하게 속삭이고 있는 것 같았다.

"당신 어떻게 할 거예요?"

"당신 어떻게 할 거예요?"

그것이 데루코가 료이치에게 물은 말이었는데도 나오미는 자기 자신이 그런 질문을 받고 있는 것처럼 착각했다. 그리고 그 물음에 뭐라고 대답해야 좋을지 알 수 없었다.

다만 언젠가 잡지에서 본, 머리가 크고 손발이 가는 태아의 모습이 나오미를 위협하듯 눈에 어른거리며 사라지지 않았다.

가끔 기침을 하면서도 취해서 곤히 잠들어 있는 료이치를 나오미는 흔들어 깨우고 싶은 심정이었다. 데루코에게서 온 이런 편지를 받고 나서도 어쩌면 료이치는 이렇게도 곤히 잘 수가 있을까 하고 나오미는 분노를 느끼기에 앞서 어처구니가 없었다.

더구나 가와이 데루코가 보내 준 돈으로 료이치가 술을 마시고 있었다고 생각하니 나오미는 료이치라는 인간에게 혐오보다도 모멸감을 느꼈다.

지금까지 료이치는 아무리 돈이 궁해도 어머니의 돈을 기다리거나 보내라고 조르는 일은 한 번도 없었다.

그런 점에서 나오미는 독립된 인간으로서의 료이치를 좋게 평가하고 있었던 것이다.

 그것은 그 나름대로 일찍이 마르크시스트로서 운동한 일이 있는 료이치의 유일한 프라이드처럼 나오미는 생각하고 있었다. 그런데 여자한테서 보내 오는 돈으로 술을 마시는 인간으로 전락했다고 생각하니 나오미는 료이치의 얼굴을 보는 것조차 싫어졌다. 그리고 이 일은 료이치가 데루코에게 아이를 갖게 했다는 사실보다도 더 깊은 상처를 나오미에게 주었다.

 '아내 아닌 여자에게 아이를 갖게 하는 남자는 또 있을 것이다. 그러나 여자에게 돈을 받고…… 그런 남자가…….'

 '남첩'이라는 고약한 말이 가슴에 떠올랐다. 나오미는 얼굴을 들 수 없는 심한 모욕감을 느꼈다.

 반사적으로 나오미는 다케야마 데쓰야를 만나고 싶다고 생각했다. 만나서 어쩌자는 건지 나오미 자신도 알 수 없었다. 다만 다케야마를 만나기만 하면 자기가 취해야 할 바를 알 수 있을 것 같았다. 밤새껏 료이치는 자꾸만 기침을 하고 괴로워했다. 그러나 나오미는 료이치가 아직 깨기 전에 집에서 빠져 나왔다. 지금은 다만 다케야마를 만나고 싶었다.

 삿포로까지 가는 차 속에서의 8시간, 나오미에게는 봄 바다의 출렁임도 저 멀리 있는 아련한 산의 자태도 눈에 들어오지 않았다. 나오미는 다케야마를 만난 순간의 자기 모습을 몇 번이고 상상해 보았다. 나오미의 가슴속에는 이제 아무 거리낌없이 당당하게 다케야마의 품으로 돌아간다는 생각이 없지 않았다. 그리고 그런 자기를 다케야마가 어떻게 맞아 줄까 하고 나오미는 생각했다.

료이치에게 배신당한 억울함이나 데루코에게 료이치를 빼앗긴 원통함이 강하면 강할수록 나오미의 마음은 급속도로 다케야마에게 기울어져 갔다. 삿포로 역에 내려서 나오미가 곧장 미장원으로 간 것도 다케야마에게 보이기 위함이었다. 토요일의 미장원은 몹시 붐볐다. 그러나 다케야마를 만난다는 그 사실이 나오미의 피곤한 몸을 지탱해 주고 있었다. 미장원에서 나오니 밖은 이미 어두워져 있었다. 어두운 뜰에 서서 나오미가 본 다케야마와 교코의 모습은 그런 그녀의 마음을 산산이 찢어 놓았다. 나오미는 료이치에게도 다케야마에게도 버림받은 자신의 처절한 모습을 인정하지 않을 수가 없었다.

'잘 됐어.'

걸어가면서 나오미는 스스로를 비웃듯이 몇 번이고 중얼거렸다. 료이치와 데루코, 다케야마와 교코, 그런데 자기는 대체 누구 곁으로 가야 좋은 것인가 하고 나오미는 멈칫거렸다. 나오미는 자기가 어디로 가고 있는지 몰랐다.

전등불에 환한 가게 앞에서 여고생 대여섯 명이 빠른 걸음으로 나오미를 앞질러 갔다. 나오미는 자기가 무척 나이를 많이 먹은 사람 같았다. 나오미는 멈춰 서서 여고생들의 뒷모습을 가만히 바라보고 있었다. 다시는 돌아오지 않을 옛날의 자기 모습을 영영 떠나 보내는 마음이었다.

나오미는 다시 삿포로 역으로 돌아왔다. 어딘가 먼 곳으로 떠나고 싶은 고독감이 엄습해 왔다. 역 대합실 벤치에 앉아 나오미는 멍하니 방금 도착한 기차를 창 너머로 바라보고 있었다. 많은 사람을 삼켰다가는 뱉어내는 역이 지금의 나오미에게는 비정한 곳으로만 생각되었다.

'모두들 무슨 목적으로 어디로 가려는 걸까?'

이렇게 많은 사람들이 어떤 목적이나 볼일이 있어 여행을 하고 있는 것이 이상했다.

자기도 또한 이 삿포로 역을 떠났을 때는 료이치를 하코다데까지 배웅할 목적으로 떠났었다. 설마 오늘에 이르기까지 2년 4개월이라는 세월을 료이치 곁에서 살리라고는 나오미 자신도 생각지 못한 일이었다.

'인생도 여행이라고 말하지만……'

자기의 인생을 대체 무슨 목적으로 살고 있는가 하고 나오미는 자기 발밑으로 시선을 떨구었다. 쏘다니던 구두가 지저분했다. 그 구두가 지금의 자기 자신을 상징하고 있는 것처럼 나오미에게는 생각되었다.

'나는 료이치를 사랑하겠다고 염원했었다.'

그러나 그것이 과연 자기가 사는 참 목적이었는지 나오미는 료이치와의 지난 2년 남짓한 생활을 생각해 보았다. 그것은 오로지 사랑으로써 전력을 다한 생활과는 거리가 먼 것이었다. 한 사람을 사랑하여 그 사람을 위해 목숨을 불태우는 일생도 존귀하고 아름답다고 생각했다. 그러나 자기는 료이치를 사랑해 낼 수 없었다는 것을 인정하지 않을 수가 없었다.

역에서 몇 번인가 열차가 들어왔고, 그리고 나가 버렸다. 대합실의 사람들도 여러 차례 바뀌었고, 남아 있는 몇몇 사람의 표정도 모두 지쳐 있었다. 정신을 차리고 보니 역의 시계는 11시를 조금 지나고 있었다.

'아무튼 이제부터 나는 무엇을 목적으로 살아가야 좋단 말인가?'

나오미는 망연히 일어섰다. 어디 갈 곳이 없었다. 여관에 들 만한 돈도 없었다. 역 앞의 거리는 밝았지만 2, 3백 미터쯤 옆으로 접어드니 거리는 이미 잠이 든 듯 지나가는 사람도 드물었다.

문득 나오미는 오르간 소리를 들은 것 같아서 걸음을 멈췄다.

'내 진정 사모하는

친구가 되시는……'

그리운 찬송가 곡조였다. 어두운 거리에 서서 나오미는 주위를 둘러보았다. 자세히 보니 바로 옆에 하얀 교회 건물이 있었다. 나오미는 오르간 소리가 들려오는 교회 창 아래까지 다가가 섰다. 누군가 오르간 연습을 하고 있는지 은은한 선율이 흘러 나왔다.

'온 세상 날 버려도

주 예수……'

오르간 소리를 들으면서 나오미는 찬송가 가사를 생각하고 있었다. 정말이지 나오미는 자신이 이 세상 모든 사람들에게 버림받은 것 같은 서러움이 복받쳐 참을 수 없이 눈물이 흘렀다. 한번 흐르기 시작한 눈물은 그칠 줄 모르고 자꾸만 자꾸만 볼을 타고 흘렀다. 어느새 오르간 소리는 그쳤고, 창의 불빛도 꺼져 있었다. 그러나 나오미는 굳어 버린 양 어둠 속에 언제까지나 서 있었다.

지금 나오미는 아버지와 어머니를 생각하고 있었다. 부모를 거역하고 집을 나온 이상 나오미는 부모님께로 돌아갈 수는 없다고 결정해 버렸다. 설령 길거리에 쓰러져 죽는 한이 있어도 집에 돌아갈 수는 없다고 생각했다. 무슨 낯으로 돌아갈 수 있겠느냐고 생각했지만, 지금의 나오미로서는 아버지와 어머니가 견딜 수 없이 그리웠다.

지나던 길에 서성이던 낯선 교회 창 밑에서, 지금까지 억눌러 왔던 부모에 대한 그리움이 한꺼번에 나오미의 가슴에 물밀듯이 밀려왔다.

'아버지와 어머니를 저버린 불효자……'

아무리 호된 꾸중을 들어도 비웃음을 받아도 좋다고 나오미는 생각했다. 나오미는 부모 앞에서 두 손 모아 용서를 빌고 싶었다.

"아버지, 어머니, 용서해 주세요. 제가 잘못했습니다. 저는 료이치 한 사람도 사랑할 수 없는 어리석은 인간이었습니다."

그렇게 빌고 싶었다.

"사람 하나쯤 저도 사랑할 수 있어요." 하고 장담하던 자신이 부끄러웠다.

일단 가고 싶다고 생각하자 아무튼 빨리 가고 싶어졌다. 예배당 벽을 기어오르던 담쟁이와 뜰의 흰 울타리가 눈에 선했다. 거실의 커튼 무늬와 난로의 불이 타오르는 모양까지도 눈앞에 보는 것처럼 생생하게 떠올릴 수 있었다.

그리고 아버지의 사랑에 찬 눈길과 어머니의 소탈한 말씨가 따뜻하게 가슴속에 되살아났다. 이 세상에서 가장 그리웠어야 할 부모님께 왜 오늘까지 편지 한 장 드리지 못했던가? 어떻게 결코 다시는 돌아가지 않으리라는, 생각을 할 수 있었던가? 나오미 자신도 자기의 마음을 알 수 없었다. 자동차 헤드라이트에 나오미의 그림자가 크게 흔들렸다. 나오미는 손을 들어 차를 세웠다.

차에서 내리자 그립던 예배당이 거무스름한 하늘에 우뚝 서 있었다. 나오미는 숨을 죽이며 예배당을 바라보았다.
이미 고스케와 아이코는 잠들었을지도 모른다고 생각하며 발 소리를 죽이며 목사관 앞까지 갔다.
'아, 아버지는 아직도 주무시지 않는구나.'
서재에는 불이 켜져 있었다. 커튼에 가려 방안은 보이지 않았다. 그러나 자기가 서 있는 곳에서 1미터도 되지 않는 거리에 아버지가 계시다고 생각하니 나오미는 가슴이 뜨거워졌다.
'아버지, 저 나오미예요.'
나오미는 현관 문에 가만히 손을 대보았다. 잠겼을 줄 알았던 문이 뜻밖에도 드르륵 하고 가볍게 열렸다.
깜짝 놀라 몸을 움츠렸을 때, 서재의 문이 재빨리 열리며 고스케가 커다란 몸을 드러냈다.
"오오, 나오미가 아니냐?"
반가움에 넘친 목소리와 함께 고스케는 맨발로 달려나왔다.
문을 반쯤만 열고 현관 밖에서 고개를 숙이고 있는 나오미의 어깨를 껴안으며 고스케가 큰소리로 외쳤다.
"여보! 나오미야. 나오미가 돌아왔어요!"

고스케의 품에 안기며 나오미는 구두를 벗었다.

"아니, 나오미가?"

마침 목욕을 하고 있었는지 아이코는 젖은 몸에 욕의가 찰싹 달라붙어 있었다.

"잘 왔다."

아이코는 나오미의 볼을 살짝 쥐었다. 고스케도 아이코도 많이 여윈 것 같았다.

"죄송합니다."

나오미는 두 사람 앞에서 두 손을 모으고 절했다. 얼굴을 들 수가 없었다.

"괜찮다, 괜찮아."

고스케는 잠시 눈시울을 손 끝으로 눌렀다.

"역시 밤중이군요, 여보."

아이코 쪽이 고스케보다 한결 여유 있어 보였다.

"음."

고스케는 아직도 눈시울을 누르고 있었다.

"나오미야, 아버지는 네가 언제 돌아올지 모른다며, 만일 밤중에라도 와서 현관 문이 잠겨 있어 그대로 가 버리면 딱한 일이 아니겠냐고 하시면서 그때부터 밤이나 낮이나 현관을 잠근 일이 한 번도 없었단다. 설마 밤중에 올 리야 있겠냐고 내가 말했지만 말야. 그랬는데 역시 밤중이었구나."

"아아……."

목사관은 곧잘 좀도둑이 노리는 곳이다. 나오미는 자기도 모르게 왈칵 울음을 터뜨렸다. 2년이 넘도록 매일 밤낮으로 부모님이 언제 돌아올지도 모르는 자기를 그렇게 기다려 주었다고 생각하니 어떻게 용서를 빌어야 좋을지 알 수 없었다.

"그야 대낮에 둘이서 당당히 돌아와 준다면 더욱 기쁜 일이지만 말이다."

이렇게 혼자 돌아올 나오미를 고스케는 예상하고 있었던 것 같다.

나오미의 지친 모습을 보고 고스케도 아이코도 사정을 짐작하는 것 같았다. 그러나 "오늘 밤은 푹 자도록 해라. 얘기는 내일 천천히 듣자꾸나." 하고는 고스케나 아이코는 아무것도 물으려고 하지 않았다.

이불 속에 들어가 누웠어도 나오미는 좀처럼 잠을 이룰 수가 없었다. 양말 바람으로 현관 바닥으로 달려 내려와 반겨 준 고스케의 모습, 젖은 몸을 닦을 겨를도 없이 목욕탕에서 뛰어나온 아이코의 모습이 나오미의 마음을 예리하게 파고들었다. 거기에는 다만 무한한 사랑의 모습뿐이었다. 부모를 거역하고, 게다가 아무 소식도 전하지 않았던 딸에게 책망하는 말도 표정도 없었다. 책망을 받지 않는다는 일은 책망을 받는 것보다 더 괴로운 일이다.

'나는 료이치에게 도저히 이렇게 할 수는 없다.'

몇 년이나 문을 잠그지 않고 언제든지 딸을 맞이하려고 기다리던 아버지의 사랑, 그 한 조각도 자기에게는 없다고 나오미는 생각했다. 그뿐 아니라 나오미는 몇 번이나 료이치를 집으로 들어오지 못하게 했을지 모른다.

료이치를 생각하니 나오미는 온몸의 세포 속으로 독소가 스며드는 것 같았다. 더욱이 료이치가 전보의 글귀 같은 짧은 편지를 데루코에게 써 보냈다는 사실에 나오미는 온몸에 소름이 끼쳐 왔다. 나오미는 결혼 전에 료이치에게서 그런 짧은 편지를 몇 번인가 받은 일이 있었다. 그리고 그때마다 그 너무도 짧은 편지에 오히려 료이치의 진실을 느끼곤 했었다.

　그렇기 때문에 똑같은 편지를 료이치가 데루코에게 보내고 있었다는 사실은 나오미에게 참을 수 없는 치욕이었다. 그것은 아이가 생긴 일보다도, 데루코에게서 돈을 받고 있었다는 일보다도 더 나오미의 마음을 할퀴는 것이었다. 료이치가 나오미와 데루코를 똑같이 취급한다는 것이 나오미로서는 절대로 용서할 수 없는 일이었다.

　"나는 나오미 양에 의해 새 사람이 되련다."

　료이치는 한때 나오미에게 그렇게 말했던 것이다. 그러나 이 같은 말을 료이치는 데루코에게도 했으리라고 나오미에게는 생각되었다.

　'만일 아버지가 내 입장이 된다면 료이치를 어떻게 하실까?'

　나오미는 오랜 시간 잠자는 것을 잊고 있었다.

　이튿날 아침 나오미는 11시를 알리는 시계 소리를 이불 속에서 듣고 있었다. 집 안이 조용했다. 나오미는 그냥 눈을 감고 가만히 있었다. 잠시 후 예배당 쪽에서 찬송가가 들려왔다.

　'아아, 오늘이 일요일이었구나!'

　목사의 딸이면서 주일을 잊고 있었구나 하고 나오미는 쓴웃음을 지었다. 그때 이불 아래쪽에서 남자의 기침 소리가 들렸다. 깜짝 놀라 몸을 일으켜 보니 료이치가 기운 없이 웃고 있었다.

"깼어? 곤히 자더군."

부드러운 목소리였다. 나오미는 굳은 표정으로 잠옷 깃을 여몄다.

"어딜 갔나 하고 걱정했어."

료이치는 그렇게 말하면서 다시 기침을 했다. 나오미는 료이치를 외면한 채 말없이 옷을 갈아입기 시작했다.

"그 편지를 읽은 거지?"

료이치의 말을 등뒤로 들으면서 나오미는 이불을 갰다. 료이치가 뭐라고 하든 나오미는 들을 생각이 없었다. 모든 것이 거짓으로 보였다.

"아이가 생긴 것 같다는 거, 그건 엉터리야."

'엉터리'라는 말에 나오미는 싸늘하게 웃었다.

"그러니 그렇게 화낼 건 없어……." 하다가 료이치는 다시 기침을 했다. 나오미가 자기도 모르게 놀라 뒤돌아볼 정도로 심한 기침이었다. 그러나 등을 쓰다듬어 줄 생각은 없었다. 기침이 멎은 료이치는 뭐라고 말하려고 했으나 나오미의 차디찬 표정을 보고 입을 다물었다.

잠시 후 현관문이 드르륵 하고 열리더니 고스케와 아이코가 들어왔다. 두 사람은 료이치를 보자 기쁜 듯이 똑같이 말했다.

"잘 왔어요."

딸의 남편을 맞이하는 말투였다. 료이치는 몸둘 바를 몰라 하며 머리를 숙였다.

"정말 잘 왔어요. 아니 그래, 나오미는 여태 차도 대접을 안 했나 봐."

찾아오기 힘든 곳을 찾아온 료이치를 위로하는 마음이 아이코의 말에 담겨 있었다.

"어떻게 된 거야, 부부 싸움인가?"

고스케도 늘 오던 사람을 대하듯이 대수롭지 않게 농담처럼 말했다.

"아, 아닙니다. 저……."

료이치가 머리를 긁적이며 말했다.

"음, 어서 식사 준비를 하도록 하지."

고스케가 아이코를 돌아보았다. 빵과 치즈뿐인 간단한 식사였다.

"대체 어떻게 된 거야?"

고스케의 말에 나오미는 차디찬 시선으로 료이치를 쳐다보았다.

"그런 얼굴을 하는 게 아니야, 나오미."

"하지만…… 너무해요."

비로소 나오미가 입을 열었다.

"뭐가 너무하니, 나오미야?"

아이코가 료이치의 빵에 잼을 발라 주면서 말했다.

나오미는 말없이 따뜻한 우유를 한 모금 마셨다. 자기 입으로 료이치의 행동을 말하기에는 나오미의 자존심이 허락하지 않았다.

"제가 잘못했기 때문에 이 사람이 화를 내는 것도 무리는 아닙니다만……."

료이치는 말하기 거북한 듯이 데루코의 이야기를 꺼냈다.

"그 여자는 나오미의 동창생이었습니다……."

말을 끝낸 료이치의 이마에는 땀이 송알송알 맺혀 있었다.

"그랬어요?"

아이코는 약간 한숨을 지었다. 고스케는 묵묵히 두어 번 고개를 끄덕이고 있었다.

"그뿐이 아니에요."

그때까지 고개를 숙이고 있던 나오미가 얼굴을 들었다.

"뭐 또 잘못했나? 내가……."

료이치가 겁먹은 듯이 나오미를 보았다.

"돈을 받고 있지 않았어요?"

자기에게 보냈던 편지와 똑같은 편지를 데루코에게도 보냈다는 얘기도 나오미는 하고 싶었다.

"아아, 그거?"

료이치는 안심한 듯 끄덕였다. 그 말투가 나오미를 몹시 놀라게 했다. 료이치는 여자에게서 돈을 받는다는 일에 아무런 저항도 느끼고 있지 않은 것 같았다.

"용서해 주어야지."

불쑥 고스케가 말했다.

"어머."

용서라니, 절대 그럴 수 없다고 나오미는 생각했다.

"나오미, 인간이란 서로 미워하도록 태어난 거야. 서로를 배신하도록 되어 있는 거지. 어떤 성실한 인간이라도 마음속으로는 얼마나 많은 사람을 배신하고 있는지 몰라."

나오미는 다케야마를 생각했다.

"나오미, 한 사람쯤은 사랑할 수 있다고 말했지? 사랑하는 건 용서하는 거라고 아버지가 말했을 거야. 잊어버렸나?"

잊은 건 아니었다. 그러나 때에 따라 용서할 수 있는 일과 용서할 수 없는 일이 있다고 나오미는 생각했다.

"나오미, 사람은 잘못을 저지르지 않고는 살 수 없는 존재야. 신이 아니니까 말이야. 같은 지붕 밑에 산다는 것은 용서해 가며 살아가는 것이란다."

'하지만 나는 더 이상 료이치와 한 지붕 밑에서 살아가는 것은 싫어요.'

"나오미, 너 자신도 몇 번이고 남에게 용서를 받아야 할 존재란 걸 잊으면 안 돼."

나오미는 뜨끔하여 고스케를 보았다. 자기 자신도 모든 것을 용서받고 어젯밤 이 집에 들어올 수 있었다고 나오미는 생각했다. 자기는 부모님께 용서를 받았는데 왜 똑같이 료이치를 용서할 수 없는 것인가 생각하며 나오미는 가까스로 료이치에게 시선을 돌렸다.

만일 어젯밤에 다케야마 집에 교코가 없었다면 자기도 다케야마의 하숙방에서 잤을지 모른다. 그리고 그 결과가 어찌 되었을지는 알 수 없다. 또 료이치와 교코를 동시에 배신하게 되었을지도 모른다고 나오미는 생각했다.

'남자와 여자의 만남의 미묘함, 그것은 좋다든가 나쁘다든가 하는 말보다 오히려 약하다는 말이 더 어울릴지 모른다. 남자와 여자 사이에 있는 기묘하고 강렬한 힘 앞에서는 평상시의 윤리나 도덕도 거의 무력하게 된다. 내가 다케야마 선생님께 끌린 일만 해도 그렇다. 남의 아내가 다른 남성에게 마음을 준다는 것이 나쁜 줄은 안다. 그러나 이처럼 끌린다는 어쩔 수 없는 마음의 움직임은 도대체 무엇일까? 하고 나오미는 생각했다.

나오미는 이성으로는 다스릴 수 없는 마음의 움직임이 두렵기만 했다. 인간이란 것이 말할 수 없이 약한 존재로 여겨졌다. 그렇다고 그 약한 그대로 행동한 료이치를 동정할 수는 없었다.

"아버지, 전 도저히……."

나오미가 그렇게 말하려 했을 때, 료이치가 "윽!" 하고 이상한 소리를 내더니 급히 손수건을 입에 대었다. 금세 손수건은 시뻘겋게 물들었다.

"왜 그러세요?"

쌀쌀하던 나오미도 황급히 료이치 곁으로 왔다. 아이코가 가져온 대야에 료이치는 피를 토했다. 선혈이었다. 곧 이불을 펴고 안정시켰으나, "괜찮습니다. 집으로 가겠습니다." 하고 료이치는 한사코 마다했다. 나오미가 먼저 료이치의 어머니에게 전화를 걸었다.

"아니, 피를 토했어?"

눈썹을 여덟 팔자로 찌푸린 것 같은 목소리였다. 그 목소리는 걱정이라기보다는 잔뜩 겁먹은 듯한 목소리였다.

"죄송합니다."

료이치의 아내로서 나오미는 그렇게 대답할 수밖에 없었다.

"이봐요 나오미, 그거 폐병 아냐? 난 폐병이라면 질색이야. 폐병이란 말만 들어도 소름이 끼쳐요. 제발 부탁이니 집에는 데리고 오지 말아 줘. 비용은 어떻게 해볼 테니까 어디 병원에라도 데리고 가 봐."

노부코의 말에 나오미는 문득 료이치가 불쌍해졌다.

"당분간 몸을 움직이지 않는 편이 좋을 거라고 하시던데요."

나오미는 노부코의 전화 내용을 그대로 전할 수가 없었다.

"어머니는 폐병이라면 질색이야."

료이치는 좀 쓸쓸한 듯이 웃었다.

"여기도 료이치의 집이 아닌가요?"

아이코가 그렇게 말하자, 나오미도 끄덕이며 "염려할 것 없어요." 하고 위로하지 않을 수 없었다.

근처의 내과 의사에게 보이니 요양원에 들어가는 것이 좋겠지만 당분간은 움직이지 말고 안정하라고 말했다.

그 날 오후부터 료이치의 열은 높아졌다. 료이치는 넓은 사막을 누구에게 쫓기듯 걸어가는 꿈을 꾸었다. 뜨거운 태양이 이글이글 내리쬐는데 태양은 어디에도 보이지 않았다. 사막이라고 하는데도 따라오는 사람의 발 소리가 무서울 정도로 크게 울렸다. 료이치는 소리를 질렀다.

"괴로운가?"

눈을 뜨니 고스케의 부드러운 미소가 료이치를 지켜보고 있었다.

나오미의 모습은 보이지 않았다.

"아아, 나오미는 지금 막 잠이 들었어."

2시를 알리는 시계 소리를 료이치는 들었다.

'아아, 한밤중이었구나.'

고스케가 밤새 자지도 않고 간호해 주는구나 하는 생각과 함께 료이치는 다시 깊은 잠 속에 빠져 들어갔다.

12

료이치가 객혈(喀血)한 다음날은 아침부터 비가 내리고 있었다. 벌써 5월이 되었는데도 북국의 비는 아직 차가웠다. 나오미가 수면 부족으로 피곤한 몸을 겨우 일으켰을 때 전화 벨이 울렸다. 나오미는 머리맡에 놓인 탁상 시계를 보았다. 6시 30분이었다.

이렇게 일찍 아침부터 걸려오는 전화는 대개 신자가 위독하다든가 죽음을 알리는 경우가 많았다. 잠옷 차림으로 나오미는 수화기를 들었다.

"예, 히로노씨댁입니다."

"여보세요, 료이치 씨를 부탁합니다."

여자 목소리였다. 나오미는 귀에 익은 목소리라고 생각했다.

"저어, 스기하라는 몸이 불편해서 누워 있는데 누구신가요?"

상대방은 잠시 말이 없었다. 그때 비로소 나오미는 전화의 목소리가 누군지 알았다.

"여보세요, 정말 아픈가요? 아파도 잠깐 전화 좀 바꿔 주세요. 나오미지? 나 가와이 데루코야."

역시 데루코였다. 이번에는 나오미가 침묵을 지킬 차례였다. 데루코가 나직이 웃는 소리가 들렸다.

"왜 그래? 나오미, 료이치 좀 바꿔 주지 그래."

데루코는 도전하듯 료이치의 이름을 함부로 불렀다. 나오미는 몸이 부르르 떨렸다.

"료이치한테서 내 얘기 못 들었어? 료이치는 내가 부르기만 하면 언제 어디서든지 만나 주기로 약속이 되어 있어."

"……."

2만 엔을 동봉한다는 데루코의 글씨가 눈에 선했다.

"그 약속을 지키지 않았단 말이야. 너무해. 그래서 나 일부러 도쿄에서 내려온 거야."

데루코는 나오미의 감정을 무시하고 있었다. 그것은 도리어 상처를 주고야 말겠다는 태도였다.

"료이치는 비겁해. 료이치는 내게 애기가 생겼다는 말을 듣고 도망간 거야."

편지로 알고는 있었으나 데루코의 입으로 분명히 들으니 나오미는 온몸을 찌르는 것 같은 아픔이 느껴졌다.

"스기하라는 객혈을 했어요."

"어머 객혈? 그럼 나 오늘 문병 갈게."

믿을 수 없다는 듯한 데루코의 목소리였다.

"하지만 당분간은 아무도 만나지 않는 편이 좋다고 생각되는데."

"그렇지만 나오미는 만나고 있잖아. 나 애기 일로 의논할 게 있다구. 료이치는 아버지로서 의논해야 할 의무가 있어."

나오미는 대답할 말이 없었다.

"낙태하려면 해야 할 시기가 있지 않아? 늦으면 낙태시킬 수도 없게 된다구. 그래도 괜찮아, 나오미 씨?"

데루코는 급소를 찌르듯이 말하고 전화를 끊었다.

나오미는 한동안 전화기 앞에 망연히 서 있었다. 데루코의 마음을 나오미는 이해할 수가 없었다. 그것은 적어도 남의 남편을 빼앗은 사람이 할 수 있는 말이라고는 생각할 수 없었다. 화가 나야 당연할 텐데 나오미의 마음은 묘하게도 냉랭해진 느낌이었다.

옷을 갈아입고 병실에 나가 보니 아이코가 료이치의 머리맡에 앉아 있었다.

"어디서 온 전화니?"

"예, 저……."

나오미는 료이치를 보았다. 료이치는 긴 속눈썹을 감고 잠들어 있었다.

정오가 지났을 무렵이었다.

"실례합니다."

현관에 누가 온 것 같아 나오미가 나가 보니 청색 투피스를 입은 교코가 서 있었다.

"어머나 교코, 오래간만이야!"

나오미는 다케야마에게 안겼던 교코의 모습을 잠시 떠올렸다. 그러나 오래간만에 만나는 교코는 반가웠다. 그런데 교코는 좀 머뭇거리는 표정으로 "그동안 안부도 전하지 못하고 지내서……." 하며 머리를 숙였다. 오빠 료이치의 병을 걱정하고 있는 거겠지 하며 나오미는 교코의 표정에 그다지 신경을 쓰지 않았다.

"어서 올라와."

"응."

교코는 왜 그런지 주춤거리며 올라오려고 하지 않았다.

"왜 그래? 어서 올라오라니까."

교코는 말없이 고개를 떨구었다. 그런 교코를 처녀답고 아름다워졌다고 생각하면서 "아니, 교코도 폐병을 무서워해?" 하고 웃었다.

"아아니……."

여전히 우물쭈물하며 교코는 뒤를 돌아보았다.

"누구하고 같이 왔어?"

나오미가 말했을 때 "그래, 나하고 같이 왔어." 하고 데루코가 현관으로 들어왔다.

"어머나!"

어떻게 교코가 데루코와 같이 왔을까 하고 생각하면서도 새하얀 투피스를 입은 데루코의 아랫배로 나오미의 시선이 쏠렸다. 교코는 여전히 말없이 고개를 숙이고 있었다. 료이치의 동생인 교코를 데루코는 강제로 앞세워 여기까지 찾아왔는지도 모른다고 나오미는 생각했다. 그렇지 않고서는 그렇게 사이가 나빴던 두 사람이 나란히 찾아올 리는 만무였기 때문이다.

나오미는 할 수 없이 두 사람을 안으로 들였다.

"면회할 수 없을 만큼 나쁘지는 않겠지?"

데루코는 레이스 장갑을 벗으면서 높은 목소리로 말했다. 데루코의 목소리를 듣고 료이치가 나오리라고 생각하는 것 같았다. 고스케와 아이코는 각기 볼일이 있어 외출 중이었다.

병실에 들어가자 데루코는 눈을 감고 있는 료이치를 내려다보며 말했다.

"그렇게 황금 주말에 나하고 만나는 것을 기다렸는데…… 평소에 몸조심을 하지 않았기 때문이에요."

나오미에게 들으란 듯한 말투였다.

"아, 당신이……."

료이치의 창백한 얼굴이 더 새파랗게 질렸다. 료이치는 겁에 질려 나오미를 보았다. 나오미는 마치 남을 보듯이 료이치와 데루코를 번갈아 보았다.

"진짜 환자 같으니까 이번만은 우선 용서해 드리죠. 하지만 내가 만나고 싶다고 할 때는 언제든지 만나 준다는 약속을 잊어서는 안 돼요."

데루코는 료이치의 머리맡에 바짝 다가가 료이치의 손을 잡았다.

교코는 데루코 옆에 바짝 붙듯이 앉았다.

"뭐 여기까지……."

료이치가 언짢다는 듯이 데루코를 쳐다보았다.

"어머, 할 수 없잖아요. 물론 당신 집에는 찾아오지 않기로 약속은 했죠. 하지만 뱃속의 아기를 의논해야 하지 않겠어요?"

료이치는 흘끗 나오미를 보았다. 나오미가 일어섰다.

"나오미도 여기 있어."

데루코가 명령이라도 하듯이 말했다.

"하지만 내겐 상관없는 이야기잖아. 교코, 우리 자리를 피하자."

나오미는 자기의 마음이 말할 수 없이 차가워지는 것을 느꼈다.

"하긴, 나오미와 관계가 없을지도 몰라."

"물론 그렇지."

매달릴 듯한 료이치의 시선을 느끼면서 나오미는 무심히 밖을 내다보고 있었다.

"하지만 만일 내가 아이를 낳고 그 아이를 료이치가 맡겠다고 한다면 어떻게 할 셈이야?"

"두 분이서 기르시죠."

교코가 소스라치게 놀라서 얼굴을 들었다.

"어머, 그럼 헤어진다는 거야?"

데루코는 좀 당황한 듯이 말했다.

말없는 나오미의 얼굴을 세 사람은 각기 다른 표정으로 지켜 보았다. 료이치의 얼굴은 고통으로 일그러졌다. 데루코는 다소 어이가 없다는 표정이며, 교코는 몹시 겁에 질려 있었다. 교코에게 나오미의 이혼은 남의 일이 아니었다. 혼자가 된 나오미와 다케야마가 맺어지는 것이 교코에게는 눈에 보이는 것 같았다.

"헤어져서 다케야마 선생하고 결혼하고 싶다 이거지?"

데루코가 차갑게 웃었다. 나오미는 조용히 데루코를 본 다음 다시 교코를 보았다.

'다케야마 선생님께는 교코가 있잖아.'

그렇게 말하려다 나오미는 깜짝 놀랐다. 데루코의 슈트 가슴에 달린 파란 브로치와 똑같은 브로치를 교코의 가슴에서 보았기 때문이다. 그것은 우연이라고만 생각되지는 않았다. 분명히 무서운 브로치였다. 교코도 차가운 비수를 자기에게 들이대는 것을 나오미는 확실히 느꼈다.

나오미는 말없이 미닫이에 손을 댔다.

"나오미!"

료이치는 큰 소리로 나오미를 불렀다. 그 순간 료이치는 다시금 머리맡의 대야에 피를 쏟았다.

예배를 마치고 다케야마가 다른 사람들보다 뒤늦게 현관을 나왔을 때였다. 다케야마는 자기도 모르게 그 자리에 섰다. 예배당 앞에 있는 검은 승용차 곁에 선 여인의 뒷모습이 나오미와 똑같았기 때문이다.

차가 떠나자 여인은 공손히 머리를 숙여 배웅했다.

'역시 나오미다.'

다케야마는 다리가 떨리는 것을 느꼈다.

"나오미 씨!"

다케야마는 나오미 앞에 서 있었다. 나오미는 다케야마를 보더니 머리를 숙였다. 놀라는 기색도 반가워하는 표정도 없었다.

"언제 삿포로에 오셨습니까?"

다케야마의 목소리는 떨렸다. 다시 이곳에 나오미가 돌아올 날이 있으리라고는 예상하지 못했던 일이었다.

"4월 말이요."

나오미는 먼 곳을 바라보는 것 같은 표정을 지었다. 다케야마와 교코가 포옹하던 모습이 떠올랐다.

"그럼, 일주일도 더 되지 않았습니까?"

왜 알리지 않았느냐고 다케야마는 묻고 싶었다.

"예에."

"스기하라도 함께 가요?"

"교코에게서 말씀 못 들으셨어요?"

나오미는 비로소 똑바로 다케야마를 보았다. 야무진 다케야마의 성격이 얼굴에 드러났고 더욱 시원스런 표정을 하고 있었다.

"교코가!"

다케야마는 살짝 얼굴을 붉혔다.

"교코는 1주일 전쯤 스기하라의 문병을 왔었어요."

"그랬습니까?"

다케야마는 어제 여느때와 다름없이 밤에 찾아왔던 교코를 생각했다.

교코는 까만 벨벳 드레스를 입고 왔다. 살결이 흰 교코에게는 까만색이 잘 어울렸다.

"스기하라는 황금 주말에 놀러 오지 않나?"

다케야마가 묻자,

"오빠에 관한 일은 아무래도 상관없어요." 하고 토라진 듯이 말하고는 다케야마의 손에 자기 손을 포개었다. 지금까지 교코는 그런 행동을 취한 일이 없었다. 다케야마는 슬쩍 손을 빼면서 교코에게 이런 태도를 취하게 한 원인을 생각했다. 자기에게는 그럴 의사가 없었지만, 교코를 안아 버린 것처럼 된 지난일에 다케야마는 책임을 느꼈다.

다케야마도 결코 교코가 싫지는 않았다. 어느 쪽인가 하면, 그녀는 너무 일본적이고 얌전한 처녀였다. 머리에 물을 들이고 다니는 현대에는 그것도 또 하나의 매력 있는 개성이라고 할 수 있다. 결혼해도 교코라면 화목한 나날을 보낼 수 있을 것 같은 생각이 들었다.

그러나 그것은 적극적으로 사랑하고 있는 것과는 달랐다. 다케야마의 마음속에는 나오미가 자리잡고 있었다. 나오미는 남의 아내요, 단념하지 않으면 안 되는 존재라는 것을 알고 있다. 그러나 어느 틈엔가 문득문득 나오미를 생각하고 있는 자기를 속일 수는 없었다.

이런 기분이더라도 교코하고 결혼한다면 또 그런 대로 나오미를 잊을 수 있을지도 모른다. 그러나 그렇다면 교코에게 미안한 일이 아닐 수 없는 것이다.

그렇지만 교코의 마음을 알면서 이렇게 토요일마다 만나고 있는 것은 아주 교활한 인간인 것처럼 생각되었다. 그럴 의사는 없었다고 자기는 생각하지만 한번 교코를 안아 버린 것은 사실이었다. 다케야마는 교코에게 사과하고 싶었다.

"교코!"

다케야마는 고쳐 앉았다.

"왜요?"

새삼스러운 다케야마의 태도에 교코는 잔뜩 기대에 찬 표정을 보였다. 그 얼굴을 보니까 말하기가 어려웠다.

"뭔데요, 선생님?"

말하기 거북해하는 다케야마의 표정을 교코는 자기 뜻대로 해석하고 미소지었다.

"아냐, 아무것두."

"싫어요, 얘기하려다 마는 건 남자답지 않으세요."

농담하듯 교코는 새침해졌다.

'남자답지 않다? 그렇군.'

정말 그렇다고 생각한 다케야마는 겨우 마음을 결정했다.

"교코에게는 혼담이 비오듯 할 텐데."

"왜 그런 말씀을 하시는 거죠?"

"아니, 교코는 내 제자니까 말이지. 나도 교코의 신랑감을 찾아 줄까 하는데 말야."

"어머 너무하세요!"

교코는 반은 성난 것처럼 다케야마를 보았다.

"이렇게 토요일마다 만나고 있으면 사람들은 교코를 내 애인인 줄 알 거 아냐? 그러면 교코의 결혼에 지장이 있을 것 같아서 하는 말이지."

교코의 얼굴이 갑자기 환히 빛났다. 교코는 다케야마의 말을 사랑의 고백으로 받아들였다.

"괜찮다니까요, 그런……"

다케야마는 자기가 서투르게 말해 버린 것을 깨달았다.

"그럼 선생님은 저하고 애인끼리라고 남들이 생각하면 곤란하세요?"

교코는 기쁜 듯이 말했다. 곤란하다고 다케야마가 말할 리 없다고 생각하는 모양이다.

"곤란하다는 건 아니지만……."

다케야마는 대답이 궁했다.

"두 사람 다 괜찮다면 다른 문제는 없어요."

교코는 미소지었다.

"하지만 교코, 나는 당분간 결혼을 안 할 생각이야. 그러니 좋은 사람 있으면 빨리 결혼하는 편이 좋겠다는 얘기지."

"선생님이 결혼 안 하시면 저도 독신으로 있겠어요."

교코는 다케야마가 자기 마음을 시험하고 있다고 생각하는 것 같았다.

"그러나 나는……."

요전에 엉겁결에 안아 버리고 말았지만 사실은 그럴 의사가 없었던 거라고는 말할 수 없었다.

"좋아요, 선생님. 저도 언제까지나 결혼하지 않을 테니까요."

교코는 다케야마의 말을 사랑의 말로 알고 있었다.

"그런데 말야. 결혼할지 안 할지 모르면서 이렇게 둘만의 교제를 계속하는 것이 나는 왜 그런지 부담이 된단 말야."

"그럼 선생님은 제가 싫으세요?"

교코의 표정이 흐려졌다.

"아니, 싫은 건 아니야······."

그러나 결혼하고 싶을 정도는 아니라고 계속해서 말할 용기를 다케야마는 갖지 못했다. 교코는 10시가 넘어도 갈 생각을 하지 않았다. 11시가 가까워졌다.

"버스가 끊어지지 않았을까?"

그러나 교코는 가만히 앉아 있었다.

"빨리 돌아가지 않으면 집에서 걱정하실 텐데."

다케야마가 재촉하자 교코가 대답했다.

"아무도 기다리는 사람은 없어요. 어머니는 늘 3시나 되어서야 돌아오시는 걸요."

"하지만 나도 자야지."

"어서 주무세요. 전 여기서 밤새도록 선생님의 주무시는 얼굴을 보고 있겠어요."

다케야마는 놀라면서 교코의 얼굴을 쳐다보았다. 교코는 말없이 자기 손끝을 바라보고 있었다.

"교코, 그런 바보 같은 소리를 할 줄은 몰랐는데."

다케야마는 불쾌한 듯 고개를 돌렸다. 그러나 교코를 택시에 태워 보낸 그날 밤 다케야마는 그녀를 안는 꿈을 꾸었다.

"교코, 상관없으니까 다케야마 선생님 집에서 자는 거야. 조금만 더 밀면 돼."

데루코가 다케야마와 교코가 포옹했다는 얘기를 들은 후 그렇게 귀띔해 준 것을 물론 다케야마는 알 리가 없었다.

지금 나오미에게 교코로부터 아무 말도 듣지 못했느냐는 질문을 받고 다케야마가 얼굴을 붉힌 것은 그 꿈을 생각했기 때문이다.

"스기하라는 무슨 병이죠?"

여행 끝에 감기라도 걸렸을 거라고 다케야마는 생각하고 있었다.

"객혈을 했어요."

"객혈?"

깜짝 놀라는 다케야마의 얼굴에 언뜻 기뻐하는 빛이 스쳐 지나갔다. 다케야마는 당황하여 고개를 숙였다.

'이게 무슨 심사인가. 객혈을 했다는 말을 듣는 순간 스기하라가 죽는 건 아닌가 하고 나는 기뻐하고 말았으니!'

"심한가요?"

"잘은 모르겠지만, 스트렙토마이신하고 파스하고 하이드라짓을 병용하면서 당분간 경과를 보자고 방금도 의사 선생님이 말씀하셨어요."

그러니까 지금 떠난 승용차는 의사의 차였구나 하고 다케야마는 머리를 끄떡였다.

"어디에 입원이라도 하는 건가요?"

"객혈이 멎을 때까지 여기에 있는 것이 좋겠다고 그러시는군요."

"그거 큰일이군요."

하여튼 같은 삿포로 땅에 나오미가 함께 있다는 것이 다케야마에게는 역시 기쁜 일이었다. 이렇게 그냥 서서 얘기하기만 해도 다케야마는 자신의 몸과 마음이 싱싱하게 되살아나는 것 같은 기쁨을 느꼈다. 그것은 확실히 사랑이라고 이름해야 할 것 같았다. 교코와 마주

앉아 있을 때의 저 온화한 감정이 아니다. 조금만 건드려도 울리는 현악기의 줄처럼 지금 다케야마의 마음은 팽팽하게 긴장되어 있었다.

"요즈음 교코는 만나지 않으세요?"

나오미는 아무렇지도 않은 듯이 물어 보았다. 다케야마가 료이치의 병을 모르고 있는 일이 이상했다.

"아니, 어제 저녁에 집에 왔었지요."

"어젯밤에?"

다시금 나오미는 다케야마와 교코의 포옹을 떠올렸다.

"그런데 교코는 스기하라 얘기를 하지 않았을까?"

그렇게 말하고 나서 나오미가 삿포로에 와 있는 것을 알고 싶지 않았던 교코의 마음을 다케야마는 알 것 같았다.

"교코는 가와이 데루코와 함께 문병하러 왔었어요."

"뭐? 가와이하고 같이?"

다케야마의 안색이 변했다.

"선생님도 알고 계셨군요."

나오미는 뜰에 있는 흰 울타리에 기대었다. 다케야마는 입술을 깨물었다.

"선생님도 교코도 벌써 알고 있었군요. 그런데 선생님은 왜 제게 알려 주지 않으셨죠?"

나오미의 검은 눈이 야속하다는 듯이 빛났다.

"선생님은 스기하라의 일을 모두 알면서 제게는 하나도 알려 주지 않으셨군요."

그 말에는 원망보다는 혼잣말 같은 외로운 울림이 있었다.
 천천히 흐르고 있는 5월의 구름을 나오미는 쳐다보았다. 하얀 목에서 볼에 이르는 선이 말할 수 없이 아름다웠다.
 나오미에게 아무것도 알려 주지 않았다는 말을 듣고 다케야마는 할 말이 없었다.
 "데루코하고 교코는 사이가 좋은가 봐요. 똑같이 파란 브로치를 달고 있더라구요. 하지만 전 선생님만은 제게 조금은 호의를 베푸실 거라고 자부하고 있었어요. 아무것도 모르는 건 저 혼자뿐이라고는 생각지도 못했어요."
 나오미의 목소리는 조용했다.
 "뭐라고 해도 변명할 길은 없지만…… 그러나 스기하라하고는 친구야."
 "선생님의 친구인 스기하라가 제자인 저보다 소중하다는 말씀이죠?"
 울타리 옆의 수선화로 나오미는 몸을 굽혔다.
 "그건……"
 다케야마에게는 하고 싶은 말이 있었다. 그러나 그것은 결코 해서는 안 될 말이었다.
 "나오미!"
 다케야마는 수선화를 어루만지고 있는 나오미의 부드러운 목덜미를 보았다.
 "왜요?"
 올려다보는 나오미 앞에 육박해 올 것 같은 격한 다케야마의 얼굴이 있었다. 말로 표현하지 않더라도 지금 이 순간 자기의 이 눈빛이 무엇을 얘기하는지 알 수 있지 않느냐고 다케야마는 호소하고 싶었다. 나오미에게 약간 당황하고 곤혹스러워하는 표정이 스쳐갔다. 그러나 곧 냉정한 표정으로 돌아왔다.

"나오미!"

"스기하라에게 가 봐야 합니다. 올라오시라고도 하지 못하고 이런 데서 …… 미안합니다."

나오미는 교코와 다케야마의 모습을 결코 잊을 수가 없었다. 다케야마는 나오미가 간 뒤에도 한동안 그 자리에 서 있었다. 그리고 나오미의 손이 닿았던 수선화 한 송이를 꺾었다.

"어때, 꽤 좋아진 것 같은데?"

고스께가 료이치의 방으로 들어왔다.

"예, 덕분에……."

책상 앞에 앉아 있던 료이치가 돌아보고 머리를 숙였다.

"수술은 하지 않아도 될 거라고 의사가 그러던 것 같던데?"

"예, 객혈로 시작하는 결핵은 의외로 낫기가 쉽다 봅니다."

"객혈에 놀라서 크게 조심하니까 말야. 파스, 마이신, 하이드라짓 같은 화학 요법도 자네에겐 효과가 좋았던가 보네. 의사가 놀라지 않아?"

"예, 그러나 이젠 회사 일도 걱정이 돼서……."

료이치는 손가락 마디로 똑똑 소리를 냈다.

"일보다 몸일세."

"그럴까요?"

료이치는 고스께 앞에 서면 왜 그런지 순수해졌다.

"일이 더 중요하다고 생각하는 것은 뭔가 잘못된 것 같아. 인간에게 산다는 일은 그것만으로도 큰일이니까."

"하지만 빈둥빈둥 놀고 먹는 건 무의미하다고 생각합니다."

"아냐, 병이 났을 때는 숨을 쉬고 있는 것만도 힘에 겨운 큰 일이니까 우선 마음을 편하게 갖도록 하게."

고스께는 그렇게 말하면서 방을 나갔다.

고스께가 말하려는 것을 료이치는 알 것 같았다. 설혹 살고 있는 일이 무의미하게 보일 때가 있더라도 인간은 생명을 소중히 하고 살지 않으면 안 된다고 말하는 것 같았다. 자기나 남이 살고 있는 의미를 모르더라도 산다는 일 자체가 더욱 큰 의미가 있는 것인지 모른다고 료이치는 생각했다.

"어때, 좀 괜찮은가?"

열려 있는 창문으로 다케야마가 얼굴을 내밀었다.

"응!"

료이치는 끄덕였다.

"요전보다 안색이 꽤 좋아졌어."

다케야마는 현관을 통해 방으로 들어왔다.

"그런가?"

료이치는 다케야마가 자주 찾아와 주는 것을 별로 달갑게 여기지 않았다. 다케야마가 얼굴이나 입으로 나타내지는 않아도 료이치에게는 다케야마의 나오미에 대한 감정이 민감하게 전달되어 오기 때문이었다.

"왔었나?"

다케야마가 낮은 소리로 물었다.

"누가?"

료이치는 모르는 척했다.

"가와이 데루코 말일세."

"올 리가 없잖아?"

데루코는 문병이라기보다는 료이치와 나오미를 위협하듯 한 번 다녀가고는 편지 한 장 없었고, 물론 찾아온 일도 없었다.

"나오미는 직장에 나간다지?"

확인하려는 듯 다케야마가 물었다.

"응, 고생만 시키네."

료이치는 스스로 비웃듯 말했다.

"그래? 나오미가 집에 없다니까 얘긴데…… 사실은 요 앞에서 가와이 데루코를 만났어. 좀 마른 것 같더군."

"그 사람 이야기는 하지 말아 주게."

료이치는 못마땅한 표정을 했다.

"그럴 수만은 없지 않은가? 언제나 나오미가 있어서 얘기는 못했지만 가와이는 자네가 완쾌되면 또 찾아오겠다던데."

료이치는 얼굴을 찌푸렸다. 머리맡에 앉은 데루코에게 인정 사정 없이 공격을 받고 객혈을 했던 일을 료이치는 생각했다.

"자기가 뿌린 씨야. 이번엔 좀 잘 생각해야 돼."

"나오미를 위해서 말인가?"

료이치는 쓴웃음을 지었다.

"가와이 데루코를 위해서도 그렇지. 데루코에게 나도 잘 얘기를 해 보았지만 '전 료이치 씨가 정말 좋아졌나 봐요. 찾아가 보고 싶은 것을 참는 것도 좋아하기 때문이에요.' 그러던데."

"곤란한데 그건. 그런데 애기 얘기는 없었던가?"

"아이에 관해서는 일언반구도 없었는데 임신한 것같이 보이진 않더군."

"그런가?"

료이치는 문득 쓸쓸한 얼굴을 했다. 생명은 귀중하다고, 좀 전에 고스케가 한 말을 생각해 보았다. 자기 자신은 이렇게 소중하게 대접을 받으면서, 한 생명을 어둠 속에 묻어 버리고 만 것이 아닌가 생각하니 료이치는 그것이 쓸쓸했다.

"오늘쯤 찾아오지 않을까? 잠깐 뭘 사가지고 온다던가 그랬는데."

"헌데 교코는 도대체 어떻게 되는 건가? 그 애도 불쌍한 아이야."

책상 위에 꽂은 코스모스를 보면서 료이치는 화필(데생용 크레파스)을 놀리고 있었다. 다케야마는 말없이 료이치의 손끝을 보았다. 섬세한 코스모스 꽃이 마술처럼 료이치의 화필 끝에서 피어 흐트러졌다. 정확한 데생이라고 다케야마는 마음속으로 감탄했다.

"이 코스모스 같은 아이야, 교코란 녀석은."

료이치는 화필을 내던지고 다케야마 쪽을 보았다.

"다케야마."

"왜 그러나? 갑자기."

"자네 설마 나하고 가와이가 결혼하게끔 계교를 꾸미고 있는 건 아니겠지?"

"바보 같은 소리 작작하게. 내가 그런 짓을 할 사람인가? 알 만할 텐데 그래."

다케야마는 어처구니없다는 듯 다다미 위에 벌렁 드러누웠다.

"그렇지만 내가 가와이하고 결혼하면 자네는 나오미를 채가려고 생각하고 있지 않나?"

"바보 같은 소리 하지도 말라니까!"

다케야마는 벌떡 일어났다.

"바보 같은 소릴까? 그러나 다케야마, 자네가 교코한테 분명한 태도를 취하지 않고 있는 것은 나오미가 있기 때문이 아닌가?"

"왜 이러나? 나오미 씨는 자네 처가 아닌가? 그런 소리 하는 게 아니야."

"알겠어. 그럼 교코에게도 이젠 분명한 태도를 취해 주게. 이대로 나간다면 교코를 생죽음으로 몰고 가는 거야."

그때였다.

"생 죽임을 당하는 건 오히려 저 아닌가요? 정말 난 반 죽임을 당한 셈이에요."

밝은 물빛 양산을 창문 밖에서 활짝 펴 들고 까만 비단 기모노를 입은 데루코가 생긋 웃고 서 있었다.

13

"위스키가 떨어진 것 아녜요? 아무리 환자지만 당신에게 술이 없는 생활은 너무 비참해요."

료이치의 병실에 들어서자마자 데루코는 그렇게 말하면서 위스키 한 병을 불쑥 앞에 내놓았다.

"이젠 술 끊었어."

료이치는 데루코의 얼굴을 보지 않은 채 불쑥 한마디 했다.

"당신이 술을 끊을 수 있을까요?"

데루코는 믿지 못하겠다는 투였다.

"술뿐이 아냐. 모든 것을 다 끊었어."

료이치는 위스키를 데루코에게 도로 밀어내면서 말했다.

"모든 것?"

데루코의 눈이 번뜩 빛났다. 다케야마는 자기가 부치고 있던 부채를 데루코 앞에 놓고, 료이치와 데루코를 번갈아 보았다.

"음, 모든 걸 말야."

료이치는 아까 던졌던 화필을 잡아 다시 책상 위의 코스모스를 그리기 시작했다.

"그래 모든 걸 다 그만뒀다니 도대체 무슨 뜻이죠? 알고 싶은데요."

데루코는 료이치의 무릎에 손을 얹었다.

"술도 담배도 모두 다지."

료이치는 빙긋이 웃었다.

"술도 담배도 그리고?"

데루코는 정색을 했다.

"그리고 여자도……."

말을 마치기도 전에 데루코의 흰 손가락이 료이치의 허벅다리를 꼬집었다. 료이치는 그 손을 위에서 쥐면서 웃었다.

"이 바보야."

"어차피 난 바보죠."

그 두 사람을 다케야마는 쏘아보듯 하며 말했다.

"스기하라, 앞으로 어떡할 셈인가? 가와이도 시집을 가야 하지 않나? 가와이도 이젠 적당히 이런 놈한테서 손을 떼는 게 좋지 않겠어?"

"어머, 선생님은…… 선생님처럼 아무것도 모르시는 분이 남녀 문제를 어떻게 아시나요?"

"잘 알지 못할지도 모르지……."

"모르시면 가만히 계세요."

얇은 검은색 비단 기모노를 통해 흰 속옷이 비쳐 보였다. 그 탄력 있는 다리를 비스듬히 뻗으면서 데루코는 다케야마를 곁눈으로 가볍게 흘겼다.

"하지만 가와이, 자네도 조금은 나오미의 처지를 생각해 보면 어떤

가? 여기는 나오미의 친정이야. 굳이 여기까지 와서……."

료이치 대신 직장에 나가는 나오미를 생각하니 다케야마는 이 두 사람에 대해 가슴이 타는 듯한 분노를 느꼈다.

"선생님은 나오미 입장만 생각하시는군요. 그렇게 남의 부인의 입장만 생각하지 마시고 먼저 교코의 입장도 생각해 보시면 어떻겠어요?"

나오미의 이름을 들은 데루코의 입에는 독이 서렸다. 료이치는 말없이 코스모스 그림을 그리고 있었다.

"문제를 얼버무리면 안 돼."

다케야마는 얼굴을 붉히며

"스기하라, 정말 앞으로 어떻게 할 셈인가?"

하고 료이치를 다그쳤다.

"어떻게라니?"

료이치는 코스모스를 그리는 손을 멈추지 않았다.

"좋아요. 저하고 헤어져요."

데루코는 비웃듯이 말하면서 담배에 불을 붙였다.

"도대체 인간은 무엇 때문에 사는 걸까?"

료이치는 데루코의 말을 무시하고 다케야마를 보았다.

"뭔가? 아닌 밤중에 홍두깨 격으로."

"다케야마, 세례 받았나?"

료이치는 진지했다. 다케야마는 료이치의 입에서 세례라는 말을 듣고 무척 놀랐다.

"아니, 아직 안 받았어."

"그럼 하나님을 믿은 게 아니로군."

"완전히 믿을 수가 없는 거겠지. 기도를 하면 '아아 믿고 있구나.' 하다가도 그게 오래 계속되지는 못해."

다케야마는 요즈음의 자기 기도를 생각했다. 다케야마의 지금의 가장 큰 기도는 "아무쪼록 나오미에게 마음이 끌리지 않게 해 주십시오. 나오미를 잊게 해 주십시오."라는 것이었다. 정말 하나님을 두려워하고 있다면 "간음하지 말라."는 말을 지키지 않으면 안 된다고 생각했다. 다케야마는 나오미에게 키스는 고사하고 악수도 한 일이 없었다. 자기의 연정을 입 밖에 내보지도 못했다. 그렇기 때문에 얕은 윤리관에서 볼 때 그것은 "간음하지 말라!"는 말을 거역하지 않았다고 말할 수도 있었다. 그러나 높은 차원의 윤리관에서 볼 때 다케야마의 마음을 차지하고 있는 것은 나오미였다. 다케야마의 마음은 언제나 나오미를 향해 사랑을 고백하고 사랑을 구했다. 환상 속에서 나오미를 다케야마는 안고 애무하고 있었다. 그것은 이미 마음속으로 간음하고 있는 것이다.

더욱이 나오미는 료이치의 아내다. 다케야마는 마음속으로 유부녀인 나오미를 사랑하고 료이치를 배신하고 있었다. 인간은 행동으로 나타내지만 않으면 어떤 생각을 해도 좋은 것인가. 적어도 그것은 인간인 한 어쩔 수 없는 일이라고 다케야마는 생각했다. 그러나 어쩔 수 없는 일이라 하더라도 그것을 긍정하는 것과 부정하는 것은 전혀 삶의 방법이 다르다고 생각했다. 그러면서도 다케야마는 자기의 나오미에 대한 연모를 긍정하고 싶었다.

"완전히 믿을 수가 없나, 다케야마도?"

조금 실망한 듯이 료이치가 말했다.

"싫어요. 하나님이니 부처니 답답해 죽겠네."

데루코가 신경질적으로 부채질을 했다.

"믿고 싶은데 믿을 수가 없는 거야."

다케야마는 쓸쓸하게 말했다.

"난 요새 내가 아무래도 제대로 된 삶을 살고 있지 않은 것 같은 생각이 들어."

료이치가 진지한 얼굴로 말하자, 다케야마와 데루코가 웃었다.

"놀랐어. 자네가 사는 방법은 벌써부터 제대로 된 삶이 아니었어."

"아니, 난 그렇게 생각지 않았거든. 다케야마, 자네는 내가 술을 마시고 여자랑 노는 걸 못마땅하게 생각하고 있었지?"

"당연하잖아?"

"그런데 나는 그렇게 생각하지 않았어. 그림만 그릴 수 있다면, 그림을 그리기 위해서는 여자를 데리고 놀든 뭐를 하든 상관이 없다고 생각했던 걸세. 그래서 나오미에 대해서도 나는 화를 내고 싶으면 화를 냈고 때리고 싶으면 때렸어."

료이치의 말에 다케야마는 미간을 찌푸렸고, 데루코는 웃었다.

"내가 제일 무서웠던 건 그림 그릴 자신을 잃는 일이었어. 자아(自俄)의 주장이 예술인 이상, 자아에 철저한 생활을 하지 않으면 안 된다고 생각하고 있었던 걸세."

료이치는 먼 곳을 바라보는 눈빛이었다. 다케야마는 료이치의 그 표정을 고독이라고 생각했다.

"안되겠네요. 그렇게 마음이 약해지면, 예술가란 모두 제멋대로예요. 료이치는 좀 더 자유 분방해도 되는 거 아니에요?"

데루코는 따분하다는 듯이 말했다.

"나도 그런 식으로 생각했었지. 그래서 예술을 고갈시키지 않기 위해서라면 나오미의 고민 같은 것은 생각할 수 없다며 자기 제일주의로만 살아온 거야. 그런데 요즈음은 그런 일들이 이상하게도 허무하게만 생각된단 말이야."

료이치는 어쩔 수 없다는 표정을 지었다.

"이런 목사관 같은 데 계시니까 소심하고 고리타분한 생각이 드는 거예요."

데루코가 화가 난 것처럼 말했다.

"좋은 일일세. 하지만 스기하라한테서 그런 얘기를 들으리라고는 생각지 못했는데."

다케야마는 문득 가슴이 답답해지는 것 같았다. 료이치와 나오미 사이가 이전보다 친밀해진 증거를 본 것 같았기 때문이다. 나오미의 사랑이 료이치에게 미묘한 변화를 가져온 것처럼 생각되었다.

"음, 요전 날 루오의 '그리스도'라는 그림을 보고 있다가 문득 그런 생각이 들었어. 난 성경 같은 건 읽지 않지만 루오의 '그리스도'를 보고 있으면 뭔가 육박해 오는 게 있어. 비애라고나 할까? 이 그리스도와 나는 어떤 인연이 있다는 실감을 갖게 되는 거야. 여태까지 루오의 그림을 여러 번 보았어도 이런 일이 없었는데 말일세…….”

료이치 자신도 이상한 것 같았다.

“역시 이런 데 계셔서 그래요. 이런 분위기에 약한 거 아니에요? 당신이란 분은.”

료이치는 가만히 데루코를 보았다. 그리고 무엇인가 생각하더니 이렇게 말했다.

“아픔이라고 할까, 연민이라고 할까? 저 루오의 '그리스도'는……. 그것을 보면 뭔가 깊은 위로를 느끼게 돼. 불현듯 진선미(眞善美)라는 말이 생각나면서 진리와 선과 미가 같다면 매우 아름다울 거라는 생각이 든 걸세. 그렇다면 내가 그리는 그림은 도대체 뭘까? 안달하며 날카롭게 곤두선 신경으로 그린 아름다움이 대체 사람들 마음에 무엇을 호소할 수 있겠나 하는 생각이 들었다네.”

“음, 루오의 '그리스도'라.”

료이치가 루오의 '그리스도'를 보고 느낀 것을 다케야마는 알 듯했다.

“다케야마, 그리스도가 흘린 피와 나는 아무 관계가 없는 건가? 나는 루오를 보고 깊은 위로를 느끼네. 이 깊은 위로를 주는 저 그리스도와 나는 인연이 없는 게 아니라는 생각이 거듭되어 견딜 수가 없단 말일세…….”

“그리스도보다는 저하고 인연이 있지 않아요?”

데루코의 눈이 요염하게 웃었다.

“그래, 나하고 너하고는 인연이 있어, 공범자니까. 그런데 애기는 어떻게 했지?”

료이치는 아까부터 묻지 못한 얘기를 해 버렸다.

"낙태시켰죠, 뭐."

데루코가 차갑게 웃었다. 료이치는 두어 번 눈을 깜빡이더니 고개를 숙였다. 갑자기 데루코가 요란하게 웃었다.

"왜 그러지?"

료이치는 부드럽게 데루코를 바라보았다.

"바보. 그렇게 조심했는데요. 임신 같은 거 하지도 않았어요. 날짜가 한 열흘쯤 늦었을 뿐이에요."

료이치도 다케야마도 놀라며 얼굴을 마주보았다. 다시금 데루코는 소리 높여 웃었다.

"저도 처음엔 걱정했어요. 하지만 나 혼자 걱정하는 건 손해거든요. 그래서 당신을 골려 준 거예요."

데루코는 천연덕스럽게 말했다.

"어처구니없는 사람이군."

료이치는 화필을 잡고 종이에다 "어처구니없는 사람"이라고 크게 썼다.

9월로 접어들자 저녁 일찍이 창문을 닫게 되었다. 유카다만으로는 자못 선선했다. 다케야마는 옷장에서 겹옷을 꺼내 갈아입고 김이 나는 옥수수를 손에 들었다. 지금 막 안채에서 보내 준 옥수수의 따스함이 가슴에 전해져 왔다. 다케야마는 옥수수를 먹으면서 시계를 보았다. 벌써 8시가 지나고 있었다.

'오늘 밤도 오지 않으려나?'

토요일에는 꼭 오던 교코가 지지난 주부터 나타나지 않았다. 전화도 없었다. 어서 떠나 주었으면 하고 원하던 다케야마였는데 막상 나타나지 않으니 이상하게 마음이 놓이지 않았다.

'병이 났을까?'

병이라면 문병을 가 주어도 좋을 것 같았다.

매주 토요일에는 틀림없이 찾아오던 교코가 오지 않은 것은 병 때문일 거라고 생각하는 편이 좋을 것 같았다.

옥수수를 다 먹은 다케야마는 용기를 내서 교코를 찾아가려고 생각했다. 그렇게 따랐던 교코에게 자기가 너무 박정하게 군 것 같았다. 나오미에 대한 생각도 어서 정리하지 않으면 안 되겠다고 다케야마는 생각하기 시작했다.

그것은 료이치의 병에 대한 동정이기도 했지만, 료이치의 사고방식이 상당히 변했기 때문이다. 료이치처럼 아주 엉터리같이 보이던 인간이 그리스도를 사모하게 되었다는 것은 기적적인 큰 변화라고 다케야마는 생각했다. 그리고 그처럼 료이치를 변화시킨 것은 역시 나오미의 사랑일 거라고 다케야마는 생각지 않을 수 없었다. 이제 나오미 부부 사이를 비집고 들어갈 틈새가 없는 것이라고 다케야마는 느끼고 있었다.

이 계제에 교코의 사랑을 받아들여 결혼하면 모든 것이 다 원만하게 수습되리라고 다케야마는 생각했다. 지금 다케야마는 몹시 외로웠다. 누군가로부터 위로를 받고 싶었다. '교코와 원만한 가정을 만

들고 아이들을 셋쯤 둔 고교 교사로서 일생을 마치자. 그것으로 족하지 않은가?'

그렇게 자기 자신을 타이르면서 다케야마는 애써 명랑해지려고 했다.

그러나 이대로 정말 나오미를 잊을 수 있을 것인가? 지금까지는 가만히 혼자서 마음속으로만 생각해 왔기 때문에 잊을 수 없었는지 모른다. 차라리 용감하게 자기 마음을 털어놓으면 오히려 깨끗이 체념할 수 있을지 모른다. 다케야마가 그런 생각들을 하며 양말을 갈아 신고 있으려니까 뒤쪽 미닫이가 열렸다.

돌아다보니 교코가 창백한 얼굴을 숙이고 서 있었다.

"지금 교코한테 가려던 참이었어."

다케야마는 양말 신던 손을 멈추고 부드럽게 말했다. 얼마든지 다정하게 해 주고 싶은 심정이었다.

"저……."

고개를 숙이고 있던 교코가 얼굴을 들었다. 눈에 가득 눈물이 고여 있었다.

"왜 그래? 울고 있잖아."

다케야마는 놀라며 교코 곁으로 갔다.

"저 작별하러 왔어요."

"왜, 시집가나?"

다케야마의 말에 교코는 머리를 흔들었다.

"그럼, 무슨 작별이라는 거야?"

"선생님은 제가 싫으니까……."

교코는 그렇게 말하며 소리내어 울었다.

"바보!"

다케야마는 교코의 흰 볼을 두 손으로 감싸 살짝 올렸다. 조그만 입술이 촉촉이 젖어 약간 열려 있었다.

"교코!"

다케야마의 입술이 교코의 입술을 덮었다. 다소곳이 다케야마의 입술을 받아들이고 있는 교코의 감은 눈에서 눈물이 흘러내렸다. 다케야마는 마치 귀중한 것을 대듯이 교코의 눈물에 입술을 대었다.

"나 지금 교코에게 청혼하러 가려던 참이었어."

다케야마는 교코의 손을 잡았다. 이것으로 족하다고 다케야마는 생각했다.

"선생님, 정말이세요?"

"정말이야."

그것은 나오미와 헤어지기 위한 것이기는 했지만 거짓말은 아니었다. 염색체의 세포도 분열할 때는 다른 하나의 세포를 필요로 한다고 하지 않는가? 그렇게 생각하며 다케야마는 교코의 손을 힘있게 쥐었다.

료이치는 아까부터 나오미의 숨소리를 듣고 있었다. 오늘 밤이야말로 료이치는 이 집을 나가야겠다고 생각했다. 여러 날 밤을 생각해 온 일이었다. 자기가 나오미 곁에 있는 한, 나오미에게 행복한 날이 오리라고는 생각되지 않았다.

'내가 이 집을 나가면 곧 다케야마하고 맺어지겠지. 교코는 불쌍하

지만 오빠인 나의 죄값을 받는 거니 어쩔 수 없어.'

료이치는 지금까지 한 번도 나오미에게서 떠나려고는 생각지 않았다. 료이치에게 그녀는 하나의 훌륭한 미술품 같았다. 통통하고 매끄러운 허벅다리, 등에서 허리로 내려온 아름다운 선, 흰 목에서 가슴으로 흐르는 풍만한 선, 사랑스런 귓불…… 다른 여성과 비교할 수 없는 아름다움을 지녔다고 생각하는 료이치는 싫증을 몰랐다.

그러나 료이치는 나오미의 아름다움에 마음을 빼앗기고 사랑하고 있다고 자부했으니, 나오미를 행복하게 해 주려는 적극적인 배려나 아량은 거의 없었다. 그런 일은 료이치에게 문제가 되지 않았다. 다만 나오미가 곁에 있어 주기만 하면 그것으로 족했다.

그런데 요즈음의 나오미를 보고 있노라면 료이치는 가슴이 아팠다. 요즈음의 나오미는 말수도 적고 웃는 일도 없었다. 그런 일을 알아차린다든가, 나오미의 행·불행을 생각한다는 일은 과거의 료이치에게는 없었던 일이다.

'내게는 데루코가 알맞는 상대다.'

이제 곧 12월이 되면 데루코는 또 도쿄에서 돌아올 것이다. 그리고 염치불구하고 이리로 찾아올 것이다.

'데루코하고는 헤어질 수가 없다. 그러나 나오미하고는 헤어질 수가 있을까?'

료이치는 살그머니 자리에서 일어났다. 전기 스탠드의 불빛에 비친 잠든 나오미의 얼굴을 료이치는 가만히 바라보았다.

긴 속눈썹이 깊숙한 그늘을 던지고 있었다. 천진한 소녀처럼 잠든 얼굴이었다.

'고생만 시켰어.'

료이치는 가슴이 뜨거워졌다. 이렇게 사랑하는 마음에 거짓이 없는데 왜 데루코와 깊은 관계를 맺어 버렸는지 자기 자신도 알 수 없었다. 몸이 나으면 아마 자기는 또다시 술을 마시고 또 다른 여자와 놀아나게 될 거라고 료이치는 생각했다.

'이런 나하고 평생을 같이 살아 줄 리가 없다.'

하코다데의 저 2층에서 나오미가 도망친 것을 알았을 때 무참히 짓밟힌 것 같았던 느낌을 료이치는 되새겨 보았다.

'내 몸이 회복되면 틀림없이 나오미는 헤어지자고 하겠지.'

료이치는 비참했다. 이렇게 나오미 곁에 있을 수 있었던 것은 객혈 덕분이었다. 그때 객혈을 하지 않았다면 나오미는 결코 이 집에 자기를 있게 하지 않았을 거라고 료이치는 생각했다.

요즈음의 나오미는 어떻게 하면 료이치와 헤어질지를 궁리하는 것처럼 보이는 외로운 표정이었다.

'가엾게도 나 같은 놈한테 걸려서……'

료이치는 진심으로 그렇게 생각했다. 지금 자기가 떠남으로써 다케야마 데쓰야와 맺어지게 해 주는 것이 나오미에 대한 참 사랑이라고 생각했다. 다케야마에게 안기어 행복하게 미소지을 나오미를 료이치는 상상했다. 타는 듯한 괴로움이 가슴을 꿰뚫었다.

'그래야 마땅한 거야. 내가 고통을 받는 것은 당연하니까.'

료이치는 용단을 내어 일어섰다. 나오미는 곤히 자고 있었다. 복도에 나오니 시계가 1시를 쳤다. 빗장을 벗기고 문을 열려고 할 때였다.

"이런 밤중에 산보를 가려나?"

뒤에 고스케가 서 있었다.

"아!"

료이치는 당황했다.

"들어오게!"

부드럽지만 거역할 수 없는 음성이었다. 료이치는 고개를 떨구었다.

"들어와. 몸에 해로우니까."

고스케는 료이치의 어깨에 손을 얹었다. 고스케에게 이끌려 방으로 돌아오니 나오미가 잠에서 깨어났다.

"무슨 일이세요, 아버지?"

맥없이 고개를 숙인 료이치와 고스케를 보고 나오미는 놀라며 일어났다.

"너무 오랫동안 신세 많이 졌습니다."

료이치의 결심은 굳었다. 료이치는 고스케 앞에 공손히 절했다. 나오미는 안색이 변했다.

"여기 있기가 거북한가?"

고스케는 흘끗 나오미를 보았다.

"그럴 리가 있습니까. 왜 그런지 요즘 자꾸 나오미가 가엾어서……."

나오미는 말없이 료이치를 보았다.

"그럼 자네가 나가면 나오미가 행복해지기라도 한단 말인가?"

"행복해질 겁니다."

다케야마의 말은 할 수 없었다.

"나오미도 그렇게 생각하니?"

고스케의 말에 나오미는 고개를 숙였다. 료이치와 살면서 나오미는 차츰 자기 마음이 냉랭해짐을 느꼈다. 료이치가 순수한 인간으로 보였을 무렵의 그 애정은 흔적도 없이 사라졌다. 병든 료이치에 대해서조차 불쌍하다고 생각한 일은 없었다. 아마 료이치가 객혈을 하지 않았더라면 자기는 료이치를 뿌리치고 도망쳤을 거라고 나오미는 생각했다.

입을 다물고 아무 말도 하지 않는 나오미가 료이치는 슬프게만 느껴졌다.

'할 수 없지. 내가 나빴어. 나오미가 나빠서 데루코하고 논 것이 아니니까.'

받아야 할 응보는 지금 모두 받아야 한다고 료이치는 생각했다.

"맹랑한 녀석 같으니라구. 나오미, 네가 이렇게 차가운 여잔 줄은 미처 몰랐구나!"

고스케는 한숨을 지었다.

"아닙니다. 나오미가 나쁜 게 아닙니다. 전 술이나 마셨지 이 사람에게 옷 한 벌 사 주지 않았습니다. 마시고 행패나 부리고, 결국은 나오미의 친구와 불미스런 관계까지……."

료이치는 나오미가 차가운 것은 당연하다고 생각했다.

"그럼 자네는 집을 나가서 그 여자한테 갈 셈인가?"

"천만의 말씀입니다."

료이치는 깜짝 놀라면서 손을 저었다.

"그럼 어디로 갈 작정인가?"

"집으로 가렵니다. 어머니가 인정 없이 내쫓지는 않으시겠죠. 만일 안 받아 주신다면 입원이라도 할 생각입니다."

"정말 그 여자한테 갈 생각은 없단 말인가?"

"전혀 없습니다."

"그럼 앞으로 일절 손을 끊는단 말이겠지?"

"어떻든지 분명하게 마무리를 지을 작정입니다."

료이치는 초등학교 아이처럼 진지한 태도로 대답했다.

"어때, 나오미, 너는 료이치 군하고 다시 한 번 새 출발할 생각은 없니?"

"자신이 없어요."

"왜? 용서해 줄 수 없겠니?"

나오미는 말이 없었다.

"제가 여자와 술에 약해서 언제 어떻게 될지, 가와이 데루코와 손을 끊는다 해도 자신이 없습니다."

료이치는 정직하게 말했다.

"남자란 원래 약한 거니까."

고스케는 료이치의 말에 고개를 끄덕였다.

"벌써 20년이 넘은 일이야. 한 남자가 있었지. 그 남자는 결혼하기까지는 숫총각이었는데 결혼해서 아내가 아이를 낳게 되었을 때 그만 엄청난 잘못을 저지르고 말았어. 더욱이 상대는 아내의 언니였지. 그 언니는 결혼한 유부녀였고. 아기를 낳은 다음에 그 사실을 안 남자의 아내가 뭐라고 했는지 아나? 전 하나님과 결혼한 것이 아닙니다. 사람하고 결혼했어요. 사람이란 완전하지 못합니다. 언제나 뭔가 잘못을 저지릅니다. 잘못을 저지르지 않으면 살 수 없는 것이 인간입니다. 그렇게 말하면서 그 아내는 자기를 배신한 남편과 그 언니를 용서한 거야. 그 아내는 그리스도 신자였어. 이때 그 남자는 용서한다는 일이 얼마나 크게 사람을 움직이게 하는지를 알았지. 그 후로 그 남자는 신자가 되어 다니던 회사를 그만두고 신학교에 들어가 목사가 되었단다. 그 갓난애는 그만 병으로 죽었고, 나중에 다시 태어난 아기가 바로 나오미야."

나오미는 깜짝 놀라 얼굴을 들었다. 남의 이야기라고 무심히 듣고 있던 그 얘기가 하필이면 철석같이 믿어 온 아버지의 과거라니. 나오미는 머리가 어지러웠다.

"만일 엄마가 용서해 주지 않았더라면 아버지는 어떻게 되었을지 몰라. 야에(八重) 씨하고 어디론가 도망갔을지도 모르지."

야에란 어머니의 언니이며 무로란(室蘭)에 살고 있다. 자그마한 몸집을 하고 있으며 어머니보다 오히려 젊어 보였다. 그런 과거가 있었구나 하고 생각하니, 인간이란 얼마나 약하고 형편없는 존재인지를 새삼스레 느끼게 되었다.

'나도 언제 어떻게 될지 모르는 거야.'

심판을 기다리듯 잠자코 고개를 숙이고 있는 료이치를 나오미는 어느새 부드러운 눈으로 바라보고 있었다.

14

근무처인 고마쓰(小松) 회계 사무소를 나온 나오미는 하늘을 쳐다보았다. 2, 3일 전에 첫눈이 내렸는데 그 후 갑자기 해가 짧아진 것 같았다. 어두워진 하늘을 가로지르는 비행기의 빨강과 파랑 불빛이 구슬알 같았다.

비행기의 불빛을 쫓고 있던 나오미는 바바리 코트 깃을 세우고 걷기 시작했다. 오늘은 월급날이다. 조그만 회계 사무소이지만 급료는 나쁜 편이 아니었다. 소장인 고마쓰는 젊었을 때부터 교회의 신자로서 나오미가 부담을 느낄 정도로 많은 급료를 주고 있었다.

나오미는 사무소에서 가까운 다누키 골목을 걷고 있었다. 너구리한테 홀려 그만 물건을 사고 만다는 삿포로 제일의 아담한 상가다.

길 양편에는 식당, 제과점, 과일 가게, 시계점, 양복점, 양품점 그리고 영화관과 파친코 집 등이 빼곡하게 들어 차 있었다.

나오미는 천천히 걷고 있었다. 아니, 남이 본다면 마치 방황하는 것 같은 가엾은 모양으로 보였을 것이다. 책방 앞에서 나오미는 걸음을 멈췄다. 여고 시절부터 쓰고 싶었으면서도 쓰지 못했던 동화를 생각했다. 자기가 쓴 동화가 진열 책장에 꽂혀져 어린이들이 엄마 손을 붙잡고 사 가지고 가는 광경을 상상했다. 어린아이들이 열심히 책을 읽는 모양을 나오미는 상상했다.

나오미는 서점 입구에 서서 손님들의 얼굴을 하나하나 바라보고 있었다. 조그만 책방이지만 학생들이 7, 8명 정도 들어가 있었다. 그런데 단 한 사람도 웃고 있는 사람이 없었다. 아무도 자기 바로 옆에 있는 사람에게 주의를 기울이지 않는다. 모두 심각한 얼굴로 책장을 넘기기도 하고 도로 책꽂이에 꽂기도 하고 있다. 다만 전등 불만이 유난히 밝았다.

'책을 읽는다는 것은 쓸쓸한 일이다.'

나오미는 서점 앞을 떠났다.

그 바로 건너편 빠찡꼬 집에서는 떠들썩한 군함 행진곡이 흘러 나오고 손님도 붐볐다. 알이 굴러 나오는 소리가 연방 들렸다. 그러나 그 소란한 빠찡꼬 집에도 웃는 얼굴은 없었다. 어딘지 고독한 무리들이 열심히 익숙한 솜씨로 알을 튕기고 있을 뿐이었다. 군함 행진곡의 레코드와 이 사람들이 도대체 무슨 연관이 있을까 하고 나오미는 생각했다. 조용한 음악을 틀어 놓는다면 모두 울어 버릴 사람들일지도 모른다고 생각하며 나오미는 쓸쓸하게 웃었다.

나오미는 자기도 모르게 한숨이 나왔다. 그녀는 길가에서 옥수수를 굽고 있는 중년 아주머니 곁으로 다가갔다.

"지금도 옥수수가 다 있네요."

나오미가 말을 건넸다.

"예, 이제 옥수수도 끝물이지요."

여인은 밝게 웃었다. 옥수수는 조금 탔지만 나오미는 그것을 네 개 샀다.

"식구가 두 분뿐이신가 보지요?"

여인은 나오미네 부부가 정답게 두 개씩 먹을 거라고 생각했던 모양이다.

"예."

그렇게 생각해도 괜찮을 일이었지만 나오미의 가슴속에는 걸리는 게 있었다.

가슴에 안은 옥수수가 종이 봉투를 통해 따스함을 전해 왔다.

"어머!"

바로 앞에서 소리를 지르며 선 것은 교코였다. 까만 바바리 코트 위에 흰 얼굴이 박꽃처럼 부드러웠다.

"오래간만이야, 교코!"

다정하게 인사하는 나오미를 거부하듯 교코는 딱딱한 표정을 보였다. 교코는 료이치의 문병을 올 때도 나오미가 없는 틈을 타서 오는 것 같았다.

"미안해, 찾아가지 못해서."

교코는 고개를 숙인 채 중얼거리듯 말했다.

"나야말로 너무 무심했어. 어머님은 그동안 안녕하시지?"

료이치가 나오미네 집에서 요양하고 있는 것을 알면서 노부코는 얼굴도 비치지 않았다.

"미안해, 어머니도 너무 실례가 많아서."

교코는 기운 없이 말했다.

"그런 뜻에서 한 말이 아니야."

나오미는 자기와 교코를 가로막고 있는 것이 도대체 무엇일까 생각하니 쓸쓸해졌다.

"저기 가서 차나 마실까?"

나오미는 가까운 〈포플러〉라는 찻집을 가리켰다.

"그래요."

교코는 주저하는 듯한 표정으로 마지못해 나오미의 뒤를 따랐다.

어두컴컴한 찻집 안엔 몇 명의 손님만이 조용히 앉아 있었다.

"어두운데……"

나오미는 홀 안을 한 번 둘러보았다.

"그렇군."

교코는 나오미의 얼굴을 바로 보려고 하지 않았다.

"교코, 무슨 차 마실래?"

메뉴를 교코 앞에 놓았으나 교코는 보려고 하지 않았다.

"아무거나."

"홍차?"

"응."

"커피?"

"응, 아무거나."

교코는 침착하지 못한 채 자꾸만 입구 쪽을 바라보고 있었다. 오래간만에 마주앉아도 별로 할 얘기가 없었다. 아니, 사실은 하고 싶은 얘기가 서로의 가슴에 있는 것인지도 몰랐다.

"건강하니?"

"응, 이렇게……."

"하는 일은 역시 타이피스트야?"

"여전해."

교코는 내키지 않는 듯 대답했다. 나오미가 입을 다물자 대화는 곧 끊어졌다. 이런 얘기를 나누자고 교코를 끌고 온 것은 아니었다. 나오미는 찻집에 온 것을 후회했다.

"교코!"

"응."

교코는 심문을 받고 있는 사람처럼 겁을 먹고 고개를 들었다.

"왜 그래? 너 많이 변했구나."

교코가 약간 몸을 움직였다.

"교코는 내가 아주 싫은가 봐."

나오미는 참을 수가 없었다. 교코는 어깨를 움찔 하고 나오미를 보았다.

"싫은지도 몰라."

용단을 내리듯 교코는 말했다.

"어머, 왜? 내가 뭐 잘못한 거라도 있니?"

'데루코와 료이치의 관계를 알려 주지 않은 너만큼 내가 못되게 굴지는 않았을 거야.'

나오미는 하고 싶은 말을 삼켰다.

"그야, 나오미가 꼭 잘못한 건 아니야. 하지만……."

교코는 순간 서글픈 생각이 들어 눈물이 핑 돌았다.

"하지만 뭐?"

"하지만 넌 아름다워."

"어머, 그런 말을……."

"아니, 정말 지나치게 아름다워. 물론 네 탓은 아니겠지만…… 그래도 그것 때문에 괴로워하지 않으면 안 되는 사람이 있다는 걸 생각해 본 적 있니, 나오미?"

"하지만 내가 언제 네 행복을 훼방했던 일이라도?"

교코가 다케야마의 팔에 안겼던 모습을 나오미는 생각했다.

"넌 아무것도 몰라. 물론 네가 나쁜 건 아니야. 하지만 아름다운 꽃 옆에 핀 꽃이 얼마나 외로움을 겪고 있는가를 알아 줬으면 해."

교코는 가냘프게 웃었다.

"교코, 너도 아주 예쁘잖아."

교코는 말없이 손목 시계를 보았다.

"급한 일이라도 있니?"

나오미가 물었다.

"아니, 사실은 다케야마 선생님과 6시에 만나기로 했어."

"어머, 벌써 6신데, 미안해 그런 줄도 모르고 붙들어서. 빨리 가 봐."

문득 나오미는 교코에게 질투를 느꼈다. 교코가 다케야마를 만나는 일에 대한 질투라기보다는 아직 누구의 아내도 아니라는 사실에 대해 질투했는지도 몰랐다.

"괜찮아. 다케야마 선생님하고 이 집에서 만나기로 했으니까."

"어머, 그럼 내가 먼저 실례해야 되겠네."

나오미는 황급히 밖으로 나왔다. 건너편 제과점의 진열장이 눈부시게 밝았다. 오가는 사람이 많아졌다. 나오미는 빠른 걸음으로 사람들 사이를 누비면서 뭐라 말할 수 없는 착잡한 감정에 사로잡혔다.

"나오미, 나오미 아닌가요?"

전찻길로 돌아서는데 나오미 앞을 막을 듯 다케야마가 서 있었다. 뜻밖에 만난 기쁨을 다케야마는 숨기지 않았다.

"잘 지내요?"

나오미는 그리 놀라지 않았다.

"지금 가시는 길인가요? 오늘은 좀 따뜻하군요."

"예."

다케야마는 격렬한 눈빛으로 나오미를 보았다.

"차라도 한 잔 하시지요."

다케야마는 전찻길 쪽의 조그만 찻집을 가리켰다. 나오미는 다케야마를 보고 밝은 미소를 지었다.

"〈포플러〉에서 교코가 기다리고 있어요. 6시 약속이시죠?"

나오미는 그렇게 말하며 벌써 사람들 틈으로 사라져 버렸다. 다케야마는 갑자기 뺨을 얻어 맞은 것처럼 멍하니 나오미의 뒷모습을 바라보았다.

일요일이었다. 고스케도 아이코도 나오미도 교회에 간 뒤 료이치는 화집(畵集)을 펼쳐 놓고 오늘도 '그리스도'를 바라보고 있었다. 예배당 쪽에서 오르간 소리가 들렸다.

'그리스도는 어째서 십자가에 못 박혔는지 모르지만 슬픔만은 알고 있는 사람이야.'

료이치는 그렇게 생각했다. 그리고 자기는 과연 진정한 의미의 깊은 슬픔을 알고 있는 것일까 하고 생각했다.

거무스름한 창 너머로 마가목의 빨간 열매가 초겨울의 햇빛에 반짝이고 있었다. 료이치는 갑자기 마음이 어두워졌다. 마가목 열매를 좋아한 여자가 있었다. 사도미라는 여자였다. 료이치는 반년쯤 사도미의 아파트에 드나들었었는데 그 아파트 창가에서 마가목(장미과에 속하는 낙엽 교목으로 주로 산지에서 자람)이 보였다.

"저 나무에는 빨간 열매가 열려요. 나무에 함빡 빨간 열매가 달려요."

사도미는 그러면서 열매가 맺히기를 기다리고 있었다. 그 빨간 열매가 열릴 무렵에 사도미는 죽었다. 임신 중절에 실패했던 것이다.

오랫동안 료이치는 사도미를 잊고 있었다.

"눈앞에서 떠난 자는 마음에서도 떠난다."라는 격언대로 료이치는 과거의 여자들을 차례차례 잊어 갔다. 그 과거의 여자 가운데 죽은 것은 사도미 한 사람이었다. 더욱이 임신 중절로 죽었는데도 료이치는 전생에서 일어난 일처럼 까맣게 잊고 있었다. 데루코가 임신했다는 말을 들었을 때조차 료이치는 사도미의 일도, 사도미와 함께 묻힌 작은 생명도 생각나지 않았다.

사도미의 약간 허리가 긴 몸매와 까무잡잡한 살결이 생각났다.

그 건강한 젊은 생명을 빼앗은 것은 결국 자기였다는 당연한 사실을 료이치는 새삼스럽게 깨달았다.

"떼고 와!"

그렇게 말하면서 경솔하게 내준 몇 장의 천 엔짜리 지폐를 흘끗 쳐다보고 무언가 호소하듯이 바라보던 사도미의 눈이 지금 눈앞에 있는 것처럼 선명했다.

"싫어요. 낳고 싶어."

그 눈이 그렇게 말했는지도 모른다고 료이치는 생각했다.

사도미가 죽었다는 말을 들었을 때 료이치는 의사가 실수했다고 생각했을 뿐 아무런 양심의 가책도 없었다. 지금의 료이치는 당시의 자기를 이해할 수가 없었다.

'이렇게 부처님 마음이 되는 걸 보니 어째 갈 날이 멀지 않은 것 같은데.'

료이치는 쓸쓸히 웃으려 했다. 그러나 웃을 수가 없었다. 그 당시에는 아무렇지도 않게 흘려 듣고 지나쳐 버렸던 일, 오랫동안 아주 잊어버렸던 일이 이렇게 생생하게 떠오른다는 것이 료이치의 마음을 편치 않게 만들었다. 과거에 해 왔던 모든 일이 몽땅 그대로 아무것도 사라지지 않고 살아 있는 것 같은 느낌이었다.

생각해 보니, 자기와 알게 되어 행복해진 여인은 한 사람도 없는 것 같았다. 나오미도 데루코도 사도미도, 그리고 결혼하고 싶어 했던 마음 좋은 미도리와 그 밖의 많은 여자들이 모두 자기와 알게 되지만 않았다면 행복하게 되었을 것이라는 생각이 들었다. 그렇게 생각하니 료이치는 몹시 외로웠다. 자기 존재가 남의 기쁨이 되지 못했다는 것이 쓸쓸했다.

문득 거실에서 전화 벨 울리는 소리가 들렸다. 스트렙토마이신을 맞으면서 료이치 귓속에서는 항상 벌레가 우는 것 같은 소리가 들렸다. 지금도 전화 벨이 이 귀울림이라고 료이치는 생각했다.

거실에 들어가니 벨 소리가 딱 그쳤다. 돌아서려고 할 때 다시 벨이 울렸다. 수화기를 들자 "아이고, 료이치냐! 있었으면서 그렇게 안 받아?" 하는 어머니 노부코의 목소리가 들렸다. 노부코다운 말투였다. 노부코는 료이치에게 문병 한 번 오지 않은 것을 잊고 있는 것 같았다.

"웬 일이세요, 전화를 다 하시고."

지금의 료이치는 자기 멋대로 말하는 노부코의 말투에 이상하리만큼 화가 나지 않았다.

"큰일났어, 빨리 와 줘! 죽었단 말야. 어떻게 하면 좋지? 응, 료이치야. 이걸 어떻게 하면 좋아?"

분명히 노부코는 이성을 잃고 있었다.

"죽었어요? 교코가요?"

료이치는 당황했다.

'자살이 아닌가?'

언뜻 료이치는 물에 떠내려가는 교코의 모습을 떠올렸다. 왜 그때 음독이나 목을 맨 것이 아닌 물에 빠진 죽음을 연상했는지 나중에도 료이치는 이상하게 생각됐다. 아마도 2, 3년 전에 본 영화 '햄릿'에서 물에 빠진 오필리아와 교코의 가련함을 무의식 중에 연결시켰는지도 모른다.

"아니야, 교코가 아니야. 그 사람이야. 가와이 씨."

노부코는 반은 울고 있었다.

"그래요?"

료이치는 안심한 듯 웃었다.

"그래요라니? 지금 방금 죽었단 말이야. 좀 빨리 와다오!"

"어머니, 지금 죽었어도 그 사람한테는 부인이 있잖아요. 뭐 그렇게 빨리 뛰어가지 않아도 괜찮아요."

"그게 아니야. 그렇지가 않단 말이야. 나하고 같이 있는 아파트야."

"아파트?"

"우리 집 근처에 '하마나스'라는 아파트 있지? 거기 6호실이야. 꾸물거리지 말고 빨리 좀 와다오!"

노부코는 그렇게 말하고 수화기를 찰칵 내려놓았다. 료이치의 몸에 대해서는 한마디도 묻지 않았다. 다달이 돈만 부쳐 주면 어머니로서의 책임을 다한 거라고 생각하고 있는지도 모른다.

'복상사(腹上死)라는 거겠지?'

료이치는 자기 팔에 안겨 있던 가와이 데루코를 생각했다.

"복상사?"

말을 입 밖에 내보니 료이치는 어머니 노부코와 자기가 말할 수 없이 비천한 인간처럼 생각되었다.

교회에서 나오미와 아이코가 먼저 돌아왔다. 료이치의 외출 차림을 보고 나오미는 미간을 찌푸렸다.

"어디 가세요?"

또 료이치가 모두 없는 틈을 타서 집을 나가려나 하고 생각하는 것 같았다.

"오늘은 따뜻하니까 좀 밖에서 거닐다 와도 되겠는데 뭐."

아이코가 대수롭지 않게 말했다.

"예, 저어……."

료이치는 말을 더듬었다.

"저도 같이 갈까요?"

나오미는 부드럽게 말했다.

"사실은 저어……."

료이치는 다시금 말이 막혔다. 어머니의 일은, 자기의 잘못을 얘기하기보다 더 난처했다.

"사실은 집에 좀 어려운 일이 있다고 전화가 와서요……."

"어려운 일이라니요?"

교코의 약혼 예물이라도 들어오나 하고 나오미는 생각했다.

"저, 어머니와 가까운 분이 집에서 돌아가셨다고 해서……."

"아이구, 그거 큰일이로군. 우리도 좀 가서 거들어 드려야 될 텐데. 그렇지 않겠니, 나오미?"

아이코의 말에 나오미는 고개를 끄덕였다.

"그런데……."

"괜찮아. 사양할 것 없어. 자네는 환자니까 무리를 하면 안 돼요. 아무튼 일단 나오미가 같이 가렴."

료이치는 곤란했다. 나오미를 데리고 가와이 데루코의 아버지가 죽은 곳으로 갈 수는 없었다. 료이치의 어머니와 데루코 아버지의 관계를 되도록이면 나오미에게 알리고 싶지 않았다. 그렇다고 끝까지 감출 수 있는 일도 아니었다.

아이코가 불러 준 택시를 탄 료이치는 흘끗 나오미를 보았다.

"괜찮으세요? 춥지 않으세요?"

"춥진 않아."

"올해는 참 따뜻하죠? 첫눈이 녹은 후로는 좀처럼 눈이 안 오네요."

"응!"

료이치는 단념했다.

"사실은 나오미……."

"뭐예요?"

"죽은 사람은…… 사실은 가와이 데루코의……."

"예? 가와이 데루코?"

다 듣지도 않고 나오미는 놀라며 소리쳤다.

"아니, 데루코의 아버지야."

"어머, 왜 데루코 아버지가……."

언젠가 데루코의 집에 갔을 때 차를 태워 준 데루코의 아버지를 생각했다. 정력적이고 기름기가 번지르한 인상이었는데 이야기를 나누어 보니 보기보다는 호감이 갔다. 데루코와 료이치의 문제로 어머니에게 상의하러 온 것이 아닐까 하고 나오미는 상상했다.

"그게……."

말을 하다 말고 료이치는 한숨을 몰아 쉬었다.

"사실은 어머니한테 자주 놀러 왔었는데……."

"놀러 와요?"

그렇게 료이치네 집과 데루코네가 친하게 지내고 있었나 하고 나오미는 놀랐다. 나오미의 부모가 노부코를 찾아간 일은 있어도 노부코는 한 번도 나오미네 집에 오지 않았다. 나오미는 데루코의 아버지와 노부코의 관계를 물론 상상할 수도 없었다.

"간단히 말해서 애인 관계였지."

"어머!"

나오미의 얼굴은 금세 창백해졌다. 나오미는 기가 막혀 버렸다. 료이치의 어머니와 데루코의 아버지, 그리고 료이치와 데루코, 그렇게 생각만 해도 나오미는 속이 뒤집힐 것 같은 혐오감을 느꼈다.

그 료이치의 아내가 바로 자기라는 사실을 깨닫자 견딜 수가 없었다.

'어쩌면 료이치는 지금까지 한마디도 데루코의 아버지 얘기를 하지 않았을까?'

그것도 나오미는 용서할 수가 없었다. 학교 시절, 데루코는 교코를 '빵빵집 딸'이라고 욕하면서 사사건건 못살게 굴었다. 이제야 나오미는 그 이유를 알게 되었다. 그러나 그 데루코가 어떻게 료이치와 맺어졌으며, 그리고 또 그런 데루코가 교코를 어떻게 친구로 만들 수 있었는지 나오미는 이해할 수 없었다.

　나오미는 도중에 내려 버릴까 하고 생각했다. 자기가 내리면 료이치는 창피해서 다시 나오미한테 돌아오지 않을지도 모른다. 그래도 좋다고 할 만큼 나오미는 흥분되어 있었다.

　"놀랐지?"

　료이치는 가냘프게 미소지었으나 나오미는 대답하지 않았다. 료이치가 건강하기만 하면 지금 당장이라도 헤어지고 싶다고 생각하면서, 그러나 끝내 나오미는 도중에서 내릴 수가 없었다.

　고스케는 서재로 들어가고, 료이치는 침실로 들어갔다. 아이코는 털실을 꺼내서 뜨개질을 시작했으나, 나오미는 멍하니 난로의 불을 바라보고 있었다.

　"료이치는 생각보다 건강해진 것 같구나. 요전날 집에 가서 여러 가지로 신경을 썼을 텐데 열도 오르지 않고."

　아이코는 익숙하게 손을 놀리면서 말했다.

　"예에."

　노부코의 친구가 놀러 왔다가 죽었다고만 아이코에게 얘기했다.

　"웬 일이야. 네가 기운이 없게?"

　"괜찮아요. 아무렇지도 않아요."

　나오미는 료이치와 함께 본 데루코 아버지의 모습을 떠올렸다. 이불 위에 반라의 몸을 드러낸 채 데루코의 아버지는 죽어 있었다.

　그것은 아이들이 장난으로 죽은 시늉을 하고 있는 것 같은, 몹시도 순진한 인상을 주었다.

노부코는 료이치가 오기를 방 앞에서 기다리고 있었다. 료이치 부부가 왔어도 방안에 들어가려고 하지 않았다.

"싫다. 무서워. 죽은 사람 얼굴 같은 건 보고 싶지 않아."

노부코는 그렇게 말하며 데루코 아버지의 몸을 덮어 주려고도 하지 않았다.

"이런 모양이니 의사를 부를 수도 없군."

료이치는 데루코 아버지의 무거운 몸에 잠옷을 입히고 이불 속에 반듯하게 뉘었다. 료이치는 의사를 불러야 했고, 데루코의 어머니에게 전화를 하지 않으면 안 되었다. 그동안 나오미는 방 구석에 앉은 채 꼼짝도 하지 않았다.

데루코의 어머니는 전화를 받자 곧 달려왔으나 노부코는 거들떠보지도 않았다.

"너무 폐가 많았습니다. 뒷일은 제가 처리하겠으니 안심하고 돌아가 주세요."

데루코와 많이 닮은 그녀는 몹시 침착했다.

그 말을 따라 나오미 내외는 물러났다. 아무도 없는 그 방에서 데루코의 어머니는 시체를 붙잡고 통곡했을까, 그렇지 않으면 힘껏 죽은 사람의 뺨을 갈겼을까 하고 나오미는 생각했다.

"그래도 정말 기운이 없어 보이는구나. 뭐 고민이라도 있니? 나오미야."

아이코가 말했다.

"글쎄요, 고민이랄까?"

"뭘 생각하고 있어?"

"어머니, 저어, 아무래도 료이치하고 헤어질까 봐요."

아이코가 뜨개질하던 손을 멈췄다.

"왜? 료이치는 요즘 많이 변한 것 같던데……."

"그럴까요?"

"그렇고 말고, 네가 없을 때는 열심히 그림을 그리고 있는 것 같더라."

"그림을?"

"그래. 네게 크리스마스 선물 할 거라면서 비밀이래. 무슨 그림인지 보여 주진 않고 말야."

료이치가 그림을 그리고 있는 것 같은 눈치는 챘다. 그러나 천으로 덮여 있는 캔버스를 나오미는 들추어 보지 않았다. 이전부터 료이치는 완성되지 않은 그림은 보여 주려고 하지 않았기 때문이다.

"하지만 전 이제 참을 수가 없어요."

"뭐가 참을 수 없어? 료이치는 술도 딱 끊은 것 같고, 지금 같은 료이치라면 엄만 싫지 않은데."

"어머니!"

"왜 그러니, 새삼스럽게."

다시 아이코는 뜨개 바늘을 놀리기 시작했다.

"어머니는 아에 이모하고 아버지를 어떻게 용서할 수가 있으셨어요?"

아이코는 뜨개 바늘을 흰 털실 뭉치에 찔렀다.

"그야 엄마도 처음엔 아주 괴로웠단다. 아버지가 건실한 분이었기 때문에 더욱 배신당한 게 억울하고 분했어. 하지만 인간이란 불완전한 것이다. 나는 하나님하고 결혼한 게 아니다. 그렇게 생각했을 때 아버지를 용서할 마음이 생긴 것 같다."

"인간이란 정말 싫어요."

"그래, 참 인간이란 정말 싫은 거야. 그러나 나도 또 그런 인간의 한 사람이란다. 아버지처럼 성실한 사람조차 잘못을 저지르니 사람이란 존재가 얼마나 약한가를 절실히 느꼈어."

"그래도 어머니, 난 료이치가 싫어요. 용서하고 말고 할 것도 없어요."

존경하는 아버지조차 여자 문제로 잘못을 저질렀다. 료이치만이 잘못을 저지른 게 아니다. 그렇게 생각하고 나오미는 료이치에게 관대한 마음으로 대했던 것이다. 그러나 데루코 아버지와 노부코의 관계를 안 후부터 나오미는 료이치가 끈적끈적하고 더러운 인간으로 생각되었다. 그리고 교코와 만날 약속이 있으면서도 나오미를 찻집으로 끌던 다케야마도 용서할 수 없다고 느꼈다. 자기 자신은 료이치의 아내이면서 다케야마에게 마음이 끌렸던 일도, 만나러 갔던 일도 나오미는 까맣게 잊고 있었다.

"넌 누굴 닮아서 그렇게 고집스럽니? 그렇게 깐깐해서야…… 료이치가 불쌍하구나!"

"료이치보다 제가 더 불쌍해요. 아무튼 완쾌되면 바로 헤어질래요."

"그리고 어떻게, 누구와 결혼하려고?"

"결혼은 이제 지긋지긋해요. 남자란 믿을 수 없어요."

"결혼 얘기가 났으니 말이다만, 다케야마 선생도 교코 양하고 약혼한다던데."

아이코는 가볍게 말했다.

"그래요? 잘 됐네요."

며칠 전 다누키 골목에서 만났을 때의 다케야마의 얼굴을 나오미는 생각했다. 료이치하고 헤어지고 아무하고도 결혼하지 않겠다고 방금 말했는데, 다케야마와 교코의 약혼 얘기를 들으니 뜻밖에 나오미의 마음이 흔들렸다.

교코와 다케야마의 포옹하는 모습을 나오미는 분명히 자기 눈으로 보았고, 두 사람의 약혼은 당연한 일이라고 생각하고 있었다. 어쨌든 지금에 와서 마음이 흔들릴 이유는 없는 것이다. 그러나 나오미는 온몸에 회오리 바람이 스치고 지나간 것 같은 허전함을 느꼈다.

"잘 됐네요."

나오미가 공허하게 같은 말을 되풀이했을 때 전화 벨이 울렸다. 목사관엔 밤 12시까지 전화가 오는 것이 보통이었다. 도쿄에서 걸려온 전화였다.

"여보세요. 료이치 씨 부탁합니다."

데루코의 목소리였다.

"네루코, 나, 나오미야."

"나오미라는 사람에겐 볼일 없어요. 그 사람 좀 바꿔 줘요."

"벌써 자는데."

헤어져도 괜찮다고 생각하는 료이치지만 왜 그런지 데루코의 전화를 바꿔 주기는 싫었다.

"아직 10시밖에 안 됐어요. 자더라도 깨워 줘요."

데루코는 술에 취한 것 같았다. 나오미는 수화기를 귀에 댄 채 가만히 있었다.

"여보세요? 뭐라고 대답을 해야 하잖아요? 료이치 씨를 바꿔요."

"데루코, 나 너의 아버지 돌아가신 얼굴을 보았어."

아이코 앞이란 걸 잊은 것은 아니지만 나오미는 왜 그런지 그렇게 말하지 않을 수가 없었다.

"흥, 그런 아버지, 잘 됐지 뭐야. 어디서 어떻게 죽든 내가 알게 뭐야."

데루코는 되는 대로 대답하더니 큰소리로 웃었다. 장례식에도 오지 않은 데루코의 아픈 마음을 나오미도 이해할 수 있었다. 그러나 아버지의 불륜에 분개하면서 자기도 또 료이치와 그런 사이가 된 것을 데루코는 어떻게 생각하고 있는지 궁금했다.

"아무튼 빨리 료이치를 바꿔 줘요. 설마, 나오미 질투하고 있는 거야."

"아니, 조금도. 하지만 료이치는 너의 전화를 기뻐하지 않을 텐데."

"설마 그럴 리가? 요전 날 크리스마스 전에 꼭 전화해 달라고 편지가 왔었는데."

"그래? 그럼 바꿔 주지."

방에 들어가니 료이치가 눈을 떴다.

"전화예요!"

"누구한테서?"

료이치는 몸을 일으켰다.

"도쿄에서요."

나오미는 데루코의 이름을 입에 올리지 않았다.

"무슨 일일까?"

료이치는 분명히 싫은 얼굴을 했다.

"잔다고 그러지!"

"하지만 당신이 전화를 해 달라고 편지를 하셨다면서요?"

"설마? 안 받는다고 그래 줘."

료이치는 매우 불쾌한 표정을 하며 누워 버렸다.

"하지만 일부러 도쿄에서 건 장거리 전화예요. 받으세요."

"별일 아닐 거야."

료이치는 이불을 뒤집어 쓰고 말았다.

"통 일어나려고 하지 않으니, 내일 다시 전화해요."

나오미가 정중히 말하자 뜻밖에 순순히

"그래? 그럼 내일 아침 또 전화할게."하고 데루코는 전화를 끊었다.

"추워요. 오늘 밤에는 얼음이 얼겠는데요."

나오미가 한기를 느끼며 말했다.

"이제 크리스마스가 한 달도 안 남았는걸."

아이코는 이렇게 대답할 뿐 전화 얘기는 묻지 않았다.

15

내일 아침 다시 전화를 하겠다던 데루코에게서는 이튿날도 그 다음날도 전화가 오지 않았다.

나오미는 왜 그런지 차분할 수가 없었다. 혹 자신이 없을 때 료이치가 전화를 받은 게 아닌가 하고 생각해 보았다.

"전화 왔었어요?"

일요일 아침 물끄러미 푸른 하늘을 쳐다보고 있는 료이치에게 나오미가 물었다.

"전화? 어디서?"

료이치는 알 수 없다는 듯이 전보다 좀 살이 붙은 얼굴을 나오미에게 돌렸다.

"도쿄에서 말이에요."

나오미는 료이치가 일부러 모르는 척한다고 생각했다. 도쿄라는 소리를 듣고 료이치는 약간 눈살을 찌푸렸다.

"아니."

"하지만 다음날 하겠다고 했는데요."

"변덕스러운 여자니까……."

료이치는 쓸쓸히 웃으며 나오미를 보았다. 그 눈을 나오미는 아름답다고 생각했다. 옛날의 어린애 같은 애띤 눈하고는 또 달랐다.

맑은 광채가 나는 것 같았다.

"데루코가 화난 것 아닐까요? 일부러 전화했는데 받지도 않는다고……."

료이치는 무엇을 생각하는 듯하더니 그대로 입을 다물고 말았다.

"나오미, 하코다데에 가고 싶군."

한참만에 료이치가 차분히 말했다.

"예? 하코다데에?"

나오미는 료이치가 데루코 생각을 하고 입을 다물고 있는 줄 알았다.

"음, 호라이초나 그 아오야나기초 부근을 요즘 꿈에 본단 말야."

료이치는 나오미와 함께 같이 살았던 하코다데의 거리를 그리워하고 있는 것 같았다.

"전 하코다데보다는 삿포로 쪽이 좋아요."

저 하코다데에서 료이치와 같이 지내던 생활로 다시 돌아가고 싶은 생각은 없었다. 매일같이 료이치는 술을 마시고 늦게 돌아와 신경질적으로 나오미를 못살게 굴었다. 찌를 듯이 날카로운 말을 료이치는 몇 번이나 나오미에게 내던졌던가? 그때의 그 생활이 뭐가 재미있었다고 료이치는 하코다데를 그리워하는지 그런 료이치에게 나오미는 화가 났다.

"나오미는 삿포로가 좋아?"

료이치는 쓸쓸히 웃었다.

"하코다데가 그리우면 당신 혼자 가세요."

나오미가 하코다데에 가고 싶지 않다는 것은 료이치와의 생활을 계속할 의사가 없다는 뜻이었다. 가와이 데루코 아버지의 죽음이 어떤 죽음인지를 알고 난 후, 자기와 료이치는 전혀 함께 할 수 없는 관계로 생각하게 되었다.

"혼자서 하코다데에 갈 생각은 없소."

료이치는 나오미의 차가운 표정에 놀라면서 가볍게 말했다.

"그보다도 당신은 데루코에 대한 책임을 지셔야 해요."

나오미는 딱 잘라 말했다.

"책임이라니?"

"남자가 여자에게 지는 책임 말이에요. 결혼하려면 하세요. 헤어질 거면 하루라도 빨리 정리하세요."

"결혼할 생각은 없어. 데루코도 처음부터 그럴 생각은 가지고 있지 않았어."

"어머!"

도대체 무슨 생각으로 데루코는 아내가 있는 료이치와 그런 사이가 되었는지 나오미는 이해할 수가 없었다.

"헤어지겠어. 아니, 벌써 헤어졌다고 생각하고 있어."

"그건 일방적인 얘기예요. 데루코는 헤어질 생각이 없을 텐데요."

"그렇지 않을거야. 오기가 있는 여자라 이쪽에서 헤어지자고 하면 그 이상 쫓아다닐 여자가 아니야."

료이치의 말에 나오미는 미간을 약간 찌푸렸다. 마치 데루코라는 인간을 모조리 알고 있는 것 같은 그 말투에 나오미는 새삼스럽게 료이치와 데루코 사이를 알 것 같았다.

"그렇지만……."

"데루코와의 관계는 올해 안으로 마무리지을 테니 제발 아무 말 말아요."

"전, 두 사람이 헤어지기를 바라는 것은 아니에요."

나오미는 휘날리기 시작한 창밖의 눈을 바라보았다. 눈은 위로 흩날리고 다시 아래로 춤추며 내려왔다. 료이치는 나오미의 차디찬 옆모습을 애원하는 듯한 눈으로 보았다. 맑고도 슬픈 눈이었다.

요즈음 교코는 다케야마의 말수가 적어졌다고 생각했다. 결혼식 날짜를 내년 3월로 잡고 나서부터 다케야마는 말이 없어진 것같이 생각되었다.

다케야마의 방에서 그와 얘기하면서도 왜 그런지 교코의 마음은 가볍지가 않았다.

"스기하라는 요즈음 건강해진 모양이지?"

다케야마가 료이치보다도 나오미를 생각하면서 말하는 것처럼 교코는 여겨졌다.

"예, 한겨울 푹 쉬고 4월부터 근무한대요."

"그래? 생각보다 빨리 회복된 것 같군."

다케야마는 그렇게 말하면서 선하품을 했다. 그 하품을 보니 다케야마가 아주 무료해하는 것처럼 교코는 느껴졌다. 교코의 손은 아까부터 가제 손수건을 넷으로 접었다 폈다 똑같은 일을 되풀이하고 있었다.

'만일 선생님이 나를 사랑하신다면 이토록 지루해하실 수 있을까?'
"데루코가 삿포로에 돌아왔던데요."
"그래?"
다케야마는 교코를 보았다.
"아주 멋진 외제 코트를 입고 왔던데요."
다케야마는 담배에 불을 붙였다.
"모자도 구두도 코트에 맞춰서 새로 했더군요."
다케야마는 말없이 담배를 피우고 있었다.
"선생님!"
교코는 손수건을 둘둘 말아 손에 쥐었다.
"왜?"
"선생님은 아까부터 아무 말씀도 안 하세요."
다케야마는 대답하지 않고 교코를 보았다.
"선생님은 지루하세요? 저하고 둘이 있으면……."
"지루한데."
다케야마는 분명히 말했다.
"어머! 너무하세요……."
교코는 안색이 변했다.
"너무하다고? 그렇지만 그게 사실이니 어쩔 수 없어."
"어머!"
"교코는 아까부터 시집올 때 준비하는 물건 얘기, 가와이의 코트 얘기 같은 것만 하고 있잖아. 나는 혼수감 같은 것엔 흥미가 없고 남의 복장 같은 것에도 흥미가 없어. 지루한 거야 당연하지."

다케야마의 말이 교코에게는 무정하게 들렸다.

"그러나 그것은 내가 베트남 얘기를 했을 때 교코가 지루해하는 것과 마찬가지야."

다케야마의 말이 부드러워졌다. 교코는 다케야마를 쳐다보았.

다케야마가 무료해한 것은 화제 그것보다도 그의 사랑이 아직 자기에게 쏠려 있지 않기 때문이라고 교코는 생각했다. 가끔 다케야마의 마음에는 구멍이 뻥 뚫린 것 같은 반응 없는 공허함이 있었다.

그럴 때 다케야마는 무엇을 생각하고 있는 것일까 하고 교코는 다시금 나오미에 대한 일을 떠올렸다.

"선생님은 후회하고 계신 거 아니세요?"

그렇게 말하고 교코는 가볍게 입술을 깨물었다.

"후회? 무엇을 후회한다는 거야?"

다케야마는 교코의 마음을 모르는 척했다.

"저하고 결혼하는 것을……."

"설마! 좀 더 빨리 결혼할 걸 그랬다고 후회하곤 있지만."

다케야마는 살짝 교코의 어깨를 끌어안았다. 소녀 같은 교코의 순결한 입술을 다케야마는 가만히 보고 있었으나, 가볍게 눈을 감고 다케야마를 기다리고 있는 교코의 얼굴을 보자 다케야마는 참을 수 없어 입술을 포개었다.

'설마 이제 와서 이 교코를 떠밀 만큼 매정한 짓을 나는 할 수 없다.'

아마 자기는 내년 3월이면 교코를 아내로 맞을 것이다. 그런데 가슴속 깊이 자리잡고 있는 이 외로움은 대체 무엇이란 말인가. 요즈음 교회에서 보는 나오미의 눈은 왜 그렇게 슬퍼 보일까. 무슨 까닭으로 저처럼 외로운 눈을 하고 있는 것일까 하고 끝내 나오미가 마음에 걸렸었다.

 료이치를 찾아가면 그는 사람이 변한 듯이 조용하고 맑은 분위기를 가진 인간으로 되어 가고 있었다. 저 료이치의 온화한 얼굴을 보고 있으면, 역시 나오미와의 관계가 원만해져 가고 있다고 다케야마에게는 생각되었다.

"스기하라도 많이 변했어."

요전에 문병했을 때 다케야마가 그렇게 말하자, 료이치는 장롱에서 위스키 병을 꺼내며 빙긋이 웃었다.

"뭐야, 여전히 마시고 있었군."

다케야마는 배신당한 것 같았다.

"아냐, 이건 지난 8월에 데루코가 가져온 위스키야. 딱지도 안 뗀 걸세."

"아아, 그때의 위스키로군."

다케야마는 놀랐다. 문득 가슴이 뜨거워지는 감동이 엄습했다. 위스키 병을 손에 넣으면 1분도 지체하지 않고 병 마개를 따던 료이치였다.

"음."

료이치는 좀 멋쩍은 듯이 웃었다.

"인간이란 변하려고만 하면 변할 수도 있군."

"나 자신도 놀랐어. 그 여자가 이것을 가져왔을 때 나는 이제 평생 술은 마시지 않겠다고 생각한 거야. 그럴 수 있으리라고는 물론 나도 생각지 못했지만 말야. 그러나 내가 그 여자하고 관계를 끊을 수 없었던 것은 그녀가 보내 주는 돈으로 술을 마실 수 있다는 게 첫째 이유였기 때문이거든. 술을 끊지 않으면 그녀에게 언제까지나 질질 끌려 다닐 수밖에 없을 거라고 느낀 걸세."

료이치는 외롭게 웃었다. 이번에야말로 나오미와의 생활을 진정으로 새롭게 고쳐 보려는 료이치를 의심할 수가 없었다.

그런데 나오미는 왜 그처럼 외로운 얼굴을 하고 있는 것인가. 다케야마는 은근히 기대 같은 것을 갖지 않을 수가 없었다.

그렇다고 이 가련한 교코를 이제 와서 버릴 수는 없다. 다케야마는 요즈음 가끔 짜증이 나는 자기 자신을 꾸짖고 있었다. 다케야마는 교코에게 긴 입맞춤을 몇 번이나 되풀이하면서 남몰래 눈물을 글썽이고 있었다.

12월에 접어들자 료이치는 웬만한 눈도 치울 수 있었고 연통 소제도 혼자 할 수 있게 되었다.

식은땀이나 열도 전혀 없었고, 식욕도 꽤 좋아졌다. 하루 세 끼의 식사로는 부족하여 밤참도 들어야 했고, 병들기 전보다 더 살이 찐 것 같았다.

"점점 나를 닮아 가는데."

어느 날 밤 나오미의 아버지 고스케가 말했다. 키가 큰 료이치는 약한 편이었는데, 이제 고스케와 둘이 나란히 서면 확실히 친부자지간처럼 그 체격이 비슷해 보였다.

"영광입니다."

고스케를 닮았다는 말을 듣고 료이치는 진심으로 기뻐하는 것 같았다.

"다 나으면 하코다데로 간단 말이지."

"예."

료이치는 고스케 앞에 있으면 자기도 이상할 정도로 어린애처럼 솔직해졌다. 아버지를 모르고 자란 탓만은 아닌 것 같다.

"떠난다니 섭섭하군."

고스케는 정말 섭섭한 얼굴을 했다. 료이치는 기뻤다.

"료이치가 그렇게 귀염성 있는 줄은 미처 몰랐어요."

저녁상을 물린 후 사과를 깎던 아이코가 말했다. 나오미는 부엌에서 그릇을 씻으며 거실에서 들려오는 대화에 귀를 귀울였다.

"이거 어머님께는 못 당합니다."

료이치의 기뻐하는 목소리가 들렸다. 나오미는 약간 눈살을 찌푸렸다. 고스케나 아이코가 료이치에게 호감을 갖고 있는 모양이 나오미에게 싫을 리는 없었다. 그럼에도 불구하고 나오미는 고스케나 아이코처럼 료이치를 칭찬하고 싶지는 않았다.

료이치와 데루코, 료이치의 어머니와 데루코 아버지, 그렇게 생각만 해도 나오미는 구역질이 났다. 천박하다고 생각했다. 그런 소용돌이 안에 휩쓸려 들고 싶지 않다고 나오미는 굳게 마음먹었다.

"교코 양은 3월에 결혼한다죠? 어머님이 바쁘시겠네요."

어머니 아이코가 묻는 말이다. 나오미는 그릇에 행주질하던 손을 멈췄다.

"저희 어머니는 무사태평한 성격이라, 당신께서 언제 아들딸을 낳았나 싶은 얼굴을 하고 계십니다."

료이치는 자기를 한 번도 찾아보지도 않을 뿐 아니라, 고스케 내외에게 인사조차 없는 어머니를 부끄럽게 생각하는 것 같았다.

"가게를 하시니까 얼마나 바쁘시겠어요. 여자 혼자의 몸으로 료이치를 대학까지 보내셨는데 그런 말 하면 벌 받아요."

아이코가 듣기 좋게 말했다.

'만일 데루코 아버지의 일을 아신다면 아버지, 어머니는 어떻게 생각하실까?'

나오미는 손에 힘을 주어 그릇을 박박 문질렀다. 왜 그런지 자기 혼자만 따돌림당한 것처럼 생각되었다.

"나오미, 아직 안 끝났니?"

아이코의 목소리가 들렸다.

"예, 물만 빼고 갈게요."

나오미는 수돗물을 받은 다음 마개를 열었다. 물은 콸콸 소리를 내며 내려갔다.

"정말, 오늘 밤은 추우니까 물 빼는 걸 잊으면 수도관이 파열하겠어."

아이코가 대답했다.

나오미가 거실에 들어갔을 때 옆에 있는 전화 벨이 요란스럽게 울렸다. 무심코 수화기를 드니 익숙한 목소리가 들려왔다.

"여보세요. 나 데루코예요. 료이치 씨 계세요?"

나오미는 데루코임을 알자 곧 수화기를 귀에서 멀리 하고 데루코의 목소리를 들었다. 그리고 한마디 말 없이 눈으로 료이치를 불렀다. 료이치는 약간 찌푸리면서 수화기를 들었다.

"아, 여보세요. 스기하랍니다."

료이치는 데루코인 줄 알면서 정중하게 말했다. 고스케가 나오미와 료이치를 번갈아 보았다.

"아닙니다. 오래간만입니다. 무슨 용건이십니까?"

어디까지나 정중한 말투였다. 나오미는 무관심한 척하고 난로에 손을 쬐었다.

"그렇지는 않습니다만……."

그때부터는 한참 동안 데루코가 뭐라고 얘기하는 모양인지 료이치는 그냥 "예, 예" 하고 대답만 할 뿐이었다.

나오미는 데루코 아버지와 료이치 어머니를 생각했다. 데루코 아버지가 이불 밖에서 알몸으로 죽어 있던 모습이 자꾸만 눈앞에 아른거렸다. 나오미는 더욱 무관심한 척했다.

"그러나 그것은 곤란한데……. 물론 한 번은 만나겠어요. 하지만 크리스마스 이브에 당신한테 간다는 것만은 곤란합니다."

료이치는 몹시 난처한 목소리를 했다. 그런 료이치의 어깨를 고스케가 두드렸다. 료이치는 "잠깐 기다려 주십시오." 하고 돌아보았다.

"데루코라는 아가씬가?"

"예."

료이치는 머리를 긁적였다.

"만나고 싶다면 만나 주지 그래. 자네도 빨리 매듭을 짓는 게 좋을 거야."

"예, 하지만 크리스마스 이브에 만나자는 겁니다."

"어떤가? 자네도 책임이 있으니까 그쪽에서 만나자는 날 만나서 잘 타협을 하게."

고스케는 적극 권했다. 료이치는 끄덕이면서 통화를 계속했다.

"알겠습니다. 24일 오후 6시에 찾아뵙죠."

깍듯이 정중한 말씨로 료이치는 전화를 끊었다. 나오미에게는 그런 것도 달갑지 않게 들렸다.

'크리스마스 이브라고 해서 료이치한테 무슨 상관이 있나 뭐.'

나오미는 따뜻해진 손에 핸드 크림을 바르면서 료이치를 흘끗 보았다. 료이치는 우울한 얼굴로 난로 곁에 앉아 있었다.

"크리스마스 이브라, 무슨 사정이라도 있나?"

고스케는 사과를 먹으면서 물었다.

"예, 여기 와서 처음 맞이하는 크리스마스 이브이기 때문에……."

료이치는 몹시 아쉬운 듯했다.

"올해는 꽤 늦게 눈이 왔지만, 요 며칠은 매일 오는군요. 크리스마스에 눈이 없는 건 쓸쓸한데 안심이에요."

아이코는 화제를 돌렸다.

"정말 그래요."

나오미는 끄덕였다. 그러나 아무리 새하얀 눈이 온다 해도 인간의 추함에는 변함이 없을 거라고 나오미는 비꼬는 듯한 눈으로 료이치를 보았다.

근무처인 고마쓰 회계 사무소에서 보통 때보다 조금 일찍 나온 나오미는 뜻밖에 가로등 밑에 서 있는 다케야마의 모습을 보고 놀랐다.

눈이 오는데 오래 서 있었던 모양이었다. 다케야마의 온몸엔 흰 눈이 덮여 있었다. 단단히 마음먹은 것 같은 눈으로 다케야마는 나오미를 맞이했다.

"미안합니다, 길목에 지켜 서서."

나오미는 말없이 고개를 가로저었다.

"전화를 해서 형편이 어떤지 물으려다 거절당할 것 같아서……."

다케야마는 정식으로 사과했다. 전화를 걸었으면 아마 거절했을 거라고 나오미는 생각했다. 요즈음의 나오미는 아무도 만나고 싶지 않았다. 깊은 산속의 한적한 호수처럼 아무의 눈에도 띄지 않는 곳에서 살고 싶은 생각이 들었다. 그런데 완전히 사람이 싫어졌다고 생각한 자기가, 눈이 쏟아지는 거리에 우뚝 서 있던 다케야마의 모습을 보고 가슴이 뜨거워지며 그에게로 달려가고 싶은 충동까지 느낀 것은 도대체 무슨 까닭일까 하고 나오미는 생각했다.

"무슨 급한 일이라도?"

나오미는 시계를 보았다. 5시 30분이었다.

"아아, 스기하라가 기다리죠?"

다케야마가 걸음을 멈추었다.

"상관없어요."

"정말입니까?"

다케야마는 나오미의 눈을 들여다보듯 바라보았다.

"괜찮아요. 전화를 걸어 두죠."

나오미는 은은히 미소를 머금었다.

"그럼 함께 식사를 해도 괜찮겠죠?"

"전 괜찮지만, 선생님은 교코에게 야단맞으시는 거 아녜요?"

요전 날 만난 교코의 말이 생각났다.

"싫은지도 몰라."

교코는 나오미에게 그렇게 말했었다. 교코가 자기를 싫다고 한 마음을 지금 나오미는 잘 알 수 있을 것 같았다.

'그때 나는 교코에게 말했다. 내가 뭐 못살게 군 일이라도 있느냐고.'

지금 자기는 다케야마와 함께 식사를 하려고 한다. 사실 교코를 위한다면 거절해야 옳지 않겠는가 생각했다. 그러나 나오미는 다케야마의 심각한 얼굴을 보고 쉽게 거절할 수가 없었다.

그러나 사실 나오미의 가슴속에는 뜻밖의 생각이 꿈틀거리고 있었다.

"싫은지도 몰라요."라고 한 교코에 대해서 그렇다면 정말 싫은 짓을 한 번 해 줄까 하는 짖궂은 마음이 없는 것도 아니었다.

"너도 데루코와 료이치의 관계를 알고 있으면서 데루코하고 친해졌고 나한테는 아무것도 알리지 않았잖아?"하고 말하고도 싶었다.

교코에게 야단맞지 않겠느냐는 말을 듣고 다케야마는 잠시 눈을 내리깔았으나, "그 사람 얘기도 하고 싶어요." 하고 걷기 시작했다.

두 사람은 아담한 튀김집 2층으로 올라갔다. 방에서 장작 난로가 타고 있었다. 조그만 이동식 선반에는 조화로 된 국화가 한 송이 꽂혀 있었고, 묵화로 그려진 달마선사의 그림이 벽에 걸려 있었다.

"어머나, 무척 예쁜 아가씨로군요!"

차를 가져온 쉰에 가까운 여인이 나오미를 보고 감탄했다.

"놀라셨어요?"

다케야마는 기쁜 듯이 나오미를 보았다.

"놀라다마다요. 젊은 아가씨들 살결이 곱긴 하지만, 이처럼 예쁜 아가씨를 이 삿포로에서 뵙긴 좀처럼 힘들지요."

여인은 찬찬히 화장기 없는 나오미의 얼굴을 바라보다가 방을 나갔다.

'아름다워. 확실히 나오미는 매우 아름다워.'

다케야마는 뜨거운 찻잔을 차디찬 손으로 감싸듯이 잡았다.

'아가씨라니, 내가 아직도 처녀처럼 보이나?'

나오미는 예쁘다는 말보다 그 소리가 더욱 기뻤다.

'그렇지만 난 처녀가 아냐.'

나오미는 교코가 부러웠다.

"하실 말씀이 있으세요?"

나오미는 말없이 자기를 보고 있는 다케야마의 시선이 눈부셨다.

"그렇게 물으니까……."

어두운 밖에서는 말할 수 있을 것 같았는데, 밝은 불빛 아래서는 얘기를 꺼내기가 어려웠다.

"교코 얘기라고 하셨나요? 3월에 결혼하신다고요?"

"사실은 그 얘긴데, 내가 정말 교코와 결혼을 해야 하는지……."

다케야마의 말투는 제자 나오미에 대한 말투가 아니었다.

"왜요?"

다케야마는 곧 대답하지 않았다. 장작 타는 소리만 들렸다.

"이런 말은 평생 하지 말아야 될 줄 알면서…… 그렇지만 말해야 할 것 같아. 난 나오미를 단념할 수가 없어."

다케야마는 그 말을 하고 머리를 푹 숙였다.

"어머!"

나오미는 깜짝 놀라 다케야마를 바라보았다. 전혀 예기치 않았던 일은 아니었다. 그러나 이렇게까지 분명하게 다케야마가 마음을 노출시키리라고는 상상치 못했었다.

"그런 말씀은 너무 늦었어요. 교코에게 못할 짓이에요."

나오미는 뒷벽에 몸을 기댔다. 몸이 흔들리는 것 같았다.

"나오미, 나는 당신에게 결혼을 신청했었소. 그때 당신은 혼자였었지."

다케야마는 그렇게 말하며 나오미를 보았다. 격렬한 눈빛이었다.

"나오미, 당신은 스기하라를 사랑하고 있소?"

다케야마는 확인하지 않을 수가 없었다.

"모르겠어요."

"몰라? 그럼 사랑하고 있지 않다는 건가?"

다케야마는 성급하게 물었다. 그때 문이 열렸다. 아까 그 여인이었다. 산뜻하게 튀긴 새우와 연어가 접시에 소복이 담겨 있었다.

"방해가 됐군요."

여인은 방 안의 공기로 무엇인가 짐작한 듯 바로 방을 나갔다.

"사랑하든 안 하든 전 스기하라의 아내예요."

잠시 후 나오미가 말했다.

"그렇지만 사랑하고 있지 않다면 이름뿐인 아내가 아닌가?"

"그럴지도 몰라요. 그렇지만 이름뿐이라도 남편이 있다는 것은 현실이에요. 전 교코가 부러워요."

교코가 독신이라는 사실이 부럽다고 말한 것이었다. 그러나 다케야마에게는 다케야마와 결혼하는 교코가 부럽다고 말한 것처럼 들렸다.

"나오미!"

다케야마는 자기도 모르게 나오미의 어깨에 손을 대려고 했다.

"안 돼요, 선생님."

나오미는 몸을 틀어 다케야마의 손을 피했다.

"이러시면 저 가겠어요."

방 앞을 지나는 대여섯 명의 발소리가 한동안 들렸다.

"미안해."

다케야마는 머리를 숙이고 말했다.

"사실 이런 태도를 보이려고 한 건 아니오. 교코하고 결혼하기로 결정은 했어도 난 나오미를 단념할 수가 없었소. 교코도 그것을 예민하게 느끼고 늘 우울해하죠. 그러면 나도 덩달아 시무룩해져서 웬 일인지 잘 맞지가 않아요."

다케야마는 침착하게 말하기 시작했다.

"그렇다고 아무 죄도 없는 교코를 불행하게 할 수는 없소. 그래서 난 용기를 내서 나오미에게 이 마음을 털어놓아야겠다고 생각한 거요. 오랫동안 가슴속에 간직하고만 있기 때문에 괴로우니까 말해 버리고 나면 단념할 수 있을지도 모른다는 생각에서 오늘 모든 걸 말해 버린 거요."

다케야마의 말을 가만히 듣고 있던 나오미의 표정에 비웃는 듯한 미소가 떠올랐다.

"말하자면 선생님은 교코와 행복한 결혼을 하기 위해서 가슴속에 담겨 있던 고민을 토해 버리셨다는 말씀이군요."

"아니오, 그것은……."

그게 아니라고 말하려다 다케야마는 입을 다물었다. 그러고 보니 정말 자기 본위로만 생각한 이야기였다.

"후련하신 선생님은 좋으시겠지만, 선생님의 마음을 안 저의 앞날은 어떻게 될지 생각해 보셨어요?"

"어떻게 되다니……."

다케야마는 나오미의 윤기 있는 아름다운 눈이 자기를 지켜보고 있어 당황했다.

"선생님은 이제 후련한 마음으로 결혼하시겠다는 거 아닌가요?"

그런 말을 들으니 다케야마는 자신이 없었다. 그러나 확실히 오랜

세월 동안 간직했던 생각을 비로소 털어놓은 만족감은 있었다.
"하지만 제게는 지금 어떤 무엇의 시작인지도 모르죠."
나오미는 자신이 스스로 불어서 애써 꺼 버린 불길을 다시 타오르게 만들어 놓은 다케야마가 아무런 가책도 없이 교코와 결혼을 할 작정인가 하고 은근히 화가 났다.
'사랑만은 이 세상에서 가장 순수한 것이라고 생각했는데, 사랑도 역시 결국은 자기 중심의 사랑에 불과한 것인지도 몰라.'
나오미는 갑자기 쓸쓸해졌다.
내일은 크리스마스 이브여서 료이치는 데루코에게 이별을 고하러 갈 것이다. 이 세상에 얼마나 많은 남녀가 사랑을 고백하고, 서로 사랑하고 그리고 헤어지기를 거듭하고 있을까 나오미는 생각했다. 자기도 또 얼마 동안 다케야마에게 마음을 빼앗기며 살아갈 것이다. 그러나 그것도 언젠가는 끝날 날이 올 것이다. 이 세상에 영원한 사랑이란 것이 진정 있을까?
'허무하다'고 나오미는 생각했다. 전등 밑에서 다케야마도 나오미도 말이 없었다.

16

택시를 부르는 다이알을 돌리면서 나오미는 착잡한 마음이었다.

료이치는 코트를 걸치고 마스크를 한 채 난로 옆에 앉아 있었다.

데루코를 만나러 가는 료이치를 위해 택시를 부른다는 일은 지기 싫어하는 나오미에겐 견딜 수 없는 일이었다. 그 견딜 수 없는 일을 자진해서 하고 있는 자신이 이상했다.

"지금 차가 없대요. 15분쯤 기다리라고 하는데요."

"15분?"

료이치는 하고 있던 마스크와 코트를 벗었다.

"크리스마스 이브니까 차가 없는 것도 무리가 아니죠."

좀 추위가 심해졌다고 생각하며 나오미는 커튼을 걷고 밖을 바라보았다. 유리창은 벌써 하얗게 얼기 시작했다. 고스케와 아이코는 크리스마스 축하회에 나가고 없었다.

"갔다 와서 당신에게 선물할 게 있어."

료이치는 택시가 늦는 것을 개의치 않았다.

"그림을 그리셨다고요?"

"음, 알고 있었어?"

"물감 냄새가 나잖아요. 물론 알고 있었죠."

"하지만 아직 보지는 않았겠지?"

"예, 당신은 도중에 남이 보는 걸 싫어하시니까요."

"아무튼 당신이 뭐라고 말할지 그것만이 유일한 낙이야."

료이치는 크게 기운을 내면서 말했다.

"그래요?"

나오미도 그림이 싫지 않았다. 그림을 선물해 준다니 기쁘지 않을

리가 없었다. 그러나 이제 료이치가 데루코를 찾아간다는 생각만으로도 나오미는 솔직히 심사가 편치 않은 것이었다. 나오미가 크게 기뻐하는 기색을 보이지 않자 료이치는 좀 실망한 것 같았다.

"오늘은 아무데도 가고 싶지가 않았어. 빨리 돌아올게."

15분쯤 기다리라고 하던 택시는 5분도 채 되지 않아서 바로 왔다.

"천천히 다녀오세요. 늦으면 주무시고 와도 괜찮아요."

나오미는 차갑게 말했다.

"나오미!"

료이치는 좀 슬픈 듯한 눈으로 나오미를 보았다. 무엇인가 말하려고 입을 열다가 그 말을 막듯이 마스크를 하고 료이치는 방을 나갔다. 료이치가 들고 있는 보따리를 보고 나오미는 눈살을 찌푸렸다. 무슨 선물일까 하고 궁금했다. 차 옆에까지 왔을 때 나오미는 용기를 내어 물었다.

"그건 뭐예요?"

"위스키야."

차 안에 한 발을 들여놓고 돌아보며 료이치는 대답했다.

"어머!"

나오미는 자기가 얼마나 험악한 표정을 보였는지 자신도 잘 알 수 있었다.

차가 움직이고 료이치가 한 손을 쳐들었다. 그러나 나오미는 손을 들지 않았다. 위스키를 손에 든 료이치는 마치 데루코에게 놀러 가는 인상을 주었다.

료이치는 데루코의 아파트 앞에서 차에서 내렸다. 안개가 끼어 아파트 아래 부분은 희미했다. 료이치는 1년 만에 보는 데루코의 방 불빛을 복잡한 마음으로 바라보았다. 파란 불빛이 안개에 어려 있었다.

'파란 전등이라.'

데루코의 방 창문에 파란 불빛이 보일 때는 자기가 방에 있다는 료이치와 데루코의 암호였다. 이것은 료이치가 제안한 것이었다. 료이치는 이 파란 불빛의 창을 몇 번이나 찾았던가? 하코다데의 여관에서 만날 때도 데루코는 방에 파란 불을 켜놓고 기다리고 있었다.

"이 빛깔이 아니면 기분이 안 나는 걸요."

그렇게 말한 데루코의 말을 생각하면서 료이치는 마스크를 벗고 아파트 현관에 들어섰다.

데루코의 방문을 노크하니 기다리고 있었다는 듯이 안에서 데루코가 얼굴을 내밀었다.

"어머나, 아주 건강해지셨네요."

악수를 청하면서 내민 손에 료이치는 위스키를 쥐어 주었다.

"어머! 사 오셨군요."

료이치는 대답하지 않고 코트를 입은 채 의자에 걸터앉아 방을 둘러보았다.

"커튼 빛깔이 바뀌었군."

그린이었던 커튼이 핑크로 바뀌었다.

"어떠세요, 마음에 드세요? 오늘의 재회를 위해서 생각한 거예요."

데루코는 들떠 있었다.

"그다지 좋지 않은데. 오히려 방의 분위기가 어수선해졌어."

료이치가 말했다. 데루코는 눈을 약간 흘겼다.

"그럼 먼저 빛깔로 바꿀게요. 아무튼 코트를 벗으세요."

데루코는 료이치의 어깨에 손을 얹었다.

"아냐, 이대로가 좋아. 곧 갈 거니까."

료이치는 데루코의 손을 가볍게 밀어냈다. 데루코의 안색이 변했다.

"그래요? 알겠어요. 내가 싫어졌단 말이죠?"

"아니야, 데루코라는 사람이 싫어진 게 아니라 나 자신이 싫어진 거야."

료이치는 부드럽게 말했다.

"어머, 당신 그럴듯한 말씀 하시는군요?"

데루코는 진정으로 받아들이지 않았다.

"그럴듯한 게 아니야. 난 정말 나라는 인간이 싫어진 거야. 당신을 싫어할 자격은 내게 없어."

"이러니 저러니 하면서 이젠 너하고는 손을 끊어야겠다고 말하고 싶은 거죠?"

데루코는 힘껏 입술을 깨물었다.

"료이치 씨, 나는 숫처녀였어요. 알고 계시겠지요?"

데루코의 목소리가 달라졌다.

"알고 있어."

료이치는 코트를 벗고 방바닥에 손을 모았다.

"잘못했어. 어떻게 하면 용서해 주겠나?"

"어머, 기가 막혀! 남자가 두 손을 모으고 머리를 숙이다니……."
"난 그런 눈물 전술에 안 넘어가요."

데루코는 담배에 불을 붙이고 의자에 걸터앉았다.

"어떻게 하면 용서해 주겠나?"

료이치는 바닥에 앉은 채 데루코를 바라보았다. 료이치의 코 끝에 데루코의 맵시 있는 맨발이 꼬여 있었다.

"글쎄요. 어떻게 해달라고 하면 좋겠어요?"

데루코는 아직도 료이치를 되찾을 자신이 있었다. 료이치는 데루코의 육체 앞에서는 반드시 굴복하고 말 것이다. 데루코는 천천히 다리를 바꾸고 꼬았다.

"내 발에 키스해 주면……."

료이치는 이마에 땀이 밴 채 고개를 약간 옆으로 흔들었다.

"그런 말 하지 말고 용서해 줘."

"정말 기가 막혀. 당신은 그렇게 간단히 나하고 헤어질 수 있을 것 같아서 온 건가요?"

데루코는 담배를 재떨이에 비벼 껐다. 데루코의 눈썹이 파르르 치켜 올라갔다. 료이치는 그 얼굴을 조심스럽게 보았다.

"당신은 지금까지 여자를 몇이나 데리고 놀고 또 버렸는지 모르지만 헤어지는 방법은 의외로 멋이 없군요."

료이치는 지금까지 여자에게 헤어지자고 말해 본 적이 없었다. 자연히 발길이 뜸해지면, 여자도 또 자연히 체념하는 일이 많았다. 개중에는 료이치가 주체하지 못한 두세 명의 여자도 있었으나, 다케야마가 중간에 나서서 돈으로 적당히 해결해 왔었다.

료이치는 데루코처럼 거만한 여자는 이쪽에서 헤어지자고 할 때 헤어지기 싫다는 말은 입이 찢어진다고 해도 하지 않을 줄 알았다. 물론 싫은 소리 한두 마디는 들을 각오는 하고 왔다.

어리석게도 료이치는 데루코가 오늘의 재회를 위해 얼마만큼의 기대를 가지고 만반의 준비를 갖췄다는 것을 몰랐다. 데루코는 료이치를 위해 살결을 곱게 하기 위해 야채를 많이 취했고 몸 구석구석에 올리브유를 바르며 이날을 기다렸다. 커튼 색을 바꾸고, 침대 이불을 새로 맞추고, 향수를 뿌리고 전기, 스탠드까지 새로 장만했다.

데루코는 무슨 일이 있어도 나오미에게 지고 싶지 않았다. 료이치의 문병을 갔을 때 만난 부럽고도 미울 만치 아름다운 나오미를 데루코는 결코 잊지 않고 있었다. 만지면 미끄러질 것 같은 부드러운 살결, 크고 맑은 눈동자는 가는 눈을 가진 데루코에게는 화가 날 정도로 질투가 나는 것이었다.

"도대체 어떻게 하면 좋지?"

료이치는 애원하는 듯한 눈빛으로 데루코를 바라보았다.

"당신은 여자의 정조를 너무나 가볍게 생각하고 있군요. 그렇게 머리를 한두 번 숙였다고 헤어질 수 있을 것 같아요?"

데루코의 눈은 노여움으로 가득 찼어도 이상하게 아름답게 보였다. 데루코가 화가 난 것은 데루코 자신의 정조 때문이 아니었다. 데루코는 도쿄에 남자 친구가 둘이나 있었다. 그 두 사나이는 료이치와는 비교가 되지 않을 만큼 유치했다. 데루코의 육체에 빠질 뿐, 여자를 기쁘게 해 주는 것이 무엇인지를 몰랐다.

그러나 료이치는 달랐다. 두 사내와 놀아 본 데루코는 점점 료이치는 놓칠 수 없는 남자라고 생각했다. 데루코는 남녀간의 사랑이란 것은 있을 수 없다고 생각하고 있었다. 그것은 오랫동안 아버지와 어머니의 모습을 보아 왔기 때문인지도 모른다. 아무튼 데루코는 남자와 놀 생각은 있어도 사랑할 생각은 없었다.

그래서 료이치가 병이 나도 데루코는 다른 남자와 놀면 된다는 생각이 없는 것도 아니었다. 그리고 놀아도 보았다. 그러나 그럴 때마다 료이치가 생각났고 못 견디게 그리웠다. 그것은 데루코에게 데루코 나름대로 사랑이라고 불러도 좋을 만큼 열렬한 그리움으로 변하고 있었다.

그래서 데루코는 료이치가 전화를 받지 않은 것도, 그 후 정중하게 전화를 받은 태도도 신경을 쓰지 않았다. 데루코의 아버지 역시 료이치 어머니의 전화에 대해서 그랬기 때문이다.

오로지 료이치와의 모처럼의 밤을 위해 몸을 치장했는데, 료이치는 자기 코 앞에 뻗힌 데루코의 맨발에 코웃음도 치지 않았다. 료이치는 데루코의 발에 키스하는 것을 좋아하지 않았던가?

'이 사내는 정말 도망가려고 한다.'

료이치가 전적으로 나오미만의 소유가 되어 버린다는 것에 대해 데루코는 화가 치밀었다.

"가고 싶으면 가세요. 언젠가 내가 말했죠? 내 몸값은 50만 엔이라고. 50만 엔, 딱 맞춰서 가지고 와요. 그리고 위자료도 주셔야겠어요.

글쎄 300만쯤 해두죠."

자기 입에서 나오는 말에 데루코는 자신마저 처량한 생각이 들었다.

"350만 엔인가?"

료이치는 두툼한 융단 위에 털썩 주저앉은 채 다시 데루코를 보았다. 어머니 노부코에게 말하면 어떻게 해 줄지도 모른다. 그러나 어머니에게도 결코 적은 금액이 아니었다. 료이치는 노부코의 경제 형편을 모른다.

"350만 엔만 있으면 된단 말이지?"

료이치는 다짐을 하듯이 물었다. 그것은 마치 어떻게든 변통해 봐야겠다는 의미가 담겨 있는 것처럼 들렸다.

"그래요. 그런 돈이 당신에게 있다는 거예요?"

"어머니하고 의논해 보겠어."

료이치의 그 말에 데루코는 뜨끔했다.

"사람을 뭘로 아세요? 고만한 돈으로 해결될 문제가 아니에요."

돈을 가지고 오라는 게 아니라 어떤 일이 있어도 료이치와 헤어지기 싫은 것이었다. 그것은 료이치 자신에 대한 애착과 나오미에 대한 질투 때문이었다.

"그럼 도대체 어떻게 하면 좋단 말인가?"

료이치는 시계를 보았다. 데루코는 신경이 곤두섰다. 온 지 30분도 채 안 되었다. 그런데 료이치는 벌써 돌아갈 시간을 재고 있다.

'적어도 오늘 밤만은 무슨 일이 있어도 돌려보낼 수 없어.'

데루코는 그렇게 마음을 먹었다. 오늘 밤 자기를 일단 안으면 돌아가려는 료이치의 마음도 무너져 버릴 것이라는 자신이 데루코에게는 있었다.

"당신은 지금까지 여자를 버리는 거 아무렇지도 않게 생각했죠? 하지만 여자라고 그렇게 간단하게 채이고만 있지는 않아요. 지금까지 당신한테 버림받은 여자들 몫까지 내가 원수를 갚아 줄 거예요."

그렇게 말하며 데루코는 콧노래를 부르면서 찬장 쪽으로 갔다. 데루코의 말은 료이치를 아프게 했다. 뭐라고 해도 할 말이 없었다. 료이치는 여자 하나하나를 머리에 떠올렸다. 료이치의 속옷을 빨던 여자의 모습이 눈에 선했다. 무엇이든지 료이치의 몸에 걸친 것은 빨고 싶어 했다. 그 여자와도 냉정하게 헤어졌다.

귀를 후비기 좋아하는 여자도 있었다. 료이치의 머리를 자기 허벅다리 위에 올려놓고 여자는 귀 소제를 해 주었다. 료이치의 발이 뜸해지자 매일같이 전화를 걸어 왔다.

사도미같이 유산 끝에 죽은 여자도 있었다. 한 사람 한 사람 회상하니, 뒷맛이 개운한 것은 아무것도 없었다고 료이치는 생각했다.

'여자하고 노는 일도 내 그림을 위해서는 중대한 일이라고 생각하고 있었다.'

료이치는 오랫동안 살아온 자기의 삶의 방법을 생각했다. 자아(自我)의 주장만이 그림을 그린다고 믿고 있었던 자기가 지금은 이상하기까지 했다.

'사실인즉, 자기를 알기 위해서는 마음 구석구석까지 비춰 주는 강력한 빛이 필요했던 건데……'

헤어진 여자들에게도 데루코에게도 할 말이 없었다. 여자는 나오미 하나로 족하다고 생각하며 료이치는 나오미를 생각했다.

"주무시고 와도 괜찮아요."

나오미가 차가운 표정으로 한 말이 머리에서 떠나지 않았다. 데루코를 찾아가는 료이치에게 그렇게 말하지 않을 수 없었던 것도 무리가 아니라고 료이치는 생각했다.

"이것 봐요. 오늘 밤 실컷 마셔요."

데루코는 찬장에서 위스키 잔을 꺼내 탁자 위에 놓았다.

"술은 끊었다."

"아이, 아까 위스키를 사 오시고서두? 술을 끊은 사람이라면 크리스마스 케이크를 가져와야지요."

"음, 그건 왜 요전에 당신이 가져온 브랜디야."

"어머!"

데루코는 좀 색바랜 포장지를 갈기갈기 찢었다. 거기에는 분명히 데루코가 포장했던 브랜디가 들어 있었다. 자기가 가지고 갔던 물건에 손도 대지 않은 것을 알자 데루코는 입술을 깨물었다.

"알았어요. 당신, 그 아멘 소리나 하는 곳에 있더니 머리가 이상해진 거 아니에요? 술도 안 해, 여자하고 놀지도 않겠다, 그런 인생이 뭐가 재미있어요?"

데루코는 경멸하는 말투였다.

"그래, 맞어. 이전의 내 머리가 이상했는지 지금이 이상한 건지 그건 모르지만 말야, 아무튼 나는 당신에게 시시한 사내가 되었을 거야. 헤어져도 아쉬울 만한 사람이 아니잖아?"

료이치는 팔짱을 낀 채 문득 천장을 바라보았다. 크리스마스를 장식한 빨간 공들이 천장에도 가로, 세로로 늘어져 있었다. 이 밤을 위해 혼자 이 공들을 장식한 데루코의 모습을 상상하니 데루코가 불쌍해 보였다. 그러한 료이치의 부드러운 표정을 데루코는 재빨리 훔쳐보았다.

"료이치 씨!"

데루코는 료이치 곁에 가까이 붙어 앉으면서 그의 어깨에 머리를 기대었다.

"가야겠어."

료이치는 황망히 일어섰다. 데루코는 중심을 잃고 융단 위에 쓰러질 뻔했다. 데루코는 절망적인 눈으로 료이치를 바라보더니 생각을 바꾼 듯 밝게 말했다.

"알겠어요. 그럼 내가 가져갔던, 그리고 당신이 되돌려 준 이 브랜디로 이별의 건배를 올리는 거예요."

"술은 끊었다고 했잖아."

데루코에게 등을 돌리고 코트를 입으면서 료이치가 말했다.

"술을 마시며 밤을 새우자는 게 아니에요. 이별의 건배를 하자는 말이에요."

데루코는 료이치가 코트 소매에 손을 넣는 뒷모습을 바라보면서 재빨리 자기가 늘 쓰는 수면제를 한쪽 잔에 넣고 브랜디를 따랐다.

이것을 마시면 료이치는 잠들고 말 것이다. 잠이 들어 하룻밤 여기서 자기만 한다 해도 우선 데루코의 기분은 가라앉을 것 같았다.
"이 잔만 비운다면 아무 말 않고 깨끗이 헤어져 드릴게요."
데루코는 잔을 료이치 앞에 내밀었다. 얼마나 오래간만에 보는 술빛깔인가. 료이치는 엿 빛깔이 나는 브랜디를 지그시 바라보았다.
"못 마시겠단 말씀이세요?"
데루코가 한 걸음 다가왔다. 료이치는 한 걸음 물러났다. 술을 마시고 난 뒤의 자기에게 료이치는 자신이 없다. 이 잔 하나로 끝나지 않겠지. 그리고 이대로 데루코와 예전과 같은 관계를 계속하게 될지도 모른다. 그렇게 생각하니 잔을 잡을 수가 없었다.
"자, 한 잔 어때요? 이걸 마시고 미완성 교향곡 레코드라도 들으면서 헤어지는 것, 좀 멋지지 않아요?"
데루코는 애교스럽게 말했다.
"기어이 마셔야겠나?"
료이치는 꿀꺽 침을 삼켰다.
"그래요. 이별의 잔 하나쯤 뭐 그렇게 생각할 건 없잖아요? 그럼 당신이 이 속에 독이라도 넣어 가지고 온 거예요?"
"설마 독을……."
료이치는 웃었다.
"그럼 마셔요."
뿌리치고 돌아가려면 갈 수도 있었다.
'이 한 잔을 마심으로 이 여자와 헤어질 수 있다면…….'
료이치는 잔을 바라보았다. 술 한 방울 마시지 않고 지내온 몇 달동안의 괴로움을 료이치는 회상했다.

데루코가 이 술을 놓고 간 날 밤, 료이치는 나오미의 숨소리를 들으면서 가만히 일어났다. 거기에 술이 있다는 것만으로도 목이 바싹바싹 말라 왔다. 그러나 그것을 단념한 것이 지금 생각해 보면 자기 자신의 힘이었는지 잘 알 수가 없다. 료이치는 두 손을 꼬옥 잡고 결코 이 손가락을 펴지 않겠다고 생각했다. 손가락을 펴면 반드시 술병을 잡을 것이다. 그렇게 생각하고 1분, 또 1분 견디어 마침내 잠이 들기까지 얼마나 긴 시간이었던가.

다음날도, 그 다음날도 료이치는 술에 손을 대지 않으려고 베개를 쥐어 뜯고 이불에 매달리며 괴로워했다.

'술 좀 마시면 어떨라구.'

그렇게 생각하면서도 이 매일 밤의 싸움이 나오미에 대한 사랑의 표징처럼 생각되어 료이치는 자기와의 싸움을 그치지 않았다.

"레코드를 틀게요."

데루코가 건 미완성 교향곡이 방 안의 공기를 몰아내듯이 울리기 시작했을 때 료이치는 무심코 잔에 손을 뻗었다. 아까부터 잔을 앞에 놓고 료이치는 역시 술맛을 잊을 수가 없었다.

료이치는 잔에 입술을 대고 단숨에 쭉 들이켰다. 오랜만에 마시는 술은 뱃속 깊숙이 스며드는 것 같았다.

"브랜디지? 어쩐지 맛이 쓴 것 같군."

료이치는 고개를 갸우뚱했다.

"오래간만에 드시니까 혀가 이상한 거예요. 한 잔 더 어때요?"

데루코가 가볍게 말했다.

"아냐, 이별주는 한 잔이면 돼."

데루코는 말없이 잔에 술을 따랐다.

"가겠어."

료이치는 결국은 자기가 마침내 술의 유혹을 뿌리치지 못한 것을 생각지 않을 수 없었다. 문 닫는 소리가 크게 들렸다.

데루코는 배웅하지 않았다.

'언젠가는 반드시 되찾고 말 테야.'

데루코는 잔에 담긴 술을 들이키고 레코드를 껐다.

아파트 현관을 나선 료이치는 온몸에 기분 좋은 취기를 느꼈다. 아까보다 훨씬 짙어진 안개 속에 데루코 방의 파란 불빛이 희미하게 보였다. 다시는 저 방을 찾아오지는 않을 거라고 료이치는 생각했다. 큰 길로 나가 택시를 잡으려고 짙은 안개 속을 료이치는 걸어가고 있었다.

'지독한 안개로군!'

료이치는 뒤를 돌아다보았다. 몇 걸음 걷지도 않았는데 데루코의 아파트는 흔적도 그림자도 보이지 않았다. 삿포로에서 산 지 30년, 료이치는 이렇게 지독한 안개를 본 일이 없었다.

앞에도 옆에도, 사람 그림자도 물건의 형태도 없었다. 문득 료이치는 불안해졌다. 다시 온 길을 되짚어 가니 데루코의 아파트가 환상처럼 희미하게 모습을 나타냈다. 겨우 안심한 료이치는 다시 걷기 시작했다.

걸을 때마다 눈길이 뽀드득 뽀드득 소리를 냈다. 료이치는 이 소리가 싫었다. 아파트 앞 광장을 지나서 유난히 밝은 약국 하나가 있는 길로 나왔다. 큰 길로 나가는 것을 그만두고 료이치는 거기서 택시가 지나가는 것을 기다리고 있었다. 보통때도 택시가 잘 다니지 않는 골목이긴 했다. 그러나 그날 밤은 10분쯤 기다려도 차가 오지 않았다. 오늘 밤은 크리스마스 이브라 차가 중심가로 몰렸을 거라는 생각이 들자 료이치는 버스 정류장을 향해 걷기 시작했다.

스포트라이트를 비춘 것처럼 조금씩 거리의 집이 안개 속에서 모양을 드러냈다. 그리고 또 안개 속에 자취를 감췄다. 료이치는 멈춰 서는 뒤를 돌아보고, 또 멈춰서 뒤를 돌아보며 걸었다.

이제 약 50미터쯤 더 가면 버스 정류장이었다. 그곳에 서 있던 술집 창고가 헐리고 1년 전부터 공터가 되어 있었다. 그곳을 가로질러 가는 샛길이 있었다. 료이치는 공터에 발을 내디뎠다.

얼마 걷지 않았는데도 다리가 휘청거렸다. 오랜만에 마셨다고는 하지만 단 한 잔의 브랜디로 몹시 취한다고 생각하며 료이치는 씁쓸히 웃었다. 머리도 몹시 몽롱했다. 머릿속에도 안개가 낀 것처럼 몽롱하게 느껴졌다.

그리고 나서 다섯 걸음쯤 걸었을까? 갑자기 두터운 장막이 머릿속으로 드리워지는 것 같은 졸음이 엄습했다. 이상스러운 졸음이었다. 료이치는 그것이 약으로 인해 오는 졸임인 줄 몰랐다. 떨어 버리려 해도 떨어 버릴 수 없는 졸음이었다. 료이치는 쭈그리고 앉아 눈으로 얼굴을 문지르려고 했다. 그러나 손이 마음대로 움직이지 않아 료이치는 그냥 눈 속에 가만히 앉아 있었다.

'졸립다. 왜 이렇게 졸릴까?'

이렇게 추운 겨울 밤에 잠들면 그대로 죽는다고 료이치는 생각했다. 그러나 공포감이 들지 않을 정도로 료이치는 잠에 빠져들고 있었다.

'단 한 잔의 술로……'

가까이서 자동차 경적이 울리며 헤드라이트가 웅크리고 있는 료이치 위를 번쩍 비치고는 그냥 지나가 버렸다. 료이치는 잠에 끌려 가고 있었다. 나오미의 얼굴도 데루코의 얼굴도 머리에 떠오르지 않았다. 다만 깜깜한 졸음의 심연으로 끌려 가고 있었다.

나오미는 시계를 쳐다보았다. 11시가 넘었다.

"료이치가 늦는구나."

아이코가 걱정스러운 듯이 말했다.

"얘기가 잘 안 되는 모양이지."

고스케는 차가운 옆 모습을 보이고 있는 나오미를 바라보며 말했다. 아까부터 나오미는 아무 말도 없다.

"나오미, 몇 시쯤 오겠다고 했니?"

늘 낙천적인 아이코가 오늘따라 불안하다는 듯이 말했다.

"빨리 온다고 그랬어요. 그런데 이렇게 늦잖아요? 이제 그만 자요."

나오미는 귀찮다는 듯이 말했다.

"나는 가서 자야겠다. 크리스마스 축하회 때문에 좀 피곤한 것 같아."

고스케는 목을 두세 번 젖히더니 방에서 나갔다. 자기가 깨어 있으면 나오미가 더 신경을 쓸 것 같아서였다.

"정말 싫어!"

고스케가 나가자 나오미가 말했다.

"뭐가?"

아이코는 료이치를 위해서 자기가 짠 흰 스웨터를 보면서 말했다.

"좀 건강해지니 바람을 피우는 거예요. 정말 그 사람 싫어요."

나오미는 료이치가 위스키를 들고 데루코한테 간 일을 생각하고 있었다.

"하지만 나오미, 료이치는 돌아오고 싶지만 돌아오지 못하는지도 몰라요. 아니면 도중에 몸이 나빠졌는지도 모르지 않니?"

아이코는 그렇게 말할 수밖에 없었다.

"설마 오지 못할 정도로 몸이 나빠질 리가 없어요."

"아무튼 전화를 해봐. 너무 늦는구나."

아이코는 불안한 것 같았다.

"괜찮아요. 돌아오지 않아도 좋아요. 이대로 헤어져도 좋아요."

데루코에게 전화를 걸다니 나오미는 죽기보다 싫었다.

"이제 그만 자요. 꽤 추워진 것 같아요, 어머니."

나오미는 자리에서 일어섰다.

"나오미, 자겠니?"

"기다리지 않아요, 전."

나오미는 시계를 쳐다보고 "안녕히 주무세요." 하며 방을 나왔다.

나오미는 료이치의 이불에서 되도록 멀리 떨어져서 자리를 폈다. 료이치 머리맡에 흰 천을 덮은 캔버스를 보는 것만으로도 울화가 치밀었다. 헤어져도 좋다고 생각하고 있는데도, 지금 료이치가 데루코 곁에서 무엇을 하고 있을까를 생각하면 나오미는 온몸을 찌르는 듯한 질투를 느꼈다. 더욱이 나오미가 모르는 동안에 료이치와 데루코는 몇 번이나 오늘 밤 같은 밀회를 가졌을까를 생각하면 말할 수 없이 고통스러웠다.

나오미는 이불 속에 누웠다.

나오미는 지금 료이치가 흰 안개에 싸여 눈 위에서 홀로 죽어 가고 있다고는 상상도 하지 못했다.

17

연기가 초원 위를 기어가는 것일까 하고 나오미는 양 치는 언덕 울타리에 기대어 시선을 집중시키고 있었다. 연기가 기어가는 것처럼 보인 것은 바람이 초원 위를 스치며 지나가기 때문이었다.

울타리 안에는 6월의 햇볕을 받으며 200여 마리의 양이 풀을 뜯고 있었다. 묵묵히 풀 뜯기에 여념이 없는 무리 속에 되똑되똑 뛰는 한 마리의 양이 있었다. 애교스런 뜀박질이었다.

"무리에서 떨어져 천천히 걷는 놈이 있어요."

나오미에게서 조금 떨어진 곳에 서 있던 다케야마가 가까이 다가왔다.

"그렇군요."

다케야마와 교코의 권유로 나오미는 오늘 교외에 있는 양 치는 언덕으로 왔다. 나오미를 불러내고는 교코는 급한 일이 생겼다면서 나타나지 않았다.

료이치가 떠난 지 반년이 지났다. 눈 위에서 자는 것처럼 료이치는 얼어서 죽어간 것이다. 아침이 되어 료이치를 발견한 행인이 경찰에 연락했다. 료이치의 주머니 속에 기다시치조(北七條) 교회의 주보가 들어 있어 경찰에서는 혹시 교회로 아는 사람이 없느냐는 연락을 해왔다.

전화를 받은 것은 아이코였으며 처음에 '동사체'(凍死體)라는 말을 못 알아듣고 "동사체?" 하고 되물었을 때 펄쩍 뛰며 놀란 것은 곁에 있던 고스케였다.

료이치가 데루코와 함께 잤을 거라고만 생각했던 나오미는 새벽녘까지 한 잠도 자지 못했다. 그래서 아물아물 막 잠이 들려고 하던 참에 아이코가

"료이치가 큰일났다!" 하고 어깨를 흔들었다. 나오미가 "그 사람 아무래도 좋아요." 하고 돌아 눕다가 아이코에게 뺨을 호되게 얻어맞았다. 아이코가 남의 뺨을 때린 것은 생전 처음이요 마지막이었다.

죽었다는 말을 들었을 때 나오미는 순간적으로 데루코와 정사(情

死)를 한 거라고 생각했다. 그러나 부드럽게 잠자는 듯한 료이치의 죽은 얼굴을 보고 나오미는 깊은 바닷속으로 던져진 것처럼 아무 소리도 들리지 않았고 아무것도 보이지 않았다. 다만 죽은 료이치의 얼굴만이 눈앞에 있었다.

"내가 죽인 거야."

이렇게 외치며 데루코는 반 미치광이가 되었다. 그러나 나오미는 자기가 료이치를 죽인 거라고 생각하였다.

료이치는 집을 나설 때 손을 들고 나오미에게 웃어 보이려고 했다. 그러나 나오미는 험악한 표정으로 꼼짝하지 않은 채 료이치가 탄 차를 떠나 보냈다.

'그것이 부부간의 마지막 이별이었다니······.'

나오미는 묵묵히 풀을 뜯는 양의 무리에 눈을 주었다. 그로부터 반년, 나오미는 깊은 회한(悔恨) 속에 료이치를 생각해 왔다.

'단 한마디, "빨리 돌아오세요." 하고 생긋 웃어 보냈더라면 이토록 찌르는 듯한 아픔은 없었을 텐데······.'

차디찬 료이치를 안았을 때의 저 얼어붙는 것 같은 차가움과 무거움을 지금도 나오미는 자기 팔에 느끼고 있었다.

집으로 옮겨 온 료이치의 시신을 둘러싸고 고스케와 아이코도 넋 나간 사람처럼 앉아 있었다. 달려온 료이치의 어머니는 크리스마스 이브라서 밤새 술을 마셨는지 냄새를 풍기고 있었는데 새파랗게 질려 교코에게 안기듯이 들어왔다.

교코의 울음소리를 들으면서 순수하게 료이치의 죽음을 슬퍼할 수 있는 교코가 나오미는 부러웠다. 료이치가 미소를 짓고 손을 흔들면서 택시를 타던 모습이 눈앞에 어른거려 슬프다기보다는 자기 몸이 찢기는 것 같았다. 그러니 나오미도 역시 온몸으로 통곡하고 있었다고 말하는 편이 옳았다.

료이치의 베갯머리에는 나오미에게 선물하려던 료이치의 그림이 흰 천으로 포장되어 있었다. 나오미는 그것을 보자 일어서서 포장을 풀기 시작했다. 매우 침착한 동작이었다. 그러나 나오미는 료이치가 자기에게 무엇을 남겼는지를 알고 싶었다. 그림을 통해서라도 료이치의 목소리를 듣고 싶었다.

고스케도 아이코도 교코도 그리고 다케야마도 교회의 신도들도 나오미의 손길에 비통한 시선을 모았다. 다만 노부코만이 엎드려 료이치를 부여잡고 있었다.

하얀 포장이 벗겨지고 그 그림을 이젤에 올려놓았을 때, 모였던 사람들은 일제히 탄성을 질렀다.

십자가에 달린 그리스도에게서 피가 뚝뚝 떨어지고 있었다. 그 십자가 밑에 그리스도의 피를 맞으며 가만히 그리스도를 바라보고 있는 사나이의 얼굴, 그것은 틀림없는 료이치의 얼굴이 아닌가.

울고 있는 것 같은 회한에 찬 그 료이치의 눈은 똑바로 십자가의 그리스도를 우러러보고 있었다. 그것을 내려다보는 그리스도, 그의 눈길은 얼마나 깊은 자비로 넘쳐 있는가! 그 넘치는 것 같은 자비는 보는 사람의 마음을 위로하고도 남을 만큼 따뜻하였다.

"그랬구나, 그랬었구나!"

고스케는 그렇게 말하며 견딜 수 없다는 듯이 료이치의 몸을 끌어안았다.

'그랬었군요, 당신은······.'

료이치는 "당신이 뭐라고 할지 그것만이 유일한 낙이야." 그렇게 말하고 데루코의 집으로 나갔었다. 료이치는 예수 쪽을 향해 두 손을 쭉 뻗어 용서를 빌면서, 그리고 그 용서를 믿고 죽어 간 거라고 나오미는 생각했다.

'하지만 나는 료이치와 데루코의 관계를 결코 용서하지는 않았다.'

나오미는 그림에 눈길을 두면서 가슴을 도려내는 듯한 아픔을 견디고 있었다. 그렇게도 사람을 격렬하게 뒤흔들어 놓을 수 있는 그림이 이 세상에 있다는 것을 나오미는 미처 몰랐다. 그것은 료이치가 죽었기 때문인지도 모른다. 그러나 결코 그것뿐만은 아닌 것 같았다. 나오미도 또 이 그림의 료이치와 나란히 서서 십자가의 그리스도에게 자비를 빌고 싶었다.

"훌륭한······ 신앙고백이다."

고스케가 감동어린 목소리로 중얼거렸을 때, 나오미는 료이치에게 매달려 비로소 소리내어 울었다.

'용서하세요······.'

나오미는 밤새도록 료이치를 향해 그렇게 울부짖었다. 료이치는 자기도 모르는 사이에 자기보다 훨씬 높은 경지에서 살고 있었다는 것을 나오미는 이제야 겨우 알 수 있었다.

12월 26일 료이치의 장례식은 예배당에서 고스케의 집전으로 거

행되었다.

"분명히 그는 술주정뱅이였습니다. 내 딸 나오미는 술에 취한 그에게 매도 맞고 발길로 채이기도 했겠죠. 그러나 병을 얻은 후 차츰차츰, 아니 급격하게 변화되어 갔습니다. 나는 그가 예배당에 나온 것을 본 일이 없습니다. 기도하고 있는 것을 본 일도 없습니다. 그러나 마음속 깊은 곳에서 그는 하나님 앞에 무릎을 꿇은 것입니다. 우리는 딸과 그의 결혼을 반대했었지만 그는 결혼을 허락하려고 하지 않은 우리 부부에게 한 번도 적의를 보인 일이 없었습니다. 또 그와 헤어지려고 냉정하게 그를 거부해 온 내 딸에 대해서도 용서를 비는 자세를 흐트리지 않았습니다. 그는 술독에 빠질 정도로 마시던 술을 끊었고, 어떤 여성과의 관계도 끊으려고 결심했습니다. 그러나 그녀가 내민 단 한 잔의 브랜디에 그는 쓰러진 것입니다. 오랫동안 술을 끊었던 그의 몸에 브랜디는 강렬하게 작용한 것 같습니다. 그는 집에 돌아오는 도중에 잠이 왔고, 그리고 마침내 영원히 잠들고 만 것입니다."

고스케는 울고 있었다. 이따금 말은 막히고 식사(式辭)는 끊기곤 했다.

"우리는 툭 하면 자기가 바른 사람인 것처럼 생각하고 남을 책망하고 냉담하게 판단하려고 합니다. 그러나 과연 하나님은 우리 인간에게 사람을 심판할 권리를 주셨을까요? 성 바울조차도 자기는 죄인의 괴수라고 말하고 있습니다. 우리가 하나님 앞에서 할 수 있는 일은 남을 책망하는 일이 아니라 다만 용서를 비는 일뿐이 아닐까요? 여기 걸려 있는 그의 그림을 보십시오. 이것이 그가 십자가 밑에서 용서를 비는 모습입니다. 그리스도가 흘리신 보혈을 두 손으로 받아 '그리스도여! 당신을 십자가에 못 박은 저를 용서하소서!' 하고 고백하고 있는 모습입니다.

이 자리에서 나는 하나님과 사람 앞에 고백합니다. 우리 부부와 딸 나오미는 마음속으로 그를 책망하고 심판해 온 사람들입니다. 그가 이미 회개하고 하나님이 그를 용서하셨는데도 불구하고, 우리는 끝내 그를 용서하지 못했던 것입니다. 사람들의 눈에는 그와 비교하면 우리 부부나 딸이 선한 사람처럼 보이겠지요. 그러나 하나님은 아십니다. 하나님이 가장 싫어하시는 것은 자기를 선한 사람이라고 생각하는 일입니다. 그리고 남을 책망하고 자기를 옳다고 하는 일입니다.

인간은 한 사람도 완전하지 못합니다. 나는 이 나이까지 날마다 얼마나 불완전하고 잘못이 많은 나날을 보냈겠습니까? 나는 젊었을 때 아내가 있는 몸으로 다른 여성을 범한 수치스러운 인간입니다. 설혹 눈에 보이는 죄를 범하지 않았다 해도 하나님의 빛으로 비쳐 볼 때 그 앞에 감히 얼굴을 들 수 없는 인간입니다. 인간은 참으로 과실을 범하지 않고는 살아갈 수 없는 존재이기 때문에 우리는 다만 하나님과 사람에게 용서를 받지 않고는 살아갈 수 없는 자들입니다. 그것을 잘 알면서도 우리 부부와 딸은 그를 용서하지 않고 죽음에 이르게 한 냉정하고 교만한 인간이었습니다."

장례식 때의 고스케의 조사를 나오미는 생각하고 있었다. 아버지도 어머니도 료이치를 용서하고 사랑하고 있었다. 그런데 아버지는 여러 사람 앞에서 자기 자신을 책하고 있었다. 책망 받아야 할 사람은 바로 내가 아니었던가 하며 나오미는 묵묵히 풀을 뜯고 있는 양들에게 눈길을 돌렸다.

료이치가 죽은 뒤 바로 열린 개인전에서 '십자가의 그리스도를 우러러보는 자화상'은 상당한 반향을 불러일으켰다. 어떤 평론가는 "이만한 천재를 발견하지 못했다는 사실은 나 자신이 평론가라는 것을 얼마만큼 부끄럽게 만드는지 모른다."고까지 말했으며, 어떤 신문은 "그림은 기술이나 영감에 의해서만 탄생하는 것이 아니며 깊은 영혼의 밑바닥에서 탄생하는 것임을 새삼 알 수 있다."고 썼다.

"나오미, 무얼 생각하고 있소?"

다케야마의 목소리를 듣고 나오미는 쓸쓸한 얼굴을 그에게 돌렸다.

"선생님, 소세키(漱石)의 「산시로(三四郞)」를 읽어 보셨어요?"

나오미는 먼 곳을 바라보는 표정을 하고 있었다.

"읽기는 했지만……."

다케야마는 나오미가 무슨 얘기를 하려는 것인지 짐작할 수 있었다.

"그 책 속에 '스트레이 쉽(방황하는 어린양)이라는 말이 나와요."

"아마, 미네코가 몇 번인가 산시로 앞에서 중얼거린 말이었죠."

"예, 그래요. 지금 이렇게 양치는 언덕에 와서 많은 양을 보고 있으니까 스트레이 쉽이라는 말이 자꾸만 생각나요."

다케야마는 고개를 끄덕였다. 그렇다. 인간들이야말로 저기 있는 양보다 더 어리석은 방황하는 존재라고 다케야마는 생각했다.

료이치가 죽기 전날, 나오미가 퇴근하는 것을 지키고 있다가 식사를 같이 하고 사랑을 고백한 다케야마는 교코에게서 자기의 마음이 멀리 떨어져 있는 것을 느꼈다. 그러던 끝에 료이치가 죽었다.

료이치의 죽음과 그가 남겨 놓고 간 그림에 다케야마의 마음은 몹시 흔들렸다. 데루코에게서 들은 그날 밤의 자초지종도 다케야마의 마음에 큰 변화를 가져왔다.

그처럼 술을 좋아하던 료이치가 딱지도 떼지 않은 채 브랜디를 데루코에게 돌려주었다는 일, 데루코 앞에서 두 손을 모으고 사과하고 결코 두 번 다시 데루코의 매력의 포로가 되지 않았다는 일은 다케야마로서는 감히 미치지 못할 먼 경지처럼 생각되었다. 자기는 하나님을 찾는 자로서, 료이치의 친구로서 취해야 할 길은 교코와 결혼하는 일이라고 다케야마는 결심했다.

그러나 아직 스물셋이 될까 말까 한 젊은 나오미가 일평생 독신으로 지낼 리는 없을 거라고 생각하면 교코에게는 미안하다고 생각하면서도 다케야마의 마음은 흔들리고 있었다.

'슬픔에 싸인 나오미를 멀리서 가만히 지켜보고 있는 것이 깨끗한 사랑이란 것이 아닐까?'

"방황하는 어린 양!"

다케야마는 중얼거리면서 울타리에 등을 기댔다. 언덕을 넘어 빨간 관광 버스가 흙먼지를 일으키며 가까이 왔다. 세일러복을 입은 소녀들이 세 대의 버스에서 내려오는 것을 다케야마는 가만히 보고 있었다.

나오미도 교코도 데루코도 한때는 저 소녀들처럼 세일러복 차림의 여고생이었다고 생각하며 다케야마는 곁에 있는 나오미를 바라보았다. 흰색과 검정색 체크 무늬 기모노가 나오미를 어른스럽게 만들었으며 그 옆 모습은 소녀에게는 없는 외로움을 간직하고 있었다.

소녀들이 울타리 근처에 몰려와 목장의 양 떼를 배경으로 사진을 찍고 있었다. 이 소녀들도 앞으로 5년 후에는 어떤 길을 걷게 될는지 모른다고 다케야마는 교사다운 감회에 젖었다.

"나오미, 숲 쪽으로 가 보지 않겠어?"

다케야마는 나오미와 어깨를 나란히 하고 걷기 시작했다.

"어머나!"

나오미가 멈칫했다. 다케야마는 나오미가 걸음을 멈춘 까닭을 곧 깨달았다. 숲 속에 캔버스를 세워 놓고 그림을 그리고 있는 청년에게 나오미의 시선이 쏠려 있었기 때문이다.

"이쪽으로 갈까요?"

다케야마는 숲과 반대 쪽을 가리켰다.

"아니에요. 숲 쪽으로 가요."

나오미는 화필을 움직이고 있는 청년 쪽을 향한 채 말했다. 무엇을 보든지 자기는 료이치 생각이 나서 괴롭다고 나오미는 생각했다. 그러나 괴롭다 하더라도 그 괴로운 현실을 외면하지 않고 바로 바라보며 살고 싶다고 생각했다.

"며칠 전에 하코다데에 다녀왔어요."

"하코다데에?"

다케야마는 예전 살림 도구 하나 없는 호라이초의 나오미네 냉랭한 방에 찾아간 일을 생각했다. 다케야마가 기다리고 있는 것을 알면서 료이치는 좀처럼 돌아오지 않았었다.

다케야마와 나오미는 너무 늦어지는 료이치를 걱정하며 전골 냄비를 뒤적였었다. 그때의 나오미는 명랑하게 행동하면 할수록 온몸에 외로움이 감돌아 꼭 껴안아 주고 싶도록 애처로웠다.

그날 밤 밖에까지 다케야마를 바래다 주며 어디까지든지 따라오고 싶어 하던 나오미를 한 번도 뒤돌아보지 않고 언덕을 내려갔었다. 그러나 그날 밤 이후, 자기는 나오미에 대한 흠모의 정을 더욱더 깊게 하고 만 것이라고 다케야마는 생각했다. 저 하코다테 산으로 가는 완만한 언덕길은 다케야마에게 평생 잊을 수 없는 슬픈 곳이 되고 말았다.

"그 호라이초 2층이 무작정 그리워서 가 보지 않고는 못 견뎠어요. 어쩐지 지금의 나는 정말 제가 아니고, 진정한 저는 료이치와 함께 그 2층에서 살고 있는 것이 아닐까 하는 생각이 나서 견딜 수 없었어요."

나오미는 전찻길을 돌아 저 2층집이 언덕 중턱에 보였을 때의 가슴 아픈 그리움을 생각하고 있었다.

"집 앞에까지 가서 가만히 2층을 쳐다보고 있으니까 창문이 드르륵 열리고 젊은 부부가 '날씨가 좋군.' 하면서 정답게 이야기하고 있었어요. 그리고 흘깃 창 밑을 내려다보더니 이상한 여자가 서 있다는 듯이 내려다보지 않겠어요?"

우리는 그렇게 행복해 보이는 부부는 아니었다. 가시가 돋친 것 같은 료이치의 말투와 밥상을 둘러엎은 료이치, 재떨이를 내던진 료이치가 생각났지만 그런 쓰라린 추억도 이제 나오미는 그립기만 했다.

아래층에서 하루 묵은 나오미의 사정을 들은 젊은 부부는 그 방을 보여 주었다. 어두컴컴하고 가파른 계단은 예전과 똑같아 가슴 저리게 그리웠다. 그러나 방 안에 들어선 순간, 화장대와 장롱 그리고 찬장이 사람을 밀어 낼 정도로 꽉 들어차 있었다. 그 곳은 역시 남의 방이었고 옛날의 나오미네 방은 아니었다. 살림살이라곤 아무것도 없고 캔버스, 낡은 쇠주전자, 옻칠한 찬합, 냄비 거는 갈고리가 있는 방이 아니었다.

"추억은 다시 찾아가 보는 게 아니라던데요."

하코다테를 찾아간 나오미의 마음을 생각하면 다케야마의 가슴이 아팠다.

"하지만 찾지 않고는 견딜 수 없는 게 인정(人情)이라는 것인지도 모르죠."

나오미는 보일 듯 말 듯 미소지었다. 언덕 너머 저 먼 곳에 구름이 빛났다.

"그렇겠지?"

"역시 지금의 저로선 다녀온 게 잘했다고 생각해요."

니오미는 문득 데루코는 료이치의 추억을 어디서 더듬을까 하고 생각했다.

"데루코는 어떻게 지내고 있을까요?"

브랜디에 수면제를 넣은 데루코는 자기보다 더 깊은 가책을 받고 있을 거라고 나오미는 생각했다. 단순한 동사로 취급한 경찰에게 이 수면제 이야기는 아무도 누설하지 않았다.

"내가 죽였어요." 하고 반 미치광이가 되었던 데루코를 나오미는 만나 보고 싶기도 했다.

'한 사람의 죽음이란 것이 얼마나 크게 사람의 마음을 변하게 하는 것일까?'

나오미는 료이치가 자기에게 고운 마음을 주기 위해서 죽은 것만 같았다.

"가와이는 그 아파트에서 나와서 어머니에게로 갔어."

다케야마는 료이치의 죽음으로 해서 나오미와 데루코가 얼마나 슬퍼하며 괴로워했는지를 생각하고 있었다.

'나 자신은 어떠한가?'

다케야마는 스스로를 돌아보고 온몸이 오싹해짐을 느꼈다. 오랫동안 친구 사이였던 료이치의 갑작스런 죽음은 확실히 놀라움이었고, 그 남긴 그림에 의해 다케야마의 마음이 흔들리기도 했었다.

그러나 과연 자기는 깊은 슬픔에 괴로워했던가 하고 다케야마는 생각했다. 다케야마에게는 슬픔보다도 깊은 패배감이 있었다. 다케야마는 일찍이 료이치의 여자관계 때문에 골치 아픈 일이 많았다. 마음 한 구석에는 료이치의 방종한 여자관계를 부럽게 생각한 일도 없지 않았으나, 다케야마는 한 층 높은 곳에 서서 그런 료이치를 이를테면 비열한 인격을 가진 인간으로 내려다보고 있었던 것을 부인할 수 없었다.

그러나 저 그리스도를 우러러보는 료이치의 자화상에 의해 다케야마는 자기 자신의 우월이 산산조각나는 것처럼 생각되었다.

'저 료이치만큼 하나님 앞에 나직이 머리를 숙이고, 하나님과 깊은 대화를 나눈 적이 있었는가?'

료이치의 죽음을 슬퍼하기보다, 다케야마는 료이치에 대한 패배감이 더욱 강한 것으로 미루어 자기 마음의 소심함을 느꼈다. 좀 더 대범하게 료이치의 신앙을 기뻐하고 그 죽음을 슬퍼했어야 했던 것이다.

"데루코는 날마다 무얼 하고 있을까요?"

나오미의 목소리에는 부드러움이 담겨 있었다. 그것은 자기 남편의 잔에 수면제를 넣어 죽음에 이르게 만든 여자에 대한 말씨라고는 생각되지 않았다. 다케야마는 죽은 료이치가 부럽게 생각되었다. 료이치가 남기고 간 나오미도 데루코도 결코 료이치를 원망하고 있지 않았다. 원망하기는커녕 새로이 사랑하고 있지 않은가 하고 다케야마는 질투와 같은 선망(羨望)을 느꼈다.

"사람은 언제 어디서 자기 인생이 끝나더라도 그 단면만은 아름다운 것이기를 바라는 거야."

언젠가 고스케가 한 말이었다. 료이치는 갑자기 목숨이 끊겼지만, 그 단면은 얼마나 아름다웠는지를 다케야마는 생각했다.

"데루코보다 나오미는 앞으로 어떻게 할 작정이오?"

양 떼가 서서히 그 자리를 바꿔 어느 틈에 가까운 울타리 근처에까지 와서 풀을 뜯고 있었다.

"저요?"

다케야마를 바라보는 나오미의 목이 희고 매끄러워 눈부셨다.

"불우한 아이들의 보모가 되고 싶어요. 료이치 씨는 아버지가 안 계셨죠. 그 사람 어머니는 좋은 분이지만 너무 고생을 하신 탓인지 인간은 돈만 있으면 어떻게 해결된다는 인생 철학을 가지고 계신 듯해요. 아마 료이치 씨는 그게 못마땅했던 게 아닌가 생각돼요."

료이치의 어머니 노부코는 마침내 료이치의 병상에 한 번도 찾아오지 않았다. 노부코는 폐병이 무서웠던 것이다. 다달이 돈 2만 엔을 보내는 것으로 어머니로서의 소임을 다한 것처럼 생각하고 있는 것 같았다. 그것은 고스케와 아이코 밑에서 자란 나오미에게는 믿기지 않는 모자관계였다.

"애정 따위보다 1만 엔의 지폐가 빈 창자에 훨씬 보탬이 돼요."라고 언젠가 노부코가 말한 적이 있었다.

"료이치는 애정보다 돈이 더 고맙다는 어머니 밑에서 자랐고, 그리고 결혼한 저는 냉랭했으니…… 아마 외로운 일생이었을 거예요. 사람이 언제 마지막 이별을 할지 모르는데 전 그 사람을 차갑게 밀치고…… 그것이 마지막이었어요. 돌아오지 않아도 좋다고 그런 심한 말을 해버렸어요. 료이치는 저의 차가운 눈과 차가운 말을 생각하며 죽어 가지 않았나 하고 생각하면 견딜 수가 없어요. 그래서 속죄하는 뜻에서라도 불행한 아이들의 보모가 되고 싶어요."

벌써 마음을 확고히 결정한 것 같은 나오미의 태도에 다케야마는 자기가 료이치에게도 나오미에게도 버림받은 것 같은 쓸쓸함을 느꼈다.

"그렇군. 그럼 갈 곳도 정해졌겠군."

"예, 아버님 신앙의 선배 되시는 분이 원장을 하고 계신 학원이지요. 모두 다 이를테면 불량 소년, 소녀들이지만 넓은 농장에서 밭을 갈고 소를 기르고 있대요."

나오미는 그렇게 말하며 처음으로 밝은 미소를 보였다. 다케야마는 불량 소년, 소녀들에게 둘러싸여 밭 일을 하고 있는 나오미의 부지런한 모습을 상상했다. 그 모습이 진실로 나오미가 행복하게 사는 모습일까 하고 다케야마는 생각했다.

"왜 그런지 애처로운 생각이 드는군."

"어머, 왜 그럴까요? 전 료이치가 죽고 나서 날마다 용서한다고 한마디만 했더라면 이렇게 괴롭지는 않았을 거라고 슬퍼하기만 했어요. 선생님, 슬픔이란 얼마나 비생산적인 감정일까요? 이대로 가다간 식욕을 잃은 채 제 몸은 꼬챙이처럼 말라 버리고 말 거라고 생각했어요."

"그래?"

그렇게까지 슬퍼했었는지를 생각한 다케야마의 말에는 깊은 동정이 어려 있었다.

"예, 슬픔이란 목숨을 앗아 갈 만한 힘을 가지고 있어요. 그것을 깨달았을 때 전 뜨끔했어요. 이만한 에너지를 다른 곳에 쏟을 수는 없을까 하고 말이죠."

"음, 슬픔을 힘으로 바꾸려고 했단 말이군."

"예, 그런 생각이 드니 하나님께로부터 얻은 에너지를 낭비하고 자기 혼자 슬픔에 잠겨 있는 것은 역시 잘못이라고 생각했어요. 전 학원에서 열심히 일하고 싶어요. 그리고 아이들에게 사는 희망과 용기를 주는 동화를 일생에 단 한 편이라도 좋으니 쓰고 싶어요."

"그래?"

다케야마는 끄덕이며 숲 옆 오솔길로 들어섰다.

"교코와 언제쯤 결혼하실 거예요?"

급한 볼일이 있다며 함께 오지 못한 교코가 나오미는 아까부터 마음에 걸렸다.

12월 말, 료이치가 죽기 전날 다케야마와 나오미는 튀김 집에서 이야기를 나누었다. 그때 나오미는 다케야마의 사랑의 고백을 듣고 말았다. 그리고 말했었다.

"선생님은 이제 후련한 마음으로 결혼하시겠죠? 하지만 제게는 지금이 어떤 무엇의 시작인지도 모르죠."

다케야마를 사모하던 마음이 료이치의 죽음으로 씻겨졌다고 한다면 거짓말이 될지도 모른다. 언젠가 이 슬픔이 가셨을 때 나오미는 다케야마에게로 마음이 흔들릴 날이 올지도 모른다고 생각했다. 나오미에게 다케야마는 역시 마음이 끌리는 사람임에 틀림없었다.

그러나 료이치를 위해서라도 교코를 다케야마와 결혼시키고 싶었다. 그것이 료이치에게 용서를 비는 일이기도 했다.

"글쎄, 올 가을쯤이 되지 않을까?"

다케야마와 나오미의 눈이 마주쳤다.

"올 가을이요?"

이제 다케야마와 단 둘이 만날 일도 없을 거라고 생각하며 나오미는 시선을 돌렸다.

"교코가 신부로 단장한 모습은 정말 멋질 거예요."

다케야마는 쓸쓸한 표정을 보이지 않으려고 양 떼 쪽으로 눈을 돌렸다.

'나는 신부답게 단장하고 료이치와 결혼하지 못했다.'

나오미는 처음 맺어진 하코다테 2층 방, 료이치의 요 위를 생각했다. 다케야마에게서 떨어져 나오미는 숲 옆 오솔길로 내려갔다. 그러나 이내 가시 철망이 쳐져 있고 "이 이상 들어가지 마시오."라는 팻말이 붙어 있었다.

나오미는 그 팻말 곁에 서서 널따랗게 펼쳐진 목장을 바라보고 있었다. 목초 위를 바람이 스쳐가면 역시 연기가 기어가는 것 같았다. 완만한 언덕 저편에 하얗게 뜬 구름을 바라보며 나오미는 료이치를 생각했다. 료이치는 저 그림처럼 십자가 밑에서 예수님께 양 손을 펼친 채 하늘에 있는 것 같았다.

"무얼 보고 있소?"

다케야마가 가까이 왔다.

"저 먼 곳의 구름요."

나오미는 다케야마에게 등을 돌린 채 말했다.

"구름?"

문득 다케야마는 나오미의 곁에 꽂혀 있는 "이 이상 들어가지 마시오."라고 쓴 팻말을 보았다.

'그렇다. 나는 이제 이 이상 이 사람에게 가까이 가서는 안 된다. 눈에 보이지 않는 출입 금지의 팻말을 인간은 항상 보지 않으면 안 되는 것이다.'

다케야마는 교코의 희고 유순한 얼굴을 생각했다. 교코를 사랑할 수밖에는 자기에게 다른 길이 없다고 생각하며 다케야마는 나오미를 비켜서서 양 떼를 바라보았다. 양 떼를 바라보는 다케야마의 눈이 눈물에 젖은 것을 나오미는 알지 못했다.

다케야마는 나오미가 응시하고 있는 먼 곳에 떠 있는 흰 구름으로 시선을 돌렸다. 구름은 햇빛을 받아 반짝이는 한 점처럼 빛나고 있었다.

양치는 언덕

초판 1쇄 발행 | 1976년 10월 10일
재판 4쇄 발행 | 2001년 2월 26일
삼판 3쇄 발행 | 2018년 12월 20일

지은이 | 미우라 아야꼬
옮긴이 | 김소영
펴낸이 | 임만호
펴낸곳 | 설우사
등록번호 | 제 16-13호
등록일자 | 1978년 7월 20일
주 소 | 서울특별시 강남구 압구정로 404, 2층
전 화 | 02) 544-3468~9
팩 스 | 02) 511-3920

Printed in Korea
ISBN 89-87911-06-3 (03830)

정가 12,000원

※ 잘못된 책은 교환하여 드립니다.